KB071839

-한반도의 위기

폭로

정형근 장편소설

暴露

도서출판
청어

폭로-한반도의 위기

정형근 지음

발행처·도서출판 **청어**
발행인·이영철
영 업·이동호
홍 보·최윤영
기 획·천성래 | 이용희
편 집·방세화 | 김명희
디자인·김바라 | 서경아
제작부장·공병한
인 쇄·두리터

등 록·1999년 5월 3일
(제321-3210000251001999000063호)

1판 1쇄 발행·2016년 4월 1일
1판 3쇄 발행·2016년 4월 30일

주소·서울특별시 서초구 효령로55길 45-8
대표전화·586-0477
팩시밀리·586-0478

홈페이지·www.chungeobook.com
E-mail·ppi20@hanmail.net
ISBN·979-11-5860-411-0 (03810)

이 도서의 국립중앙도서관 출판시도서목록(CIP)은 서지정보유통지원시스템 홈페이지
(http://seoji.nl.go.kr)와 국가자료공동목록시스템(http://www.nl.go.kr/kolisnet)에서
이용하실 수 있습니다.(CIP제어번호: CIP2016007829)

폭로

— 한반도의 위기

한반도의 분단 이후, 역사적으로 보면 남북관계를 주도적으로 북이 이끌었던 시기가 두 차례 있었다.

첫 번째 시기는 남한보다 북이 경제적으로 더 잘살던 1970년대 중반으로, 북의 체제에 대한 오만을 한껏 드러내던 때였다. 북한은 일본의 조총련에 대대적인 지원을 했고 조총련을 중심으로 펼쳐졌던 재일북송사업은 재일조선인들을 북송으로 이끌었다. 더불어 북한공작원들은 해외유학생과 주재회사원들에게 접근하여 북한의 발전상을 직접 경험하게 하는 방법으로 그들을 포섭하는 일이 다반사였다.

1980년대에 이르러 남한의 경제가 급격히 성장하면서 북한의 경제성장을 역전하자 북한의 당시 정치 공작은 점차 실효성을 거두지 못하게 되었다.

두 번째 시기는 전두환 군사 정권이 12·12 쿠데타로 정권을 찬탈한 후, 광주 민주항쟁의 거대한 역사의 소용돌이가 휘몰아치던 남한의 정치적 혼란기였다.

북한의 대남 공작은 남파 공작원들의 대담하고 치밀한 계획에 따라 남한 곳곳으로 파고들었다. 공개적으로는 평화적 공세를 취하면서 비공개적으로는 지하당을 조직하고 북의 노동당을 이식할 수 있는 남한 내의 진보 정당을 숙주로 삼는 대남전략이 주도적으로 진행되었다. 당시 김일성은 북한의 주체사상이 남한의 정부 저항 세력이었던 학생들과 민주주의를 외치는 재야 권으로 깊이 파고들며 성장하고 있던 남한의 정세를 이용하여 그들을 북한의 혁명 전위 조직으로 포섭하기 위해 총공세를 펼쳤다. 이른바 '1995년 통일론'을 내세우고 대남적화통일의 결정적인 시기를 노리면서 공작의 야욕을 불태웠던 시기였다. 북한이 주도하던 대남전략 공세는 '남한조선노동당' 간첩사건이 세상에 밝혀지면서 한풀 꺾이고 만다.

1992년 10월에 발표되었던 '남한조선노동당' 간첩사건을 기억하고 있는 사람들이 얼마나 될까! 근 25년의 세월이 지난 일이지만 아직도 나는 그 사건의 발표문을 읽을 때의 기억이 생생하다.

세계의 냉전체제 종식이 가속화되었던 시기, 소련의 붕괴와 중국의 급격한 체제 변화, 동유럽 공산권의 몰락으로 북한의 지배자들에게는 거대한 위협이 가해지던 시기였다. 엄청난 공작금을 쏟아부으며 대남 공작의 절정으로 치닫고 있었던 그 시기에 만천하에 드러난 '남한조선노동당' 간첩사건은 당시까지만 해도 단 한 번도 발견되지 않았던 간첩장비 비밀 매설 장소(드보크)가 남한 곳곳에 존재하고 있음을 보여준 사건이었다. 그곳에서 발견된 무전기, 권총, 은서 시약, 암호 해독문, 독약 앰플, 단파라디오, 공작금 등을 실제 발굴하는 장면을 국민에게 보여주며 '진짜' 간첩들의 남한 암약 실상을 선명하게 각인시켰다.

합법적인 정당 조직으로 성장하기 위해 선거를 통해 국민의 지지를 요구하던 민중당의 대표 김낙중은 대남공작원의 공작 대상이 되어 북으로부터 거액의 공작금을 받고 북의 하수인이 되어 지령을 수행했다. 한편 황인오 등은 전국적인 조직을 구축하여 북한을 추종하는 혁명 세력을 성장시키기 위한 남한조선노동당의 거대 조직망을 확대해 나가고 있었다. 그 조직의 총책인 황인오는 밀입

북 하여 북에서 간첩 교육을 받고 내려와 남한 내에 북한의 대남노선을 충실히 따를 남한조선노동당 조직을 결성하라는 지령을 실행하고 있었다. 게다가 서울 가까이에 있는 강화도 해안을 이용하여 북한공작원들은 남북한을 수시로 들락거렸다. 그때 일흔이 넘은 한 노파 역시 그 루트로 남북을 오갔다.

안전기획부의 치밀하고 집요한 수사에 의해 그 노파는 1980년부터 서울 동작구 대방동에 아지트를 두고 '남한조선노동당'을 총지휘했던 북한의 정치 서열 22위인 이선실로 밝혀졌다. 이선실은 치밀하고 집요하게 남한 내의 주체사상 세력들을 발굴해내어 그들을 대담하게 포섭해갔다. 또한 합법 정당을 구축하기 위한 신생 정당 조직에도 깊숙이 발을 들였다.

안전기획부 대공수사국장이었던 나는 이선실의 포섭 대상이었던 인사들을 수사하였지만 정작 이선실은 도주한 이후라 검거에 나서지 못해 애를 태웠다. 내가 그 어떤 사건보다 이 사건에 대해 회한이 깊은 이유는 모든 물증을 쥐고 있는 이선실을 검거하지 못했기에 그녀의 대남공작선이 아직도 이 땅에 잔재할 것이라는 확신에서 오는 두려움 때문이다.

이 글은 이선실의 공작 음모를 밝혔던 그 시기의 기억에서 출발한 소설의 형식을 빌려 쓴 글이다. 내가 25년 전의 사건을 다시 더듬어가며 글을 쓴 이유는 그 사건 이후 이미 3대째 세습해온 북한의 대남전략이 더욱 지능적이고 교묘하게 진화했으리라 예측하기 때문이다. 이선실을 능가하는 신세대 대남공작원이 이 땅에 슬금슬금 파고들어 와 우리 곁에 존재하고 있다면 우리는 과연 알아볼 수 있을까! 실제상황은 아니지만 능히 가능한 일이기에 대북 수사관 생활의 경험으로 소설의 형식을 빌려 꾸며 보았다.

분단 70년, 여전히 남북은 대치중이며 남북관계는 한층 긴장감이 고조되고 있다. 북한의 제4차 핵실험과 연이은 미사일 발사로 남북한 주도권은 다시 북한 쪽으로 넘어가고 있다. 보수 언론과 논객들조차 북한의 핵무기 위협을 벗어나기 위해서는 미국이 북한과 평화협정을 체결해야 한다고 거침없이 말하고 있다.

이명박 전 대통령조차 2010년 국정연설 신년사에서 한반도는 비핵화해야 한다고 주장하는 등 북한이 주장하는 '조선반도 비핵화' 내지는 '한반도 비핵화' 주장을 그대로 말하는 무지를 드러내고 있다. 북한이 주장하는 '조선반도 비핵화'는 핵을 보유하고 있는 주한미국이 남한에서 철수해야 한다는 뜻이다. 한 나라의 대통령조차 '한반도 비핵화'와 '북한의 비핵화'를 구별하지 못하고 있는 것이다. '북한의 비핵화' 즉 북한의 핵 폐기가 맞는 표현이라는 뜻이다.

앞으로 북한은 핵보유국 지위를 확보한 후 미국과의 평화협정을 체결하여 미군철수를 관철시키려 할 것이다. 그리고 이후에는 치밀한 암살과 테러, 대남지하당 공작, 용공정당 수립 지원 등의 대남적화공작에 총력을 기울일 것이다.

나는 지금의 북한 주도 상황에서 과거의 이선실 사건이 주는 북한의 이중성과 집요한 대남적화 야욕을 되새겨 봐야 할 깊은 사명감을 느낀다. 이미 과거가 되어버린 이 사건을 새삼 되살려낸 이유는 '남한조선노동당' 사건이 있었던 그때의 우리 안보관과 지금의 우리의 안보관이 너무나 닮아있는 이유에서다.

나는 충분히, 아니 이 소설보다 더 끔찍한 상황들이 남한 어디에선가 벌어지고 있음을 장담할 수 있다. 이 글이 비록 가상의 세계를 그린 소설이지만 여기에 벌어진 상황들이 실제상황이라면 얼마나 기가 막힐 일인가 생각하면서 독자들이 읽어준다면 더 바랄 것이 없겠다는 마음으로 출판을 결심했다.

정형근

목차

프롤로그

　어두컴컴한 엘리베이터 앞 형광등 한 개가 수명을 다한 듯 꺼졌다 켜졌다를 반복하고 있다. 낡은 아파트 현관문이 가끔씩 삐걱거릴 때마다 찬 바람이 몰려 들어왔다. 삐걱대는 그 소리마저 30년 넘은 아파트가 얼마나 낡았는지를 증명하는 듯하다. 자정이 가까운 탓인지 아파트 단지는 음산하고 고요하다. 마지막 사람이 20층에서 내린 듯 그곳에서 승강기가 내려오고 있다. 승강기를 기다리던 남자는 몸을 움츠리며 껌뻑거리는 형광등을 올려다본다. 침침한 불빛만큼이나 어두운 표정으로 남자는 도착한 승강기에 올랐다. 그는 10층을 눌렀다.

　승강기는 느린 속도로 10층에 도착하고 남자는 문이 열리자 승강기 밖으로 발걸음을 내딛었다. 승강기 밖으로 나서기 무섭게 순식간에 검은 물체가 그를 향해 덤벼들었다. 삽시간에 양쪽 팔을 비틀며 달려든 시꺼먼 물체는 검은 복장의 건장한 두 사나이였다. 남자는 팔을 돌려 빼내면서 날렵하게 몸을 날려 도로 승강기에 타려고 필사적으로 저항했지만 역부족이었다. 두 명의 사나이는 남자를 복도 모퉁이 벽으로 밀어붙였다. 모퉁이는 10층에 멈춘 승강기 불빛 외에는 아무런 빛도 없이 어두웠다. 당연히 켜져야 할 센서등도 켜지지 않았다. 남자는 벽에 머리를 처박힌 채 두 사나이에게 잡혀 꼼짝할 수 없었다. 남자가 안간힘을 쓰며 사나이의 얼굴을 보려고 고개를 돌리는 순간 이마에 섬뜩한 무엇인가가 와 닿았다.

'소음기를 장착한 권총이다.'

남자는 보지 않아도 그 차가운 느낌의 쇠붙이가 무엇인지 직감적으로 알아차렸다. 그 순간 이마가 뜨끈해짐을 느꼈다. 총알은 정확하게 왼쪽 관자 노리를 관통했다. 남자가 손으로 벽을 훑으며 바닥에 쓰러지자 총잡이는 급히 심장을 향해 한 발을 더 쏘았고 두 사나이는 비상구 층계로 사라졌다.

단 1분도 안 되는 눈 깜빡할 사이에 벌어진 일이었다.

'내가 여기 안가에 온 걸 아는 사람이 없는데 누구지?'

남자는 가물가물 의식을 잃으며 그 생각을 했다.

'해치우는 솜씨가 숙달된 조교임이 분명해.'

남자는 자신의 뺨이 차가운 바닥에 닿는 것을 느꼈다. 승강기는 문이 닫히면서 아래로 불려 내려갔다. 승강기가 몇 차례 아래위로 오르락내리락했으나 10층에 머물지는 않았다.

새벽 1시 반, 술 취한 10층 10호 남자가 비틀거리며 승강기에서 내려 복도를 향해 나서다가 무엇엔가 걸려 넘어질 뻔하며 투덜거

린다.

"뭐야? 왜 엘리베이터 앞에 짐을 부려 놓았냐고? 코 깨질 뻔 했잖아."

술 취한 남자가 성질을 내며 한 번 더 검은 물체를 발로 걷어차다가 멈칫한다.

"이게 뭐야? 사람이야?"

그가 흔들거리며 주머니에서 휴대전화를 꺼내 불을 밝힌다. 남자가 피를 흘린 채 쓰러져 있다. 쓰러진 남자의 머리 주변으로 검붉은 피가 낭자하다. 술 취한 남자는 비명을 지르며 허겁지겁 도로 승강기에 올랐다.

"경비, 경비."

남자가 경비 초소의 작은 창을 사정없이 두드려 댄다. 꾸벅꾸벅 졸고 앉았던 경비는 번쩍 눈을 뜨고 창을 연다. 겨울 밤바람이 창으로 밀려든다. 거의 매일 밤 취해서 들어오는 1010호 남자가 하얗게 질린 얼굴로 소리치고 있었다.

"큰일 났어. 큰일……."

"예? 사장님 왜 그러세요?"

"사, 사람…… 사람이 죽었어."

"뭐라고요? 사람이 죽어요? 어디서요?"

"저기…… 10층에…… 사람이…… 죽었다고."

술 취한 남자는 손가락으로 연신 위를 가리키며 말을 더듬고 고함을 질렀다. 경비가 문을 열고 나오다가 무슨 생각인지 도로 초소로 들어가 인터폰을 들었다.

"어이, 박씨. 난데, 빨리 3호 초소로 좀 와. 10층에 사고가 난 것 같애. 사고 현장에 여러 명 있는 게 좋을 것 같아서……."

경비원은 그제야 다시 초소 문을 밀고 나왔다. 그 사이 술 취한 남자는 휴대전화를 만지작거리며 지금 신고를 해야 하나 말아야 하나 망설였다. 다른 초소 경비원이 뛰어왔다.

"무슨 사곤데?"

"가 보자고. 사장님, 가시죠."

경비원들은 술 취한 남자를 앞세우고 승강기로 향했다.

잠시 후 요란한 사이렌을 울리며 경찰차가 달려오고 119 구조대의 앰뷸런스가 웽웽거리며 도착했다. 잠들었던 아파트가 깨어나고 불 꺼진 아파트 창에 하나둘 불이 켜졌다. 아파트 109동 앞은 밝은 자동차 불빛으로 대낮처럼 밝았고 호기심 많은 주민들은 잠옷 위에 코트를 걸쳐 입고 경비실 앞으로 모여 들었다.

"사람이 죽었대."

"또 뛰어내린 거야?"

얼마 전 19층에서 여중생이 투신하는 사고가 있은 지 한 달도 채 되지 않은 터라 주민들은 그 기억부터 떠올렸다.

"아닌가 봐. 건물 안으로 들어가는 거 보니까."

"10층으로 올라갔어."

경찰차와 앰뷸런스는 사람 없이 빈 경광등만 빙글빙글 돌았다. 잠시 후 또 한 대의 검은 승용차가 도착하고 황급히 두 남자가 차에서 내려 주민들 사이를 헤치고 승강기 쪽으로 사라졌다.

아파트 제3출입구에는 출입을 통제하는 경찰관 두 명이 배치되었다. 경비 초소 앞은 여러 대의 자동차만 라이트를 켠 채 서 있을 뿐 잠잠해졌다. 기다림에 지친 주민들은 하품을 하며 하나둘 돌아

16

가고 끈질긴 호기심으로 잠 잃은 몇몇 남자들만이 팔짱을 낀 채 그대로 자리를 지켰다. 캄캄하던 밤하늘에서 눈발이 날리기 시작했다. 종일 찌푸렸던 하늘이 기어이 눈을 토해 낼 모양이었다.

제**1**장
비밀 기구의 탄생

장중건이 청와대 소접견실로 들어서자 기다리고 있던 안보수석이 일어나 그에게 악수를 청했다.

"어이구, 선배님. 오랜만에 뵙습니다."

"오, 강수석. 많이 바쁘지? 동문회에서는 통 볼 수가 없더군."

"예. 죄송합니다. 제가 이렇게 삽니다. 운동 중에 오시게 해서 송구합니다."

"저녁내기 라운딩인데 한창 공이 잘 맞는 중이었어. 내가 라운딩 중에 나왔으니 밥값 둘러쓰게 생겼지."

"그 밥값은 각하께 청구하십시오."

그때 옅은 회색 정장 차림의 대통령이 비서실장을 대동하고 안으로 들어섰다. 장중건과 강수석이 일어나 그들을 맞았다.

"장차장님, 너무 무심하신 거 아니에요? 연락 한번 주실 줄 알았는데요."

대통령이 악수를 마치고 자리에 앉으며 장중건과의 대화를 시작했다.

"나랏일도 정신없으신데 저 같은 야인이 감히 시간을 뺏을 수 있나요?"

"듣자 하니 손자 손녀들 재롱 보시는 재미가 좋다지요? 공도 잘 맞던가요?"

골프장으로 헬기를 보내 왔으니 변명의 여지가 없었다. 장중건은 대통령의 속내를 알 수 없어 그저 허허 웃었다. 여비서가 차 두 잔을 들고 들어왔다. 사람은 넷인데 찻잔은 둘 뿐이었다. 찻잔이 두 개인 것을 보는 순간 장중건은 갑자기 긴장이 되었다. 안보수석과 비서실장이 자리를 비켜 줄 모양이었다. 대통령은 어지간해서는 단둘이 독대를 하지 않는 성질이었다. 아니나 다를까 차가 나오자 안보수석과 비서실장이 일어섰다.

"그럼 말씀 나누십시오."

그들이 정중히 허리 굽혀 인사를 하고 접견실을 나갔다. 대통령은 말없이 차를 마셨다.

"무슨 급한 일이 생겼습니까?"

"이제 손자 재롱 그만 즐기시고 약속을 지키셔야지요."

"약속이라니요?"

"잊으셨어요? 제가 대통령 후보자 시절 당사에서 마주쳤을 때 당선되면 꼭 절 도와주겠다고 약속하셨잖아요."

"아하! 그 약속을 기억하고 계셨군요."

그제야 장중건은 찻잔을 들며 웃는 여유를 되찾았다.

"이젠 절 좀 도와주실 때가 된 것 같은데요. 그만큼 쉬셨으면 됐지요?"

오랜만에 얼굴을 마주한 대통령이 그새 많이 나이 들어 보였다. 희끗한 머리카락이 늘었고 머리숱이 줄어들어 넓은 이마가 좀 더 넓어 보였다. 그럼에도 60대에 접어든 중년 신사의 중후한 멋이 온몸에 배어 있었다.

"나라를 위해 30년을 일하고 이제야 책 읽고 옛 지인들과 공치고 손자들과 놉니다. 일손 놓은 지 2년밖에 안 됐습니다."

"2년 쉬었으면 많이 쉬셨네요. 그래서 말인데 이제 저를 도와 국정원을 좀 맡아 주세요. 아무리 생각해도 장차장님밖에 적임자가 없는 것 같아요."

장중건은 자신의 귀를 의심했다. 청와대에서 어디에 있느냐고 자신의 소재를 파악할 때도, 대통령이 찾으신다고 할 때도, 헬기를 보내겠다고 할 때도 뭔가 중요하고 긴박한 일이 있을 것이라는 생각은 했지만 자신의 인사 문제가 거론되리라고는 전혀 예상하지 못했던 일이었다.

"무슨 일이 있었습니까?"

"일이야 늘 있지요. 얼마 전 우리를 조롱하듯 북한에서는 4차 핵실험과 탄도 미사일을 발사했고 공작원들에게 요인 암살 지령까지 내렸어요. 게다가 먼 나라 이야기인 줄 알았던 사이버 테러 전쟁이 본격적으로 시작됐습니다."

"그건 이미 제가 현직 시절부터 보고서에서 예견했던 일입니다. 저들의 수법이 새삼스러울 것은 없습니다."

"그렇기는 하지만 막상 눈앞에 현실로 벌어지니 뭘 어찌해야 할지 솔직히 가슴이 답답합니다. 강력 대응한답시고 개성공단 사업 중단이라는 강수를 두기는 했지만 그것도 저들에게 처방전은 될 수 없다는 걸 잘 알아요. 이럴 때 날 좀 도와주셔야지요. 사이버 테러는 갈수록 기승을 부릴 조짐이고요."

"2년 전에 주요 방송사와 금융회사 전산망이 악성코드에 감염되어 컴퓨터가 일제히 마비되는 사고가 발생한 것으로 사이버 테러는 증명이 되었던 일이지요. 북한 해커가 사용하고 있는 PC의 고유 번호가 18종이나 발견됐습니다."

"얼마 전 외교통상부 대외비 문건 해킹 의혹이 있었는데 북한 소행이라는 건 밝혀내지 못했지만 거의 틀림없다고 합니다. 요인 암살 역시 수법이 기상천외해졌고요."

"2009년 7·7 디도스 공격에 동원된 IP 주소가 북한 체신청이 사용해 온 IP라는 것이 확인됐었습니다. 요인 암살 지령이야 새삼스러운 일도 아닙니다만……."

"사실은…… 이건 아직 몇몇 담당자밖에 모르는 극비사항인데 최근 청와대도 해킹을 당했습니다."

대통령이 목을 조인 넥타이를 조금 풀어 여유 공간을 만들며 그를 보았다.

"예? 피해는?"

"다행이 전문가가 이상한 낌새를 발견하여 조기에 외부와의 접촉을 단절시켜서 피해는 없다는 보고를 받았어요. 그것도 실은 모르는 일이지요."

"북한은 적은 비용으로 우리나라에 큰 손실과 사회적 혼란을 야기 시키는 사이버 테러전과 공작원 양성에 총력을 기울이고 있습니다. 대남 공작 부서에 해킹 전문 인력을 연간 300여 명씩 양성하고 있다고 합니다."

장중건은 그 말을 하며 상기되는 얼굴을 한 번 두 손으로 훑었다. 그 역시도 답답하기는 마찬가지였다.

"며칠 전 또 국정원 대공 수사관이 피살당했죠. 탄피가 북한 공작원들이 사용하는 암살용 권총이라는 보고를 받았는데 장차장님도 같은 생각이시지요? 그러니 요인 암살은 남의 이야기가 아닙니다. 나나 장차장님이 당사자일 수도 있다는 말입니다. 이번에 피살당한 국정원 대공 수사관도 장차장님 부하 직원이었지요?"

"예. 내일이 장례식입니다. 제가 차장 시절 간첩 이선실 줄기를 캘 때 깜짝 놀랄 만한 감각을 발휘하던 능력 있는 수사관이었는데 변을 당했습니다. 벨기에제 브라우닝 22구경 소형 권총의 탄피라더군요. 그 권총은 83년도 아웅산 폭발 사건 때 북한 암살범에게서 노획하면서 밝혀진 권총입니다. 담뱃갑만큼 작은 소형 권총으로 소음기를 장착하면 전혀 소리가 나지 않아 요인 암살용으로 쓰이고 있습니다. 벨기에 외에도 북한과 스웨덴에서 제조되고 있고요. 일부러 북한 공작원의 흔적을 남긴 건 아마도 남한에 경고를 주기 위한 메시지인 것 같습니다."

"보세요. 권총 한 자루에 대해서도 이렇게 소상히 알고 계신 분이 골프나 치면서 시간을 보낸다는 게 얼마나 큰 국가적 손실입니까?"

"저보다 젊고 유능한 인재들이 많습니다. 늙은이는 물러나 주는 게 국가에 도움이 되는 거라 생각합니다만."

"제가 국회의원 시절에 우연히 국정원에 몸담고 있던 장차장님이 올린 보고서를 볼 기회가 있었습니다. 우리나라에 깔린 북한 간첩망이 도시 지하에 묻힌 하수관처럼 물 샐 틈 없이 빽빽이 연결되어 있다고 보고하셨더군요. 맞습니까?"

"맞습니다. 보고서를 쓰던 당시보다 지금은 열 배, 스무 배 더 할 것입니다. 좌파 성향의 두 분 전직 대통령들이 보안 사범, 좌파 운동권 사범들을 마구 방면하고 사면해 주었기 때문이지요."

"그걸 아는 양반이 일손을 놓고 편하게 쉬어지던가요? 설마 적화 통일을 원하는 건 아니겠지요? 저는 통일만이 우리 한반도가 살 길이라 생각하고 간절하게 통일을 원하지만 적화 통일도, 대남 테러도 절대 용납할 수 없습니다. 그 이유는 장차장님이 누구보다 잘 아시지요?"

장중건은 대통령의 시선을 피하지 않고 똑바로 마주보았다. 야당 시절, 대통령이 지우지 못할 아픈 상처를 많이 겪은 사람임을 그는 잘 알았다. 꿋꿋한 정신력으로 바르게 살아남아 대통령 자리에 오르기까지 얼마나 많은 인내와 스스로의 다짐이 필요했을지 당사자가 아니고는 짐작하기조차 어려웠다. 온화한 성품이라 패기가 없다며 너무 신중을 기하는 느린 정책과 과감히 실행에 옮기지 못하는 점에 불만을 품었던 자신이 좀은 미안하게 느껴졌다. 부드러운 것 같지만 강하고 모르는 것 같으면서 소상한 것까지 다 머릿속에, 가슴속에 담고 있음이 엿보였다.

"물러나던 당시 제 미약한 힘으로는 불가항력임을 느꼈기 때문에 사직을 결정했던 것입니다."

"이제 혼자가 아닙니다. 제가 힘을 실어 드리겠습니다. 적법하고 국익이 되는 통일사업을 추진하기 위해서 북한의 정확한 정보는 더욱 절실해졌고 그에 대처할 방법을 찾는 것은 필수 여건이 됐어요.

통일이 되어 더 큰 한반도가 될 방법을 모색하기 위해서는 사이사이 파고드는 북한의 대남 간첩 작전은 용납할 수 없습니다. 한마디로 더티 플레이인 거죠. 그래서 장차장님 같은 대북 전문가가 제겐 필요합니다."

대통령의 뜻이 단호했으므로 장중건도 단호히 자신의 뜻을 밝힐 용기가 솟았다.

"국정원으로는 안 됩니다."

장중건은 망설임 없이 자신의 소견을 밝혔다. 대통령이 말없이 장차장의 눈을 뚫어지게 쳐다보았다.

"국정원은 이미 여과 없이 온 세상에 드러나 버렸고 매스컴이라는 눈과 귀가 일거수일투족을 주시하고 있습니다. 국정원장이 성질나서 마시던 물컵 한 개만 던져서 깨어져도 기자들이 달려옵니다. 그런 상황에서 보안이란 지켜질 수 없습니다. 국정원은 말 그대로 국가 정보원일 뿐입니다."

"그런 생각이시라면 장차장님이 계획한 것이 분명 있겠지요? 어떤 방법으로 이 나라를 위해 일할 수 있겠는지 말입니다."

대통령이 발갛게 상기된 얼굴로 시계를 보았다. 옆에 놓인 전화기에서 신호음이 울고 대통령은 전화기를 들어 귀에 가져다 댔다.

"알고 있어요. 10분만 늦추세요."

"다음 스케줄이 있으신 것 같은데 다시 뵙고 말씀 드리겠습니다."

장중건이 구부렸던 허리를 펴며 차를 마저 마셨다.

"아니요, 오늘 이야기를 끝내야 해요. 계획을 말씀해 보세요."

"대통령 직속 하에 공개되지 않은 첩보기관을 두는 겁니다. 표면상 '미래전략통신연구소'라 해도 좋고 '통일정보계획원'이라 해도 좋고 '첨단정보수렴원'이라 해도 좋습니다. 대통령께서 직접 작전 명령을 내리고 진척 상황을 직접 보고받을 수 있는 보안이 철저한 기관이 필요합니다. 그렇지 않고는 내부의 반정부 세력을 키우고 있는 인물들을 색출해 낼 방법이 없습니다."

"좋아요. 그렇게 합시다."

"그런데 일을 맡기 전에 꼭 한 가지 청이 있습니다."

"뭡니까?"

"제가 국정원을 그만두면서 못 푼 한이 있습니다. 그 일도 함께 할수 있게 허락해 주십시오."

"그게 뭔데 그래요?"

"이선실이 뿌리박아 놓고 간 관련자들을 내사하는 문제입니다."

"그건 장차장님의 권한에 속하는 일이니 간섭하지 않겠습니다. 복안은 가지고 계신 듯하니 그 구체적인 내용은 대화가 아닌 서면을 통해서 살펴보도록 합시다. 강수석과는 대학 선후배이시죠? 그 사람 하나는 우리 사이에 창구로 열어 둡시다. 입이 무거운 사람인데 어때요? 이번에 내 고민을 장차장님과 의논해 보라고 귀띔해 준 사람도 강수석이었는데."

"그 친구라면 저도 믿는 후뱁니다만."

"됐어요. 그럼 제 뜻 받아 주신 걸로 알고 전 다음 일정 있어 일어납니다."

대통령이 기분 좋게 일어나 장중건의 배웅을 받았다. 대통령이 나감과 동시에 강수한 안보수석이 들어와 장중건과 마주 앉았다.

"선배님이 퇴직하실 때 기필코 해내야 할 숙제가 있다고 하셨죠? 그 숙제를 하실 기회가 온 것 같습니다."

"그래서 대통령의 뜻을 받아들인 걸세. 각하 주변을 깨끗이 청소해야 각하께 더러운 먼지가 안 묻겠지?"

"쉽진 않을 겁니다."

"예전부터 각오는 돼 있었어."

"선배님은 해내실 겁니다."

"힘이 되어줄 거라 믿고 물러가네."

장중건은 청와대를 나오며 불가항력적으로 좌절당한 채 국정원에 사표를 제출하던 아픔을 기억했다. 국정원을 떨게 하던 제1차장 당시 김대중 대통령과는 맞붙어 싸우겠다는 심정으로 국정원에서 버텨냈다. 김대중 대통령의 약점을 장중건이 손에 쥐고 있었기 때문에 가능한 일이었다. 하지만 그가 물러나고 막상 노무현 정부가 들어섰을 때 장중건은 자신의 기력이 쇠진했다고 느낄 정도로 의욕을 상실하고 말았다. 눈에 빤히 보이는 북한과 연계된 운동권 정치인과 좌파 운동권 학생들을 인권 보호라는 명분을 내세워 모두 방면하기 시작했고 장차장은 멘탈 붕괴 상태에서 손을 놓아버렸다.

영구 복귀한 이선실의 몸뚱이는 남한에서 사라졌지만 그 능청스런 노파 간첩이 뿌리박아 놓고 간 간첩들과 자금과 지령들은 여전히 정치권 가까이에서 살아 움직이고 있었다. 그 생각만 하면 장중건은 밤잠을 이룰 수가 없었다. 그 줄기를 캐낼 수만 있다면 그는 일을 하다가 쓰러져도 좋다고 생각했다. 드디어 때가 온 것이다.

에트리 한국전자통신연구원의 연구원들은 아침부터 분주했다.

오늘은 특별한 손님이 연구원을 방문하기로 되어 있었기 때문이다. 연구원들의 화제 인물인 새로운 IT 전문가가 에트리를 방문하여 서로 소개하는 시간을 갖고 궁금한 점을 나누는 질의응답 시간을 갖기로 계획되어 있었다. 물론 미국에서도 손꼽히는 통신기기 IT 전문가이기 때문에 관심이 컸지만 미모의 젊은 여성이라는 점이 더욱 연구원들의 호기심을 끌었다.

한국통신기술연구소(KTRI)와 한국전기기기시험연구소(KERTI)가 통합하여 출범한 한국전자통신연구원은 카이스트 부설 정부출연 연구기관으로 약 2천 명의 직원이 있는 대규모 시스템을 갖추고 있다. IT 분야에서는 국내 최초의 과학기술논문 색인(SCI)이라고 할 수 있는 《에트리 저널》은 에트리가 발행하고 있는 자랑스러운 논문 저널지이다.

그 저널지에 소개되었던 화제의 논문 저자가 동양계 미국인이라는 점이 주목을 끌었고 그 당사자가 섹시한 젊은 여성이라는 점이 더 큰 관심사였다. 얼굴은 물론 몸매까지 나무랄 데 없이 아름다울 뿐 아니라 명문대를 나온 학력과 연구 실적 또한 외모만큼이나 화려했다.

그녀에 대한 궁금증은 그녀가 연구원을 방문한다는 소문이 나돌면서부터 급작이 증폭되었다. 그녀의 논문과 IT 기술에 관한 내용은 소개되었으나 개인 신상에 관한 내용은 소상히 소개되지 않았다. 동양계라는 사실은 약력으로, 사진으로 미루어 짐작할 뿐이었다. 그녀는 이름 또한 '케이트 블랙웰'이라는 흔치 않은 이름을 사용하고 있었다. 기술자와 일반 연구원, 특별 연구원 뿐 아니라 사무 직원조차도 이공계사람들의 집합체인 전자통신연구원은 여성을 찾기 힘든 기관이어서인지 그녀에 대한 모든 것을 신비롭게 여겼다.

오후 두 시. 행사장인 소강당에 너무나 많은 인원이 모여 들어 도저히 수용할 수 없는 상황이 되자 주최 측에서 급히 대강당으로 장소를 옮기는 사태가 벌어졌다. 자기 실험, 자기 연구에 집착이 강한 연구원들은 강연장이 휑할 정도로 행사 참여를 거부하는 독특한 성질의 인간형들이었다. 그런 전례를 깨고 행사장은 만석이었다. 사회자의 간단한 소개가 있고 곧바로 케이트 블랙웰 박사가 강단 앞으로 등장했다. 이름만큼이나 강한 이미지만을 상상했던 연구원들 앞에 너무나도 부드럽고 다정다감한 느낌의 여자가 걸어 나오자 그들은 환호성을 울리며 박수를 쳐댔다. 검은 상하의 정장에 무릎을 덮는 타이트스커트가 하체 라인을 그대로 살려주었다. 검은 윗저고리 안에 받쳐 입은 하얀 와이셔츠는 가슴 직전까지 단추 세 개를 열어 긴 목선을 더욱 돋보이게 했다. 색조 화장도 별로 하지 않았는데 멀리서 보아도 윤곽이 또렷하고 작은 얼굴 사이즈에 비해 이목구비가 시원스러웠다. 생머리를 뒤로 바짝 당겨 묶었고 걸을 때마다 묶은 머리가 등 뒤에서 출렁거렸다. 엉덩이에 딱 달라붙은 타이트스커트에 드러난 탱탱한 히프가 걸어 때마다 샐룩거리며 묘하게 사람을 자극하는 듯 했다. 섹시함을 넘어서서 걸음 그 자체가 교태를 부리는 듯한 착각이 일었다. 사회자가 비켜서고 케이트가 단상 마이크 앞에서 걸음을 멈추자 웅성거리던 장내가 삽시에 조용해졌다.

"하우 알 유."

그녀의 달콤하고도 낭랑한 목소리가 마이크를 통해 대강당에 울려 퍼졌다. 사람들은 통역 없이 그녀가 계속적으로 영어로 이야기할 것임을 짐작하고 더욱 귀를 기울였다. 아무리 고위 연구원들 위주의 짧은 강연이지만 강연 후에 있을 질의응답조차 영어로 해야 한다는 일에 모두들 부담이 느껴졌다. 그녀가 영어로 대한민국 최고의 첨단 시스템을 갖춘 연구소에 초청해주셔서 고맙다는 인사를 하고 마이크의 높이를 조절했다. 본격적인 강연에 들어갈 참이었다. 그녀가 입을 열었을 때 강당에는 또 한 번 박수 소리가 한동안 이어졌다.

"제 아버지는 일본인이고 어머니는 한국인이었습니다."

강연의 첫 마디는 예상치도 않았던 한국말이었기 때문이었다. 박수가 그치기를 기다려 또박또박 한국어로 말문을 열었다. 억양이 조금 이상하고 말은 어눌했지만 의사 전달은 정확했다. 오히려 유창한 한국말보다 훨씬 매력적이고 전달력이 좋아 더욱 귀를 기울이게 되는 한국말이었다.

"어려서부터 어머니는 저에게 아주 열심히 한국말을 가르치셨어요. 일본어도 모국어지만 한국어도 모국어라고 하셨습니다. 어머니가 돌아가시자 아버지는 저를 데리고 사업상 미국으로 나가서 그곳에서 미국 여성과 결혼을 했습니다. 아버지도 저도 미국 국적을 가지게 되었지요. 돌아가신 어머니 덕에 저는 한국말을 아주 잘 합니다. 제 한국말 괜찮죠?"

또다시 박수가 터져 나왔다. 케이트가 환하게 웃으며 고개 숙여 감사를 표하자 한 번 더 힘찬 박수가 쏟아졌다. 억양은 미국식이었지만 적시 적소에 맞는 정확한 표현과 적합한 단어를 구사했다. 언어 감각이 있는 사람은 어떤 언어든지 쉽게 그 느낌을 소화하는 능력이 있는 것 같았다.

"저는 IT 전문가라기보다 '미래 설계 학자'라는 말을 듣고 싶습니다. 앞으로 5년에서 10년이 아주 중요합니다. 그 사이에 과거 10년보다 세계의 변화 속도는 세 배 이상 빨라질 것입니다. 30년을 앞당기는 것이지요. 이는 기술의 융합과 복합이 만들어 낼 변화인 것입니다."

케이트는 현재 우리가 지켜본 지식이나 정보를 가지고 미래를 예측해선 안 된다고 지적했다. 기술의 융·복합이 이뤄지면서 기존 산업이 아닌 다른 새로운 산업이 산업의 장애물(bottle neck)의 벽을 깨트릴 수 있다고 열변을 토했다.

"자동차 산업을 예로 보시지요. 무인 자동차의 등장으로 자동차는 이제 휘발유나 경유 등 내연기관이나 동력보다 정보통신기술(ICT)이 더 핵심적인 요소가 됐습니다. 자동차 기업이 전기차나 무인차를 10년 후의 미래로 보고 있을 것 같습니까? 노우. 그렇지 않습니다. 경계 파괴는 ICT나 전기 등 새로운 분야에서 시작되고 예상보다 빠르게 일어날 것입니다. 어느 나라든 자동차 기업이 글로벌 자동차 시장에서 살아남으려면 3D프린터, 무인자동차, 전기자동차 이후에 있을 이슈에 보다 빠르게 대응해야만 합니다. ICT 측면에서 미래 변화의 핵심 축으로는 사물 인터넷, 인공지능(AI), 가상현실 등을 염두에 두는 개발과 선점 효과가 중요하다고 봅니다. 여러분도 최근 잘 아시는 드론이 그렇고 VR이라는 가상세계가 그렇습니다."

연구원들은 저리도 아름다운 여자의 입에서, 여자의 머리에서 어떻게 저렇게 무한한 미래를 과감히 예측하는 말이 나올 수 있는지 신기하기까지 했다.

그녀는 산업에서 부가가치를 만드는 데는 '시장선점→기술혁신→판타지 혁신→원가혁신→프리미엄 세일' 5단계를 거치는 만큼 변화가 많은 현재는 빠른 시장 선점이 중요하다고 지적했다. 케이트는 기술이 빠르게 변하면서 올해와 내년은 첨단기기의 대변신을 노리는 시장 선점에서 매우 중요한 시기라며 이를 대비하기 위해선 융·

복합적인 경계를 뛰어넘는 사고로 미래에 대비해야 한다고 방향을 제시했다.

"최근 미래 시장을 중국이 주도할 것이라는 주변의 전망은 어떻게 보십니까?"

"그 말에도 일리는 있지만 당분간은 미국이 시장을 주도할 것이라고 봅니다."

"박사님이 당분간 미국이 미래 시장을 주도할 것이라고 확신하는 데는 그럴 만한 이유가 있습니까?"

한 연구원이 조금은 깐족거리는 투로 그녀에게 질문했다.

"미래형 산업에서 특허와 기술을 가장 많이 확보하고 있는 국가가 미국이기 때문입니다. 그런 이유로 미국이 신산업의 변화를 주도할 가능성이 크다고 감히 말할 수 있는 것입니다. 미국은 새로운 부흥을 이끌기 위해 유동자금을 기술 신산업에 쏟아붓고 새로운 투자처를 만들어 기술 붐을 일으킬 계획입니다."

"한국 기업이 살아남을 길은 무엇이라고 보시는지요?"

"한국 기업이 살아남기 위해선 기업은 물론이고 정부 차원에서도 규제를 완화하고 기술 흐름과 시대 흐름에 맞는 새로운 틀을 마련할 필요가 있다고 생각합니다. 아직 구시대적인 한정의 틀 안에 갇혀서 과감한 투자 개발을 하지 못하는 느낌을 받았습니다."

연구원들의 공격적인 질문에도 그녀는 전혀 망설이거나 주저함 없이 과감하고 솔직하게 답변했다. 단지 도저히 한국 단어가 생각나지 않으면 영어 단어로 설명하고 옆에서 통역은 그것을 한국 단어로 바꿔 주는 일이 가끔 있을 정도였다. 사회자가 시계를 보다가 열띤

질의응답을 제지하며 앞으로 나섰다.

"오늘 케이트 박사의 공식적인 일정은 강연이 아니었습니다. 단순한 우리 연구소의 방문이었고 워낙 모시기 어려운 분을 모신 김에 잠시 인사를 나누는 정도의 시간을 양해해 주신 것입니다. 양해해 주신 것보다 너무 많은 시간이 소요되었습니다. 아쉽지만 이 정도로 아쉬움을 달래야 할 것 같습니다. 케이트 박사님께도 죄송스럽다는 말씀과 함께 귀한 시간 내주셔서 감사하다는 말씀 전합니다."

케이트 블랙웰은 사회자를 향해 돌아섰다.

"아닙니다. 즐겁고 행복한 시간이었습니다. 한국어를 가르쳐주신 어머니께 처음으로 감사한 마음이 들었습니다."

말이 채 끝나기도 전에 열렬한 박수가 쏟아지고 그녀가 양손으로 손 키스를 보내며 강단 위에서 퇴장할 때까지 박수 소리가 그치지 않았다.

밤 열 시가 넘은 시각이었지만 박부영의 영안실에는 아직 사람들이 자리를 잡고 앉아 있었다.

대부분 국정원 전 현직 직원들이었다. 장중건이 들어서자 검은 양복의 남자들이 우르르 일어나 그에게 악수를 청하거나 인사를 보내왔다.

"오, 김과장. 잘 있지? 승진했다며?"

"박과장, 건강은 어때?"

장중건은 한때 부하 직원이었던 여러 남자들과 반갑게 인사를 나누었다.

"안 그래도 차장님 오신다고 해서 기다렸습니다. 뵌 지 너무 오래

돼서요."

"그렇지?"

"차장님이 국정원 테러정보통합센터 센터장으로 오신다는 소문이 있던데 사실인가요?"

공작과 김과장이 옆에 와 앉으며 큰소리로 마구 떠들었다. 장중건은 꽤 많고 눈치 빠른 김과장이 무슨 의도가 있어서 벌이는 제스처라고 생각하며 허허 웃어 넘겼다.

"내가 국정원 떠난 지 2년이나 됐는데 무슨 복직을 해?"

"그럼 대공 합동 수사 TF팀을 꾸린다는 말이 맞는 말입니까?"

"내가 끝내 내 손으로 마무리 짓지 못한 일이 있어서 정보 수집 겸 자료 조사를 하고 다녔더니 그런 소문이 퍼진 모양이야."

종이로 된 새 테이블보가 깔리고 먹던 음식을 내고 새 음식이 한 상 차려졌다. 김과장의 떠드는 소리에 모인 사람들의 귀가 쫑긋 열렸음은 말할 나위도 없었다. 세상은 쓸모 있는 자만을 대우하고 쓸모없는 자는 가차 없이 버린다는 전형적인 샘플 케이스가 바로 정보원 세계임을 그들은 모두 알았다. 김과장 떠드는 소리에 다른 테이블에 앉았던 장중건의 예전 직속 부하들이 그의 테이블로 모여들었다. 모두 대공 수사 팀원들이었다. 장중건은 남자들에게 소주 한 잔씩을 따랐다.

"이선실 사건의 정보 수집 말입니까?"

"그래. 그거 내가 수사에 착수한 대형 사건이었잖아. 좌파 대통령 압력에 못 이겨 줄줄이 엮인 고구마 줄기 다 캐기도 전에 일단락 짓고 말았지만 그건 아직 끝난 사건이 아니야."

"그렇죠. 북한 노동당 서열 22위의 거물 간첩 이선실 할머니 잔당이 풀어 놓은 공작금도 다 찾아내지 못하고 덮었으니까요. 대구 어디엔가 아직 삼백만 불이 파묻혀 있을 거라는 말은 사실일 수도 있다는 생각이 듭니다."

"나도 머리에 총 구멍 나기 전에 회사 사표 내고 그 돈이나 찾으러 나설까? 대구 사범 쪽이라는 말이 있었어."

"에잇, 이 사람아. 그 돈 찾아도 자네 돈 안 되거든."

"이번에 박국장님 피살당하는 걸 봐. 간첩 잡으려다가 내가 먼저 저승사자한테 잡혀가게 생겼으니까 하는 소리지."

그들은 실없는 소리로 불안한 심사를 숨기고 있었다. 열흘 전에도 기무사 대공 수사국 요원이 피습 당하고 병원으로 이송되는 중에 사망하는 사건이 있었다. 그때는 독침으로 목을 찔렀는데 정확하게 급소를 찌른 것으로 보아 훈련된 암살범이 틀림없었고 독약 역시 북한에서 공작원들이 사용하는 종류임을 일부러 드러냈다. 이번 박국장 피살 사건도 북한 암살범들이 주로 사용하는 권총임을 드러내놓고 과시했다는 점에 수사관들은 관심을 기울였다. 경고성 암살임이 틀림없는데 누구에게 보내는 경고인가가 모호했다. 경고 대상이 대공 수사 요원이냐 아니면 그들에게 협조하고 있는 탈북 전향 간첩이냐 하는 문제였다. 기무사 대공 수사 요원도, 국정원 대공 수사 요원도 탈북 귀순한 간첩을 극비리에 관리 보호하면서 그를 통해 북한에서 남파된 공작원들과 접선을 시도하던 중이었다는 소문이 나돌았다. 그들은 직업 특성상 일에 관련된 화제를 자제하고 로또 같은 허무맹랑한 이야기들로 시간을 때웠다. 첩보기관의 생리를 너무 잘 아는 장중건은 자신이 이미 그들에게는 보안을 지켜야 하는 외부 인사라는 점을 피부로 느꼈다. 2년 전 퇴직한 직속상관은 이미 그들의 상관도 동료도 아닌 것이었다. 그 점을 의식해서 김과장이 장중건을 아직 한 식구같이 대하며 모인 사람들과의 거리를 좁혀 보려는 것 같았다.

"어이, 김과장. 넌 이따가 나 좀 보자."

장중건은 옆 자리에 앉은 공작과 김과장에게 술잔을 따르며 빠르게 속삭였다. 김과장이 고개를 끄덕였다. 문상객이 좀 뜸해지자 상주인 박국장의 아들이 빈소에서 나와 음식상이 차려진 곳으로 잠시 인사를 하러 나왔다. 모인 사람 중에 좌장격인 장중건의 자리로 먼저 다가왔다.

"바쁘신데 이렇게 와 주셔서 감사합니다."

"당연히 와야지 무슨 소리야? 내가 얼마나 아끼던 부하 직원이었는데. 이 무슨 변곤지…… 당혹스럽지만 어쩌겠는가. 가신 분 잘 모시게. 그 억울함은 우리들이 풀어 드릴 테니까."

박국장의 아들은 붉어지는 눈을 애써 똑바로 뜨고 침착하게 인사를 하고 다른 자리로 옮겨갔다.

"그래도 박국장님은 아드님 검사되는 거 보고 가셨으니 원은 푸셨을 거야."

"저 친구, 사시 합격했어?"

"차장님 그만두시던 해에 합격했잖습니까? 지금 공안 검사로 있습니다."

"아, 그랬어? 난 몰랐지. 박국장이 든든했겠군."

아들의 사회적 신분이나 고인의 활동 폭이 넓어서 그런지 상가에는 늦게까지 조문객이 이어졌다.

"내일이 발인이라 오늘이 제일 문상객이 많은 날이지요. 차장님도 그만 일어서셔야죠?"

공작과 김과장이 슬그머니 다가와 장중건에게 일어설 것을 권유
했다. 장중건도 시계를 보며 일어섰다. 현직 시절 같으면 벌써 일어
났을 사람이 퇴직하더니 시간이 많은 모양이라고 힐끗대는 사람들
도 있었다.

"나 배웅 좀 하고 올게."

김과장이 장중건을 따라 영안실을 나왔다. 장중건의 차가 현관
앞에 대기하고 있다가 그의 앞으로 바싹 다가왔다. 장중건이 먼저
차에 오르고 김과장도 뒤따라 올랐다.

"박기사, 차 좀 주차장 쪽으로 빼."

차가 앞으로 나아가 모퉁이 쪽에 정지했다.

"박부영 국장이 피살 전에 담당하고 있던 사건이 뭐였어?"

"그게 좀 이상합니다. 한 달 전에 기무사 수사관 한 명이 독살 당
했는데 그 사람과 박부영 국장님과 테러정보통합센터가 함께 공조
수사를 하고 있었단 말입니다."

"무슨 사건인데?"

"그건 정확히 모르겠는데 한철호 국장님한테 배정됐다가 박국장
님한테로 넘겨져서 한국장님이 회사 때려치운다고 화낸 적이 있어
요."

"박국장이 한국장 살린 거네. 그런데 박국장이 피살 된 곳이 우리
가 안가로 쓰던 곳 아니야? 박국장 집이 아닌 것 같던데."

"맞습니다. 서초동 안가 맞아요."

"박국장은 왜 안가에 가 있었을까? 거기 누굴 데려다 놨나?"

"그건 그 사건 담당이 아니면 모르죠."

36

"자넨 안에 도로 들어갈 거지? 장례식 끝나고 만나."

"예. 알겠습니다. 저도 TF팀에 데려가 주시는 겁니다."

"헛소문 믿지 말고."

김과장이 차에서 내려 다시 장례식장으로 향했다. 장중건은 많은 의문점이 숨어 있는 이번 일이 무슨 일인지 궁금증이 일었다.

북한산 산자락에 자리 잡은 군부대 전후방 3km는 민간인 출입이 통제되는 구역이었다. 산이 깊고 군부대 길이 시작되는 초입에서부터 철망과 차단기를 설치해 철저히 통제된 길이라 민간인들은 아예 그 길에 대한 관심조차 갖지 않았다. 길을 잘못 들어선 등산객마저도 총을 메고 보초를 서는 군인들의 날카로운 눈빛을 피해 황망히 돌아서는 지역이었다. 초입에서 1km가량 비탈길을 오르면 군부대 건물이 보이고 넓은 도로가 계속적으로 이어지는 길은 군부대로 진입하는 길이다. 그 오른쪽에 자동차 한 대가 지나갈 정도의 포장된 좁은 길이 나오는데 그 길로 접어들면 군부대와는 다른 또 한 동의 건물이 숲속에 자리 잡고 있다. 언뜻 보아 무엇을 하는 곳인지 예상하기 쉽지 않은 건물이었다. 어느 대기업의 연수원이거나 공기업의 연구소일 것으로 짐작해 볼 뿐이다. 리모컨으로 열리고 닫히는 키 낮은 철문 안으로 넓은 청사의 잔디밭이 겨울 햇빛을 받아 누런 황금색으로 빛났다. 여유롭고 따사로워 보이지만 사람의 인기척은 찾아볼 수 없다. 나무 담장을 따라 숲속으로 포장 된 길이 이어지고 있었다. 이곳이 바로 '미래전략통일개발센터'이다.

2층 소장실 안쪽 문으로 통하는 회의실에서는 청와대와의 첫 화상회의가 열렸다. 대통령과 장중건의 화상 시험 회의였다.

"장중건 소장님, 첫 출근 기분이 어떠십니까?"

"각하의 세심한 배려로 모든 것이 순조롭습니다."

총책임자의 호칭을 두고 '센터장', '점장', '원장' 등 몇 가지 제안이 있었지만 장중건은 개발센터를 연구소 개념으로 정의를 내리고 소장이라는 호칭으로 결론을 지었다. 그는 인선에 가장 큰 심혈을 기울였고 그가 국정원을 사직하면서 이루지 못했던 마음의 상처를 씻을 것을 스스로 다짐하고 결의에 찬 출범을 시작했다.

"미래전략통일개발센터라는 이름이 좀 길긴 하지만 마음에 들어요. 통일은 이제 피할 수 없는 우리 코앞에 닥친 과젠데 전략적으로 미래를 염두에 두고 풀어가겠다고 하니 더 이상 바랄게 없네요. 역시 브레인다운 명칭이에요."

"좋게 봐 주시니 감사합니다."

"개업떡 대신 주신다는 선물, 기대해도 되겠죠?"

"예. 각하께는 깜짝 선물이 될 것입니다."

"기대가 큽니다. 화상 시험이 너무 길었군요. 장중건 소장님. 건투를 빕니다."

대통령이 화면에서 손을 들어 보이고 사라지자 잠시 틈을 타 강수석이 꾸벅 인사를 하며 찡긋 윙크를 보내고는 청와대와의 접촉이 단절되었다. 강수석은 꺼짐 버튼을 누르는 틈새에 눈치껏 우정의 인사를 보내는 몸짓을 취했다.

장중건 소장은 자리에서 일어서며 시계를 보았다. 한철호 국장과의 약속에 맞추려면 센터에서 출발해야 할 시간이었다. 그는 보좌관에게 차를 대기시키라 이르고 상의를 걸쳤다. 코트를 팔에 걸치고 방을 나서서 승강기를 이용하지 않고 계단을 이용해 1층을 거처 지하실로 내려갔다. 1층에는 각 부서 사무실들이었고 지하 2층은 체력단련실과 휴게실로 꾸며졌고 지하 1층은 여러 개의 교육실과 소회의실들이 있었다.

장중건은 복도를 걸으며 선발되어 온 요원들이 정예 요원들로부터 교육을 받는 광경을 둘러보고 승강기에 올랐다. 그가 오래전부터 눈여겨 두었던 인물들을 위주로 우선 상위 조직을 구성했으나 보강해야 할 일선 요원들은 아직 부족한 상태였다. 안보수석으로부터 추천을 받은 인물과 안기부 시절부터 그를 따르고 지지하던 퇴직한 민완 수사관들 몇 명이 적극적으로 그를 거들고 나섰다. 촉이 빠르고 민첩하던 정의로운 수사관들이 대통령이 바뀔 때마다, 수장인 안기부장이나 국정원장이 바뀔 때마다 달라지는 수사 방침이나 지침에 환멸을 느끼고 사직했다. 나라와 국민을 사랑하는 마음으로 일하는 것이 아니라 윗사람들 명령에 복종하기 위해 일하는 것 같다고 불만을 품다가 못 견디고 나간 친구들이었다.

장중건은 그런 인재들을 다시 불러 모았다. 제법 나이 들어 자영 사업을 하는 사람도 있었고 다른 직업으로 전환하여 직장 생활을 하는 사람도 있었지만 나라 생각하는 마음은 변함없었다. 대개들 운동권 인사들이 마구 방면되어 나오던 시기에 그만둔 사람들이었다. 남한 최고 통치권자가 평양을 방문하고 굶주린 남한 사람 외면한 채 쌀이며 돈이며 퍼주기 햇빛 정책을 쓰면서 교도소에서 무기징역을 받고 어둠 속에 갇혀 살던 반정부, 반민주 인사들이 줄줄이 사면되었다. 북한에서 남파된 간첩들과 접선, 공작, 선동했음을 어렵사리 증거로 찾아 잡아넣은 수사관들의 고충은 아랑곳없이 대통령 사면, 광복절 특별 사면 등 명분 없는 이유로 다 풀어주었다.

그들은 풀려나오자마자 대학생들의 영웅이 되어 무죄라고 큰소리치며 강연을 하고 다녔다. 대공 수사관들은 자신들의 목숨 건 수사 활동이 물거품이 되는 순간을 맛보았다. 허망하고 절망스러운 마음으로 분개해 보았자 간첩들의 조롱거리밖에 되지 않았다. 그들은 젊은 층의 지지를 받으며 국회의원이 되고 애국자가 되고 야당 대표가 되고 젊은이의 추종 세력이 되어 그들을 구속시킨 수사기관에 보란 듯이 큰소리치고 다녔다.

장중건은 거물 간첩 이선실과 민중당과의 관계뿐 아니라 고위 정계 인사들과 관련된 조선 노동당 사건의 마무리를 짓지 못한 여한을 풀 기회가 왔다고 생각했다. 대통령의 의중에도 야당이라는 명분으로 정치 활동을 계속하고 있는 일부 반정부, 친북 인사들에 대한 실체를 밝혀내야 남북한이 모두 살아남는 진정한 남북통일이 될 것이라는 뜻이 담겨 있다고 그는 믿었다.

약속된 한정식 집에 한철호 국장이 먼저 와서 장중건 소장을 기다리고 있었다.

"오랜만에 뵙습니다. 한 번 찾아뵙는다 하면서도 여태 미루고 살았군요."

"앉아, 앉아. 그쪽은 여전히 골치 아프지?"

"국정원이야 늘 그렇죠. 하루도 편할 날이 없는 거 잘 아시지 않습니까?"

"박부영 국장 피살 사건은 다 마무리 됐고?"

"말도 마십시오. 그 이야긴 장편소설입니다."

그때 여주인이 종업원을 거느리고 방으로 들어왔다.

"장차장님, 정말 너무 하세요. 그렇게 단골, 단골 하시더니 어떻게 그렇게 발걸음을 딱 끊으세요?"

"직장 떨어져 방구석에 처박힌 늙은이 오면 구박할까봐 겁나서 못 왔지."

"소문 들으니까 팔자 좋으신 모양이던데 뭘 그러세요? 골프만 치러 다니신다던데 무슨……."

"우리 제일 맛있는 걸로 한 상 차려 봐. 오늘 상 나오는 거 보고 다시 단골 되던지 할 테니까."

장중건이 음식을 주문하고 한철호는 안동소주를 주문했다.

"한국장은 원래 막걸리 파 아니었나?"

"안주 없을 때야 배 채우느라 막걸리 한 사발로 때우지만 맛있는 음식 있을 땐 술로 배불릴 일 있나요? 반주나 한잔하는 거죠."

"그건 그렇지."

별 중요하지도 않은 헛소리를 늘어놓으며 한철호는 왜 장중건이 자기를 보자고 했는지 그 용건이 궁금해서 좀이 쑤셨다. 박부영 국장의 피살 사건이 궁금해서는 아닐 것이다. 음식이 들어오고 안동소주 몇 잔이 돌았다. 따뜻한 음식은 금방 만들어 들여오느라고 종업원이 수시로 들락거렸다.

"편안하게 잘 지내신다는 소식은 여기저기서 들었습니다. 변호사 사무실은 여전히 문 열어 놓으셨죠?"

"그냥 내 개인 사무실이나 마찬가지지. 회사 그만두고 나니 진작 이렇게 살 걸 싶더라고. 한국장은 회사 들어간 지 꽤 됐지?"

"그럭저럭 30년 됐죠."

"벌써 그렇게 됐어? 참 세월 빠르다. 내 밑에서 계장 지내던 시절이 엊그제 같은데……."

"국장님은 검사로 계시다가 파견 나오면서 상전으로 오셨고 우린 칠 급 공무원부터 시작했으니 비교가 안 되죠."

"이제 회사 그만두고 싶을 때도 됐는데……."

"그만두고 싶은 마음이야 하루에 열두 번도 더 들지요. 새끼들 키우느라 노후대책 해놓은 것도 없고 아직 건강한데 놀면 뭐하나 싶어서 그냥 다니고 있습니다. 더구나 마누라가 일 저질러 놔서 당장 그만둘 수도 없고요."

"그래. 참 와이프가 하던 식당 넘겼다며?"

"넘긴 게 아니라 넘어간 거예요. 적자 운영이 계속되자 저 몰래 대출까지 받아 적자 메우고 있었더라고요."

장중건은 이미 한철호의 와이프가 운영하는 식당이 적자로 큰 손실을 입어 경제적 곤경에 처했다는 정보를 알고 그를 만났다. 다시 술잔이 오갔다.

"식사 좀 들면서 이야기하자고. 자네 내가 퇴사할 때 제일 안타까워했던 게 뭔지 기억하나?"

"기억하다마다요. 우리가 천신만고 끝에 간첩 최고 윗선에는 거물 간첩 이선실이 있다는 것을 찾아냈을 때는 이선실이 이미 북으로 복귀하고 난 다음이었다는 사실과 이선실이 구축해 놓은 간첩망을 막 캐기 시작했을 때 수사 마무리를 지으라는 지시가 내려와 분개하셨잖습니까?"

"역시 기억하고 있었군. 그래서 말인데…… 자네 날 좀 도와줄 수 있겠나?"

그 말에 한철호는 들었던 수저를 놓고 장중건의 눈을 보았다. 이제야 용건을 말하려는 것이 분명했다. 장중건은 아무 말 없이 입을 앙다문 채 한참이나 눈을 깜빡였다. 그를 20년 동안이나 가까이서 지켜본 한철호는 그 행동이 그가 신중해질 때 하는 버릇임을 알고 있었다.

"내가 말이야, 정신적으로 여유도 생기고 해서 내가 못 다한 일을 좀 해보려 하네."

"무슨……."

"비밀리에 이선실의 고구마 줄기 같은 지하 조직망을 다시 파헤쳐 볼 생각이거든. 좌파 성향의 두 대통령이 날개를 달아준 간첩들이 우리 국가 기관 요직 곳곳에 파고들어 활발한 활동을 하고 있어. 때로는 선량한 시민과 학생들과 언론을 부추기며 걸핏하면 반민주적인 행동이니 인권유린이니 어쩌니 하며 목소리를 드높이고 있어. 난 그 꼴을 더 이상 두고 볼 수가 없네."

"아무리 국정원이 이 빠진 호랑이가 되었다 해도 국정원이라는 대 정보기관도 벽에 부딪쳤던 일을 개인이 감당해내기는 힘들 텐데요. 무슨 계획이라도 있으십니까?"

한철호는 머리 좋고 계산 빠른 장중건이 절대로 가능성이 없는 무모한 짓을 벌일 사람이 아님을 잘 알았다. 틀림없이 그를 밀어주는 뒷배경이 있을 것이라 믿었다.

"구체적인 계획은 자네가 마음의 결정을 내리고 나와 한 식구가 됐을 때 자세히 설명하겠네."

"조건은 어떻습니까?"

"회사에서 퇴직을 하고 그 퇴직금으로 경제적인 문제를 어느 정도 해결하면 편안해지지 않겠나? 자네는 여전히 그 회사에서 받던

봉급만큼 돈을 받으며 나와 함께 일을 하는 거지."

"그 일은 얼마나 오래 지속될 일입니까?"

"통일이 될 때까지? 아니면 내가 치매 걸린 노인이 될 때까지? 글쎄, 다음에 좌파 대통령이 다시 당선된다면 아무래도 일하기 어렵겠지?"

장중건은 할 말 다했다는 듯이 이것저것 음식을 맛보기 시작했다. 한철호는 손수 술을 따라 한 잔을 더 비웠다.

"알겠습니다. 시간을 좀 주십시오. 그런데 한 가지 궁금한 것이 있습니다. 젊고 팔팔한 수재형 정보 요원들이 얼마든지 있는데 왜 하필 곧 퇴물이 될 저 같은 인간에게 함께 일하자고 하시는 겁니까?"

그 말에 송이버섯을 씹던 장중건이 허허 웃으며 음식을 삼켰다.

"우리가 같이 밥을 먹은 시간이 얼만가? 비밀스런 첩보 활동에는 믿음이 제일 아닌가? 더구나 내가 이를 가는 이선실 간첩 관련 사건에 대해서는 자네가 처음부터 담당을 했었고."

"그건 그렇죠."

"한국장, 자네도 나이는 어쩔 수 없군. 그렇게 물불 안 가리고 아무 때나 박력을 부리던 그 호기는 다 어디로 갔어?"

"오십 넘으면 남성호르몬이 줄어들고 여성호르몬이 득세를 해서 눈물도 많아지고 소심해진다지 않습니까?"

"맞아. 나도 드라마 보다가 곧잘 눈물이 나더라고. 결정은 빠르면 빠를수록 좋겠어. 자, 이제 맛있게 식사나 합시다."

장중건은 도자기 병에 든 술을 한철호에게 적극적으로 따라주며 자신도 식사에 열중하는 듯하다가 다시 말문을 열었다.

"피살된 박국장이 맡아 하던 일이 원래는 한국장 자네한테 배당

됐던 일이라면서?"

"그랬죠. 박부영이가 원래 일 욕심이 좀 많았던 거 기억하세요?"

"기억하지. 자기 할 일이 태산인데도 자기 일거리 덜어주려고 다른 사람한테 일 맡기면 성질냈잖아."

"아시네요. 이번에도 송차장님이 저에게 어떤 인물 내사를 맡기려고 했을 때 그건 자기 부서가 해야 할 일이라고 박박 우기더라고요. 그래도 송차장님이 그냥 절더러 맡아서 진행하라는 겁니다. 저야 알겠다고 했지요. 그런데 그 이튿날 다시 박부영한테 그걸 넘기라는 명령이 떨어진 겁니다. 대검 공안부 검사실에서 송차장님께 협조 전화가 왔다는 거예요. 검사실에서 왜 전화를 했겠어요? 박국장 아들이 공안부 검사니까 아들한테 부탁을 했던 모양이에요."

"누구 내사였는데?"

"그건 차후에 말씀 드릴게요."

"그래. 내가 아직 국정원 차장인 줄 착각했네. 묻지 않아야 할 말인 걸 깜빡 했어."

장중건이 민망해 하자 한철호는 얼른 화제를 돌렸다.

"결과적으로 그 친구가 날 살린 셈이 됐어요. 그날도 안가로 들어가다가 변을 당했거든요."

"그 소린 들었어. 어쨌거나 자네 목숨을 살린 셈이니 고마운 마음 가지게."

"그럼요. 그 일을 맡게 해준 박국장 아들이 가슴을 쳤겠지요. 그 친구가 그래서 아버지 죽음에 목숨 걸고 조사하겠다는 거 아닙니까?"

"그렇겠군. 하여튼 빠른 시간 안에 연락 주게."

그에게는 계장 시절부터 대공 수사를 도맡았던 강직하고 순발력이 빠른 한철호 국장이 꼭 필요한 존재였다. 대통령과의 밀약은 그가 못다 푼 한을 푸는 데서부터 매듭을 풀어가야 할 것 같았다.

박부현 국회의원은 특별히 급한 아침 일정이 없는 한 인터넷 신문을 훑으며 하루 일과를 시작한다. 수십 종의 종이 신문을 펼쳐 일일이 뒤적이는 것보다 인터넷의 머리기사와 톱뉴스들만 읽어도 어젯밤 사이에 무슨 일이 벌어졌는지 한 눈에 알아볼 수 있었다. 그러다가 특별히 관심 있는 분야나 자신과 관련 있는 기사는 클릭하여 상세한 전체 내용을 다 읽었다.

뉴스를 뒤적여 보다가 우연히 뉴스데일리에서 흥미진진한 지난 기사를 발견하고 마우스를 가져다댔다. 제목은 '씨받이 공작'이었다. 예결위 소속인 그에게 어떤 단어 한마디도 관심사가 아닌 것이 없었다.

영국 텔레그래프는 탈북 언론인 장진성 대표의 책을 인용하여 가공할 만한 대남 적화 전술을 파헤쳤다.

김정일은 1970년대에 평양 노동당 35호실을 이스라엘의 모사드와 같이 만들겠다며 외국인 납치 공작을 벌였다. 북한 간첩들의 현지화 교육과 납치한 외국인들의 신분을 활용하고 현지에서 활동할 간첩을 양성하기 위해서였다. 김정일의 지시를 받은 북한 대남공작기관들은 세계 각지에서 10대, 20대 여성들을 납치했다. 한국, 일본, 레바논, 중국, 태국, 루마니아, 프랑스, 이탈리아, 네덜란드, 요르단, 말레이시아, 싱가포르 등 12개국에서 최소한 523명의 외국인을 납치했다. 납치 피해자는 대부분 어린 소녀나 젊은 여성이었다.

김정일은 이들에게 현지에서 활동할 공작원 교육을 시켜 공작
원으로 양성하려 했으나 생각처럼 쉽지 않아 실패로 돌아갔다. 이
에 김정일은 '씨받이 전술'로 전략을 바꾸었다. 외국인의 외모를 가
진 공작원을 생산한다는 개념이었다. 세계에서 젊은 여성들을 납치
하는 공작을 중단하고 북한의 미인들을 골라 세계 각국으로 보내
어 임신 공작을 해오도록 만드는 명령을 내렸다. 백인은 물론 흑인,
동남아인, 서남아인, 아프리카인 등 다양한 외모의 아이들이 태어
나면 아이들은 철저히 격리된 채 키워져 나중에는 대남 공작원으
로 양성되는 전술. 이와 더불어 '씨앗 심기 작전'으로 '임신 특공대'
라는 임신 공격 여성 집단이 존재한다는 사실에 세계는 경악을 금
치 못했다.

평양을 찾은 해외 엘리트들을 협박하기 위해 미모의 가임 여성
들을 이용해 유혹하고 그의 아이를 임신하도록 만든다. 북한을 찾
은 외국 정치인, 기자, 사업가, 유명인사들이 공식 일정을 마치고 숙
소로 돌아와 보면 이미 아름다운 알몸의 젊은 여성이 침대에 누워
있다는 것, 유혹에 넘어가 성관계를 가지면 십중팔구는 임신을 하
게 된다는 것이다. 이렇게 외국인을 함정에 빠뜨린 뒤 아이를 볼모
로 해당 인사에게 대북 지원을 요청하거나 여론 몰이를 요구한다.

실지로 일본 사회당 의원이나 요미우리 신문기자 등이 북한 방문
시 성관계를 갖고 북한 여성을 임신 시킨 사실이 일본 정보기관에
서 흘러나왔다.

2000년 6·15 공동선언 이후 남북한 교류가 활발해지면서 북한에
한 번 다녀온 뒤부터는 북한에 가기 전 태도와 입장이 판이하게 달
라진 남한 인사들도 적지 않다. 북한에서 무슨 일이 있었는지 그들

은 밝히지 못하지만 북한으로부터 '모종의 협박'을 받고 있으리라 추측할 수 있다.

재미교포 종교인을 대상으로 평양 호텔에서 벌어진 임신 공격 사실은 미국에서 발행되는 신문에 보도된 바가 있다. 이 미인계 임신 공격 공작이 김정일이 살아있던 시기에 일어난 일이지만 김정은이 이 전략을 포기한 것으로는 보이지 않는다. 오히려 현대에 맞게 발전한 형태의 미인계로 활동을 펼치고 있으리라 짐작된다. 그 증거로 2008년 7월에 검거된 원정화, 2010년에 김미화, 2012년에 이경애는 탈북자로 위장한 뒤 외로운 남성들을 포섭하여 첩보 수집과 대남 공작을 펼쳤다. 공안 전문가들은 탈북자나 해외 교포, 또는 외국인으로 위장한 미녀 간첩들이 국내에서 '임신 공격'을 시도할 가능성도 있다고 보고 자칫하면 서울에서 자기도 모르는 새 김정은의 '미인계'에 공격당하는 세상이 되었다고 한탄했다.'

기사를 읽고 컴퓨터에서 눈을 떼며 벗어 놓았던 안경을 집었다.

"나한테는 해당 없는 말씀이외다. 내가 눈 뜨고 코 베어 가는 사기는 당할지 몰라도 김정은이 보낸 미인계의 당할 사람은 아니네."

그는 안경을 쓰고 길게 기지개를 켠 다음 다 식은 녹차를 훌쩍 마셨다.

"혹시 북한 인권을 주장하고 묻지 마 원조를 내세우는 정치인은 북한 미인계를 의심해 봐야 하는 거 아니야?"

박의원은 자기가 말해 놓고도 스스로 머쓱해져 피식 웃고 말았다. 존재 가치를 가진 인간이기를 포기한 그들의 기상천외한 술책이 한심스럽고 역겨우면서도 누가 그런 아이디어를 만들어 내는지 뇌구조가 신기할 따름이었다.

"의원님, 열 시부터 예결위 삼차 회의가 있습니다."

보좌관이 인터폰을 통해 곧 있을 회의 시간을 알렸다. 정부 각 부처의 예산안 중 보안상의 문제로 명확한 명목으로 제시되지 않은 '업무 추진비'가 계속해서 걸림돌이 되었다. 보안상, 보안상 하면서 각 부처 수장들의 권한으로 마구 유용된다는 지적을 받고도 그 명목을 끝내 밝히려 들지 않았다. 예산, 결산 시즌이 되면 예결의원들의 권한과 위력은 대단해 보였다. 각 지자체 단체장들은 조금만 연줄이 닿아도 그 줄을 통해 자기들의 예산을 삭감하지 말아 달라는 청탁을 해 왔다. 인사를 나누고 보면 서로서로 다 아는 처지의 정치인끼리 안면 몰수하고 모른 척 외면하기도 쉽지 않은 일이었다. 그저 '잘 부탁합니다' 하면 '예. 힘써 보겠습니다만 제가 무슨 힘이 있나요?'라고 웃어넘기는 수밖에 방법이 없었다. 예산을 놓고 여당과 야당이 불꽃 튀는 언쟁을 벌일 때면 원칙대로, 규정대로, 공정하게 따져야 할 중책이 어깨 위에 있음을 느꼈다.

하루 종일 박의원은 회의에 쫓아다니면서 많은 시간을 보냈다. 부산이나 여수나 서울과 먼 쪽 지방의 지역구 국회의원들은 자기 지역구를 드나드느라 비행기를 승용차 타듯 타면서 날아다녔다. 국회의원 대부분이 그렇게 시간을 쪼개 가며 살아가고 있었다. 지방으로 서울로 행사장을 돌아다니다 보면 때를 놓쳐 끼니를 건너뛰는 일도 다반사였다. 저녁 자리는 보통 두 군데, 세 군데 들러 제대로 식사도 못하고 술이나 몇 잔 마시고 일어서기가 일쑤였다. 밤 열두 시나 되어 지친 몸으로 귀가하면서 이 짓이 뭐가 좋아서 그렇게 머리 터지게 당선되려 하는가 싶을 때도 있었다.

박의원은 오늘 회의 중에도 문득 왜 한철호 국장이 저녁을 하자고 연락을 해 왔는지 궁금증이 일었다. 고향 친구이자 대학 동기인 그와는 꽤 친한 사이였다. 박부현이 국회의원이 되고 그가 국정원 대공 수사국장이 되고부터는 괜히 남의 입에 오르내리는 관계가 되고 싶지 않다는 이유로 공식적인 모임이 아니면 따로 만나려 들지 않았다. 한철호 국장 쪽에서 더 두 사람의 만남을 꺼려했다. 박부현은 고향에서도 부농의 아들로 편안한 유년기를 보내며 공부했고 한철호는 좋은 머리 하나로 어릴 때부터 수재 소리를 듣고 자라났다.

박부현은 똘똘하고 당찬 한철호와 단짝 친구가 되고 싶어서 그 곁에 다가갔지만 한철호는 별로 그를 달갑게 받아들이지 않았다. 박부현은 그저 평범하고 순한 성격대로 별 어려움 없이 초, 중학교를 고향에서 졸업하고 고향에서 멀지 않은 부산으로 고등학교를 옮겼다. 부산으로 유학을 간 셈이었다. 한철호는 형과 함께 부모님의 집안 농사를 도우며 고향에 있는 고등학교를 졸업했다.

두 사람 모두 서울에 있는 대학에 응시를 했다. 박부현은 서울대학에, 한철호는 고려대학에 입학원서를 제출했다. 박부현은 낙방이었고 한철호는 합격이었다. 동네 어귀에 '축! 고대 당선 한철호'라는 현수막이 붙어 펄럭일 때도 박부현은 낙방한 창피를 무릅쓰고 한철호의 당선을 진심으로 축하해 주었다. 그때부터 두 사람은 마음을 터놓고 가까워졌다. 박부현은 서울로 주거를 옮겨 학원을 다니며 재수를 준비했다. 그때 한철호는 박부현이 얻어 놓은 서부 이촌동 아파트에서 함께 살았다. 박부현은 한철호한테 자극을 받아 열심히 공부했고 재수 1년 만에 서울대학교에 합격했다.

"네가 다니는 대학엘 지원할까 하는 생각도 했는데 학교 선후배로 엮이기 싫어서 다른 대학에 간 거야."

박부현이 대학 합격자 발표가 나자 한철호에게 고백했다.

"잘했어. 나도 고향 친구랑 선후배 되긴 싫어."

박부현은 학교 캠퍼스 가까운 숙소를 얻어 거처를 옮겼고 한철호는 학교 건너편 반지하 셋집을 얻어 이사했다. 박부현이 자주 고대로 찾아와 한철호의 친구들과 어울려 막걸리를 마시며 어울려 놀았기 때문에 한철호의 대학 친구들은 박부현을 당연히 자기들과 같은 고대생인 줄 알고 있는 애들도 있었다.

"넌 무슨 과야?"

간혹 한철호의 친구들이 물었다.

"법학과."

박부현은 법학과 애들 앞에서 자신도 법학과라 대답했다.

"난 너 못 봤는데."

"얜 고대 아니야."

한철호가 뜬금없는 표정으로 박부현을 가리켰다.

"그럼?"

"서울대."

"근데 서울대 샌님이 관악산 떠나서 왜 맨날 여기 와서 놀아?"

"우린 고향 친구니까."

"서울대생 중에도 이런 의리파가 있었냐?"

그들은 어깨동무를 하고 고래고래 소리 지르며 뒷골목을 누볐다. 박부현은 졸업하고 고향 국회의원의 사무실 지킴이 같은 어린 보좌관 일을 하다가 정치계에 몸을 담았고 한철호는 몇 번의 사시를 준비하다가 낙방하자 사시 준비 때려치우고 안기부에 공채 시험을 쳐서 합격했다.

서로 어느 곳에서 어떻게 지내는지 고향에 갈 때마다 부모 친척들이 두 사람의 소식을 전했지만 각기 자기 분야에서 확고한 사회적 위치를 확보하지 못한 상태에서 굳이 만나기를 원치 않았다. 고향 어른들은 동향 친구끼리 서로 힘을 합치면 좀 더 나아가는 길이 수월하지 않겠냐고 조언을 했지만 그들은 건성 대답만 한 채 만나지 않고 살았다.

고향에 다니러 간 명절 때나 친인척 대소사에서 어쩌다 얼굴 마주치게 되면 반갑게 어울려 술을 마시며 옛날 벌거숭이 시절 친구로 돌아가 어깨동무를 하고 동네를 싸돌아다녔다. 그리고는 그뿐, 또다시 서울로 돌아와 자기 일상으로 돌아가면 소원해졌다.

"철호야, 나 고향에서 출마하게 됐다. 좀 도와다오."

박부현이 고향 지역 국회의원으로 총선에 출마하게 되었을 때 그가 한철호를 찾아왔다.

"내가 국가 공무원 신분이라 내놓고 도와줄 형편은 못되지만 마음으로는 적극 지원한다."

한철호의 진심이었다. 알게 모르게 한철호의 입김이 박부현 당선에 도움이 되었음을 주변에서 알 사람은 모두 알았다. 그 일은 두 사람이 적극적으로 조우하게 된 동기가 되었다. 그 무렵 한철호 역시 과장으로 승진하여 당시 안기부였던 회사에서 어느 정도의 위치에 도달했기에 가능한 일인지도 몰랐다. 그들은 결혼을 하고 가끔 부부 동반으로 저녁도 먹고 술도 한 잔씩 나누는 편안한 관계가 이어졌다. 그들은 서로 상대편의 부인들을 '제수씨'라 불렀고 부인들은 남편의 친구를 '아주버니'라 부르기로 합의를 보았다. 생활력이 강한 한철호의 부인이 경제적으로 넉넉지 못한 남편의 본가와 시댁을 돕겠다며 보쌈집을 운영하면서 박의원은 자주 그 집을 이용해주는 단골 고객이 되었고 한철호는 조금씩 불편한 마음을 갖기 시작했다.

"당신 이제 가게 넘기고 들어앉으면 안 되겠어? 넘어갈 뻔한 아버지랑 형님 댁 시골땅도 다 찾았고."

"아직 시골집 대출 이자랑 우리 아파트 대출 이자가 나가고 있다고요."

한철호는 더 강력하게 가게를 접으라고 강요하지 못했다. 형님과 부모님이 고소득 농작물을 심겠다고 무리한 자금을 투자해 시도를 하다가 농사짓던 땅과 집이 몽땅 농협 은행에 넘어갈 지경이 되었다. 그때 그의 억척스런 아내가 발 벗고 나서서 집을 담보로 사업 자금을 만들어 식당을 시작했다. 아내의 친정어머니가 요식업으로 딸들을 키운 탓에 식당이라면 자신 있다고 했고 장모가 모든 준비를 도왔다. 장모는 장모대로 수원에서 식당으로 자리를 잡은 터였고 아내는 집에서 멀지 않은 홍제동에 자리를 잡았다. 장모의 이름으로 낸 보쌈 2호점이지만 실질적인 주인은 아내였고 공무원 신분인 자신의 안사람이 장사를 한다는 것이 께름칙해서 견딜 수가 없었다. 가끔 직원들이 '사모님 가게로 회식을 가면 어떠냐?'고 해도 그는 절대 허락하지 않았다.

"누구 신세 망치려고 우리 집사람한테 회식비를 지급하겠다는 거야? 공짜로 먹으려면 가던가?"

동료들도 직원들도 공식적인 모임은 절대로 아내의 식당에서 하지 못하도록 금지시켰다. 장모의 음식 솜씨와 장사 노하우 덕에 식당은 번창했고 아내는 기세등등하여 강남으로 진출했다. 한철호는 강남 진출을 말리기는 했지만 장모와 아내가 알아서 할 일이었다.

그는 집안일에 간섭할 정도로 한가하지도 않았고 안에서 하는 일에 관여하지 않은지 오래였다. 그러다 얼마 전 공무원 재산 공개 때문에 서류를 떼다가 집이 엄청난 대출에 담보가 잡혀 있음을 알았고 아내가 사업자 대출까지 받은 사실을 알게 되었던 것이다. 아내에게 자초지종을 물으니 강남으로 식당을 옮긴 이후 계속 적자 운영이었고 곧 자리 잡히면 나아지겠지 하며 여기저기 사채를 끌어다 메워나간 빚이 눈덩이처럼 불어났다는 것이었다.

"야, 네가 먼저 술 한잔하자는 날도 있냐?"

일식집에 먼저 도착한 한국장이 이 생각 저 생각하며 뜨거운 정종 한 컵을 반쯤 비웠을 때 박의원이 방으로 들어섰다.

"오늘은 편안한 술자리가 될 것 같아서."

"무슨 소리야? 내내 불편했단 소리네."

"먼저 한잔하자. 내가 다 주문해 났어."

여사장은 종업원을 시켜 술을 먼저 들여보내고 잠시 후 밑반찬을 들고 들어왔다.

"오늘은 한국장님 지시에 따르라고 하셔서요."

"이 친구가 오늘 무슨 기분 좋은 일이 있는 모양인데 그렇게 해야지 뭐."

"사장이 자네 단골집이라고 내 말은 영 들으려 하질 않아."

"곧 회 들여올게요."

여사장이 나가고 두 사람은 큰 정종 컵을 마주쳤다. 먼저 잔을 비운 한철호가 안주머니에서 봉투를 꺼내어 박부현 앞으로 밀었다.

"이거 받아 넣어라."

"이게 뭔데?"

"얘기 들었다. 집사람 가게 어려워서 절절 맬 때 도와줬다며? 한 번도 아니고 두 번씩이나."

"무슨 소리야? 도와준 게 아니라 회식비 먼저 맡긴 거야."

"쓸데없는 소리. 가게 처분했고 나도 목돈 좀 생겼다."

"간첩 잡는 수사관이 뭐 해서 목돈이 생겨? 간첩이 숨겨 놓은 공작금이라도 착취했냐?"

"그래. 아주 땡 잡았다. 어서 챙겨 넣어."

"됐어. 빌려준 게 아니라니까."

"그럼 오늘 술자리 이 한 잔으로 끝이야. 나 일어서도 되지?"

"에잇, 참 그 성질하곤……. 알았어."

박부현이 윗저고리 안주머니에 돈봉투를 챙겨 넣고 상의를 벗었다. 오래전 박부현은 한철호 안사람 식당에 식사하러 갔다가 우연히 한철호 아내가 건물주와 통화하는 소리를 듣고 오백만 원씩 두 번 도와준 적이 있었는데 한철호가 그 돈을 가져온 것이었다.

"나, 얼마 전 회사 사표 내고 오늘 퇴직금 받았다."

"왜? 권고사직이야?"

"아니. 자진 사퇴."

"왜? 무슨 일 있어? 제수씨 빚 때문에?"

"아니. 스카우트 제의가 들어와서."

"스카우트?"

박부현이 껄껄거리고 한참을 웃었다.

"야, 국정원보다 더 든든한 직장이 어디 있다고 스카우트라는 말을 써?"

"얘가 사람 무시하네."

"한물간 널 스카우트 한 곳이 도대체 어딘데?"

"그건 나도 아직 몰라. 내가 무슨 일을 하게 되는지……."

"별……. 술이나 마셔야겠다."

두 사람은 회와 함께 들여온 술을 마시기 시작했다. 한철호가 결코 생각이 짧은 사람도 아니니 경솔하게 결정했을 리는 없을 테고 자세한 말을 하지 않는 것으로 보아 보안을 지켜야하는 일이라 믿었다. 다만 박부현은 다음 총선에도 한철호가 또 도움이 되어줄 수 있는지가 의문이었다. 두 사람의 우정이 어떤 일로 금이 가게 되는지, 어떤 갑과 을의 관계가 될는지는 아무도 알지 못했다.

제**2**장
숨겨진 밀약

평양 노동당 35호실에서는 인민무력부 정찰총국의 각 국장인 고위 간부급 긴급회의가 열렸다.

"곧 김정은 국방위원장님의 중대 발표가 전달될 것입니다. 그 발표를 듣고 회의를 시작하겠습니다."

"그럼 김정은 국방위원장님께서 직접 발걸음을 하신다는 말씀입네까?"

"발표문만 오갔지요."

모두들 무슨 긴급한 사항인지 궁금해 하며 중대 발표 전문이 도착하기를 기다렸다. 궁금증이 더해가는 중에 제2국장인 정찰국장이 김영철 정찰총국장의 안내를 맡으며 문을 벌컥 열었다. 그가 옆으로 비켜서자 김영철 총국장이 거드름을 피우며 들어섰다. 앉아있던 간부들이 모두 자리에서 일어났다. 정찰총국의 기구가 확대 개편

되어 이제는 총 6국 체제로 운영되면서 김영철 국장의 기세도 덩달아 치솟았다. 한때는 김정일의 직속 하에 있던 노동당 35호실이 막강한 힘을 가졌지만 이제 35호실은 정찰국 제3국에 소속되어 해외 정보 담당과 대남 침투 지원밖에 권한을 가지지 못했다.

정찰총국은 처음에 대남 해외 공작 업무를 담당하던 1)노동당 35호실, 잠수정을 이용해 대남 침투를 담당하던 2)인민군 정찰국, 위조지폐와 마약 거래, 무기 수출, 외화 벌이 등 북한 지도부의 통치 자금을 마련하는 3)노동당 작전부 이 세 곳을 통합하여 설립된 대남 공작 기구였는데 운영 체제가 강화된 이후 기구가 엄청나게 확대되었다.

제1국은 작전국으로 간첩 양성 및 침투를 담당한다. 해주, 남포, 원산, 청진의 4곳에 해상 침투를 위한 연락소를 운영하고 있다. 제2국은 정찰국으로 테러 및 군사작전을 담당한다. 대남 무장공비 남파, 요인 암살, 납치, 폭파 등이 2국 담당이었다. 제3국은 해외 정보를 담당하던 노동당 35호실의 역할과 대남 침투를 지원한다. 4국은 없고 제5국은 남북 대화 관련 업무 및 협상 기술 연구를 맡고 제6국은 사이버테러와 침투 장비 및 기술 개발을 담당한다. 제7국은 나머지 5개국을 총괄 지원하게 되어 있었다.

이러한 정찰총국의 국장이면 해외에 위장 간첩 파견이나 대남 공작에 관한한 실세 중에 실세라 할 수 있었다. 오죽하면 제임스 클래퍼 미국 국가정보국장이 평양을 방문했을 때 12가지 한정식이 나오는 최고의 요리를 대접해 놓고 더치페이라는 명분으로 미국 측 인사가 먹은 음식값 청구서를 내미는 오만불손함을 저질렀겠는가. 그런 정찰총국장이 김정은의 친서를 들고 나타난 것이다.

"아, 위대한 영도자 김정은 동지께서 정찰총국의 간부인 동지들에게 새로운 명령을 내리셨소. '외화 벌이를 위해 나가 있는 해외 공작원 중 북유럽 부부 공작조를 나의 생일에 맞추어 모두 소환하라' 이것이 간부 동지들에게 내리는 극비 명령이오. 그렇게 알고 즉각 소환 명령을 전달하되 김정은 원수께서 생일을 맞이하여 그간의 수고를 치하하고 상을 내리기 위해 잠시 귀국하는 것이라 이르란 말입니다. 알겠습네까? 이 방에 있는 간부들에게만 알리는 극비사항이니 직접 전달하시오. 이상이오."

김영철 정찰총국장은 김정은의 명령을 하달하고 정찰국장의 안내를 받으며 곧바로 방을 나갔다. 그가 나가자 다섯 명의 간부들은 자리에 앉으며 비로소 수군대기 시작했다.

"상을 내리겠다는 겁니까? 벌을 내리겠다는 겁니까?"

"동무는 간부 생활을 그렇게 하고도 소환이라는 말뜻을 모릅니까?"

"수고를 치하하고 상을 내린다니 하는 말 아닙니까?"

"그건 미끼지요. 소환이라고 말하면 그들이 제 삼국으로 튀어 버리지 돌아왔습니까?"

"그거야 그렇지요."

"어느 나라건 멋대로 날아다니는 공작원들인데 어딘들 못 가겠는가 말입니다."

"북유럽 부부 공작조가 몇이나 됩네까? 3국장님은 잘 아실 것 아닙네까?"

"지금 북유럽에서 부부 조가 활동 중인 곳은 스웨덴과 덴마크뿐인데 외화 벌이 실적이 양호한 편입네다."

"소환 명령이 떨어질 때야 외화 벌이 실적 외에 다른 이유가 있갔지요."

"덴마크 부부 공작조는 최근 사업이 부진해서 스스로 돌아오겠다는 뜻을 전한 바 있고 스웨덴 공작조는 사업이 활발하고 외화 벌이를 아주 잘해서 얼마 전에도 귀한 선물을 보내왔단 말입니다. 그런데 왜 갑자기 소환 명령이 떨어졌는지 알 수가 없습네다."

그들은 더 깊은 내막을 알지 못한 채 명령을 따르는 수밖에 없었다. 잠시 후 정찰국장이 김영철 총국장을 배웅하고 회의실로 돌아왔다. 다섯 국장들은 모두 정찰국장에게 주목했다. 뭔가 자기들이 알지 못하는 정보라도 알고 있지 않나 싶어서였다.

"북유럽 부부 공작조에게 왜 소환 명령이 떨어진 것입니까?"

"눈치로 봐선 큰 실수를 범한 모양이야."

"누가요?"

"북유럽 부부 공작조 말이오."

"스웨덴 팀? 아니면 덴마크 팀?"

"둘 중 하나인 모양인데 어느 팀인지는 나도 모르겠소."

"소환해 보면 알게 되겠지요. 누가 벌을 받고 누가 상을 받는지……."

그들은 스웨덴 암호명 스텔라(별) 부부와 덴마크의 암호명 리베라(자유) 부부에게 김정은 생일 사흘 전까지 평양에 도착하라는 명령을 하달했다. 물론 김정은 원수 생일잔치에 초대한다는 가슴 벅차고도 영광스러운 내용으로 전달되었다. 그들은 설레는 마음으로 김정은 제1위원장의 생신 선물을 무엇으로 할지 고민에 빠질 것이다.

미래전략통일개발센터(추후로는 미통개발) 출범으로 자신감에 넘치던 장중건은 자신의 나이를 절감하며 변화하는 새 시대에 적응하지 못하는 스스로를 의식해야 하는 난관에 봉착했다.

"아니, 남조선 노동당 거물 간첩 이선실을 모른단 말이야?"

"이선실이 누굽니까?"

새로운 첩보 요원 양성 교육을 실시하던 중 이십 대, 삼십 대는 이선실이라는 간첩이 존재했었다는 사실조차 알지 못하는 젊은이가 절반이나 된다는 사실에 그는 너무 큰 충격을 받았다. 그런 그들 앞에서 세대 차이를 느끼는 정도가 아니라 자신이 그들 앞에서는 까마득한 전설의 인물인 듯한 착각마저 들었다.

"그런 할머니 간첩이 있었다는 말은 들은 것도 같아요."

어렴풋이 이름은 들어봤다는 젊은이까지 합쳐도 반이 되지 않았다.

"그 할머닌 죽었겠네요?"

그나마 정치, 사회면의 신문도 보고 이념에 대한 정확한 판단력도 가지고 있다는 법학도들과 행정고시에 합격하여 사회를 출발한 재원들을 뽑아 놓았는데도 그 모양이었다.

"이런 애들을 데리고 무슨 일을 해보겠다는 거야? 이 애들이야말로 국정원에서 간첩 증거를 조작했으니 간첩이 조작된 인물이니 하고 말할 애들 아니냐고?"

장중건 소장은 화가 치밀어 안절부절 못하며 탄식을 터뜨렸다. 한철호 부소장이 녹차 두 잔을 들고 와서 한 잔을 장중건에게 권했다. 한철호의 직책은 부소장으로 미통개발에서 수사 지휘 총괄의 직분을 맡았다.

"소장님, 요즈음 젊은 애들이 다 그렇습니다. 남북한 대치 상황인데도 보안법 철폐를 부르짖는 아이들 아닙니까? 세상이 바뀌었다는 걸 인정하셔야 합니다. 우리가 알고 있는 사실을 저 애들이 모른다고 해서 저들이 멍청한 건 아닙니다. 쟤들이 알고 있는 것을 우리가 모르는 게 더 많다는 것도 아셔야지요. 정확한 근거를 제시하면서 자세히 알려주고 그것이 조작이 아닌 사실임을 알고 나면 오히려 더 분개하는 나이기도 해요. 차 한잔 드세요. 스님들이 정신 수련을 하면서 마시는 찬데 마음이 좀 차분해지더군요."

장중건은 긴 한숨을 쉬며 한철호가 권하는 대로 차 한 모금을 마셨다. 찻잔을 들었을 때 코끝으로 먼저 스며들어 구미를 돋우고 차가 입안을 적실 때 감도는 차향이 기분 좋았다. 차 맛이 맑고 다소 곳한 비구니를 연상케 했다.

"한국장이 데리고 있던 대공 수사국 단장 중에 회사에 사표 내고 캘리포니아로 이민 간 친구 있었지?"

"아, 안단장 말입니까? 종북 세력이 법원과 검찰 그리고 언론 기관에까지 침투한 이 정신 빠진 대한민국을 떠나서 자식들 공부하는 거 뒷바라지나 잘 하겠다며 사표 냈잖아요."

"그래, 그 친구. 연락돼?"

"예. 인터넷 전화로 가끔 연락 옵니다. 마누라가 코리아타운에서 24시 설렁탕 식당을 하는데 대박 났대요. 새벽에 장만 봐다주면 종일 시간 많다고 한 번 놀러 오라고 하는데 제가 시간을 못 냈죠. 왜요?"

"아니. 국정원 통하지 않고 쓸 만한 우리 해외 요원이 좀 더 필요해서."

"우선 새로 뽑은 요원들 교육이나 다 끝내 놓고 생각해 보시는 게 좋겠는데요."

"그러자고. 갑자기 그 친구가 한국 떠나기 전에 인사 와서 하던 말이 생각났을 뿐이야."

"무슨 말을 했는데요?"

"누군가의 압력에 의해 피해자가 하루아침에 피의자가 되고 조사자가 조작자가 되는 대한민국이 싫어서 떠난다고 하더군. 그땐 '그럴 수도 있는 게 세상살이야' 했는데 회사 그만두고 나서 생각하니 그 말이 어떤 의미였는지 실감이 나더라고."

"교육실에 들어갈 시간입니다."

장소장과 한부소장은 자리에서 일어났다. 장중건은 특별 수사 요원들의 교육을 실시하고 한철호는 일반 첩보 요원으로 활동할 젊은 요원들의 교육을 담당했다. 장중건이 철저한 보안 아래 특별 수사 전담반을 둔 것은 그가 못 다한 이선실 관련 수사 때문이었다. 일반인들뿐 아니라 수사 관계자들 대부분도 그 수사는 일단락 지어졌다고들 말하지만 장중건의 생각은 달랐다. 남한 공작지도 총책인 간첩 이선실의 실체는 남한에서 사라졌지만 그 노파가 10년간 장기체류하면서 뿌려 놓고 간 씨앗들이 이제는 곳곳에서 뿌리를 내리고 싹을 틔우면서 지하로 파고들고 그 가지들이 뻗어나가고 있었다. 초반에 일망타진 했어야 할 이선실의 잔뿌리들이 그러지 못한 채 이제는 강한 생명력으로 종자를 늘여가고 있을 것이 뻔했다.

"여러분들은 다른 부서 팀과 달리 한 가지 아이템에 집중적으로 내사를 벌일 팀입니다. 내가 국정원에 있던 당시 간첩 조직망을 캐던 중 그 위에 공작 총책인 이선실이라는 거물 간첩이 있다는 사실을 밝혀내는데 성공했습니다. 급히 이선실이라는 간첩에 대한 정보를 알아냈지만 그 간첩은 이미 북한으로 영구 복귀한 뒤였습니다. 그 간첩 조직에는 이선실과 접촉한 정치적인 인물들이 상당수 있었는데 형을 받은 사람도 있지만 끝내 증거를 잡지 못해 의혹만 받다가 흐지부지된 경우도 많습니다. 정치적 탄압이니 보복성 음해니 떠들며 야당과 운동권 세력을 이용해 자신들을 방어했지요. 그들 중 현 국회의원, 시의원, 정당 요직에서 활동하는 자들도 있고 언론종사자도 있습니다."

특별 수사 전담반은 경찰, 검찰, 기무사 쪽에서 이미 대공 수사 경험이 있는 사람들이나 그 관계자들을 대상으로 조직을 구성했기 때문에 이선실이 누구냐고 묻는 사람은 없었다. 또 이선실과 관련된 자가 누구냐는 질문도 하지 않았다. 설사 자세한 내막을 모른다 하더라도 자기만 모른다는 내색을 하고 싶지 않은 심리 때문인지도 몰랐다.

"당시 활동 상황과 조직 체계, 관련자들은 상세한 도표로 한철호 부소장이 따로 교육을 실시할 것입니다. 벌써 20여 년 전 일이라 다시 한 번 기억을 되살리는 시간이 필요하리라 생각되어서입니다. 이선실과 연계된 관련자들이 민중당 창당, 민노당 창당에 개입하고 그 당들이 해산하면서 통진당, 더불어민주당, 국민의 당, 심지어는 새누리당 등으로 당적을 바꾸어 나라를 위한다며 활동을 계속하고 있는 반국가적인 인물들이 있습니다. 그러기 때문에 이선실 간첩 사건은 아직 끝난 것이 아닙니다. 현재 진행형인 것입니다. 우리는 그들을 은밀하게 내사할 생각입니다."

특별 수사 전담반이 앞으로 해야 할 수사 방향을 제시함으로써 그들의 각오를 새롭게 다질 필요가 있었다.

"여기서 한 가지 명심해야 할 사항은 특별 수사반은 이 기관 내부에서도 어떤 일을 하는지 아무도 명확하게 알지 못합니다. '총괄 수사반'이라는 명칭대로 유경험자의 수사관들로 구성되어 어느 부서에나 가담, 지원하는 팀이라고 설명하십시오. 이미 보안 유지에 철두철미한 분만 모셨으니 그 점은 걱정하지 않아도 되리라 생각합니다."

제일 젊은 층이 40대 후반이고 보면 세상 경험상 녹녹치 않은 수사관 세계를 알 만큼 아는 사람들이었다.

"미통개발 '총괄 지원팀'이라고 명칭을 바꾸면 어떻겠습니까? 수사반이라는 명칭부터가 보안을 할 수 없게끔 드러내고 있는 것 같아서 말입니다."

기무사에서 온 한 수사관이 장소장에게 건의하자 모두들 웅성웅성 동조하는 분위기였다. 아직 공식적인 명칭이 정해지지 않은 상황에서 좋은 제안이 되었다.

"그럽시다. 아직 부서 명칭을 확정한 것이 아니니 얼마든지 가능한 일입니다. 좋은 아이디어 있으면 언제든 말씀해 주세요. 일단 각자의 위치로 돌아갔다가 점심 식사 후에 한철호 부소장이 만든 영화 한 편을 감상하도록 합시다."

그들은 2층 회의실을 나와 각자의 사무실로 돌아갔다. 한철호 부소장이 만든 영화라는 것이 스크린을 통한 교육임을 모두 알고 있었지만 최첨단 시설을 갖추었다는 미통개발의 시스템을 눈으로 확인할 첫 기회였다.

스웨덴 스톡홀름 알란다 국제공항.

유럽에서 여섯 번째로 큰 공항이며 스칸디나비아 항공의 본거지인 만큼 그 위용이 대단하다. 비행장이 내다보이는 커피숍. 창가에 동양계의 한 부부가 앉아 말없이 커피를 마시고 있다. 언뜻 보아도 결코 서민 계층이 아닌 품위가 몸에 배어 있다.

"당신 기분은 어때?"

"가슴이 두근거려요."

감회가 어린 표정을 지으며 아내가 웃었다. 웃는 눈가에 잔잔한 주름이 잡힌다. 세월이 그만큼이나 흘렀다는 이야기다. 평양을 떠날 때만 해도 애를 셋이나 낳은 부인네 같지 않게 처녀처럼 곱던 아내였다. 타국에 나와 돈 버는 일이라면 안 해 본 것이 없는 부부였다. 특히 아내의 역할은 대단했다. 봉제 공장부터 시작해 의류 장사, 액세서리 장사를 하면서 장사밑천을 마련해 특이한 수입품 장사로 돈을 좀 벌었다.

돈 버는 재미를 알게 되었을 때 북한에서는 더 많은 외화를 요구해 왔다. 간이 커진 부부는 알음알음으로 마약도 팔고 북한산 무기도 팔았다. 일본, 이태리, 파리를 넘나들며 돈 되는 고가의 수입 의류와 핸드백 등을 밀수입해 짭짤한 재미를 보았다. 워낙 친화력이 좋고 대인관계를 잘하는 아내의 사교성이 외화 벌이에 큰 도움이 되었다. 북한에 외화 벌이 할당량을 송금하고도 두 사람은 따로 돈을 모았고 그들의 개인적인 경제 사정도 상류층으로 접근해가는 중이었다.

"얼마 만에 돌아가는 고국이에요?"

"고국은 언제 가도 그리운 것 아니오?"

"그렇지요? 5년이란 세월이 그리 긴 세월도 아닌데 이렇게 설레네요."

"다른 사람한테는 5년이 긴 시간이 아닐지 모르지만 우리한테 5년은 정말 긴 시간이었어. 앞으로 한 5년만 더 외국 생활하면 완전히 한 몫 잡을 수 있을 것 같은데……. 이번에 들어가서 어쩌든지 한 5년만 더 연장해서 나오자고."

"우리가 준비한 선물이 얼마나 값비싼 선물인데. 그 정도는 연장해 줄 거예요."

"그건 세상에 단 하나뿐이니까."

"김정은 위원장이 좋아할까요?"

두 사람은 여행 가방 깊숙이 보관한 순금 야구방망이를 떠올렸다. 남아프리카에 갔을 때 그곳에서 우연히 금과 다이아몬드 특수 세공을 하는 남자를 만나 그 야구방망이를 만들게 되었다. 야구에 별 취미를 가지고 있지 않은 그들 부부도 그 방망이를 보면 기분이 좋아질 정도로 탐나는 물건이었다. 성인 팔뚝만 한 크기의 순금 야구방망이 끝에는 엄지손톱만큼 큰 다이아몬드가 별 모양으로 박혀 번쩍였다. 언젠가 긴요하게 쓸 곳이 있겠다 싶어서 주문 제작을 했고 외교관이라는 신분을 이용해 스웨덴까지 무사히 통관이 되어 간직했는데 이번에 김정은 생일에 초대를 받으면서 두 사람은 망설임 없이 그것을 생일선물로 정했다.

김정은의 호화생활은 이미 해외에 나가 있는 주재원들 사이에서는 금기시된 공공연한 비밀사항으로 통했다. 넓은 세계로 직접 나가지 못하는 답답함을 그 지역의 호화 사치품들을 소장함으로 위로를 삼는 듯했다. 고가의 요트, 자동차, 말, 최신 전자제품 등 정식으로 수입한 소장품들도 있지만 수입 금지 품목이나 쉽게 구할 수 없는 품목들은 현지에 나가 있는 외교관들이나 무역 상사 주재원들을 통해서 구입하는 경우도 허다했다. 스텔라 부부도 몇 번이나 당으로부터 구해달라는 까다로운 물품을 구하기 위해 애를 먹은 적이 있었다.

김정은의 지나친 호화생활에 대해 해외 주재원들은 내심 불평불만도 많고 부담도 느꼈지만 서로 속내를 털어 놓지는 못하는 실정이었다. 스텔라부부는 김정은의 그런 취향을 아는 터라 아끼고 아끼던 귀한 선물을 내놓기로 했다. 그 결정을 내린 데는 5년을 더 해외생활을 연장 받을 꿍꿍이 속셈이 있어서였다.

"아이들과 떨어져 사는 것만 빼고는 지금 우리 생활 만족스러웠는데……."

"아이들 못보고 사는 건 힘들지만 우리가 당에 충성하는 만큼 우리 애들이 잘 먹고 잘 대접 받으면서 좋은 교육 받고 있으니 그걸로 참아야지."

"맞아요."

외국에 나가 외화 벌이를 하는 부부들의 인질은 바로 그들의 가족이었다. 1순위는 자식들이고 2순위는 부모 형제들이다. 스텔라 부부에게는 아들 하나와 딸 둘이 북한에 남아있었다. 양쪽 부모님은 어머니 한 분씩 남아있어 아이들을 돌보는 일에 큰 힘을 보태주었다. 그들 부부가 그나마 해외에 나가 안심하고 아이들 걱정을 덜 할 수 있는 것은 친할머니, 외할머니가 아이들을 보살펴 주고 있기 때문이었다.

스텔라 부부는 한 동네에서 어릴 때부터 같이 커오다가 결혼한 관계로 두 노모들도 친구나 다름없는 사이여서 홀로 된 노모들은 한 집에서 의지하듯 살고 있어 그것도 또한 다행스러웠다. 그들이 해외에 나가 고생해서 외화를 벌어들이는 액수에 비례하듯 북한에 남아 있는 가족의 생활도 풍족해졌다. 당에서도 특수 가정으로 분류하여 많은 혜택을 베풀었지만 부부가 비밀리에 가족에게 전달하는 송금 액수는 그들의 큰 힘이 되었다. 믿을 만한 인편을 통해 달러를 전달하거나 해외 계좌를 터놓고 그 계좌에 입금을 하는 방식으로 저축을 해 나갔다. 해외 계좌에 입금되어 있는 돈은 북한에서는 찾아 쓸 수 없지만 북한이 아닌 제3국에서는 카드 하나로 얼마든지 인출이 가능했기 때문에 여차하면 일본이든 중국이든 어디서나 인출 액수에 제한을 두지 않고 돈을 찾을 수 있게 해두었다.

"5년 동안 한 번도 다녀가라는 말이 없더니 이번엔 무슨 일인지 그게 궁금해."

남편이 뭔가 미심쩍다며 고개를 갸웃거리자 아내가 그 고민을 한마디로 날려 보내주었다.

"왠지 알아요? 우리가 보낸 작년 벌이가 워낙 좋았잖아요. 그리고 그동안 김정은 동지 생일을 내내 김정일 장군 추모하느라 쉬쉬하며 조용히 넘겼는데 이제 3년 탈상이 끝났으니까 제대로 생일을 하겠다는 거지 뭘 그래요?"

"그런가……."

"해외에서는 어떤 사람들이 초대를 받았는지 나는 그게 궁금하다니까요."

외화 벌이를 시키기 위해 해외 무역 상사를 통해 공작원으로 내보낸 경우 어지간한 일로는 국내에 자주 불러들이지 않는 것이 통

례였다. 북한을 자주 들락거리다가는 북한에서나 체류 국에서나 요주의 인물이 되어 활동의 제한을 받을 수 있기 때문이었다. 가끔 꽤 큰돈이 된다 싶으면 상당량의 밀수입을 하는 경우도 있는데 그럴 때도 실상 장본인들은 앞에 나서지 않고 일당이나 지불하고 끝날 소모 인간들을 내세운다. 만약에 밀반입하던 수입품이 관계 기관에 검거된다 하더라도 돈 받고 앞에 나섰던 인물들이 처벌받는 것으로 끝나는 경우가 대부분이다. 밀반입을 저지른 배후에 누가 있는지 소모 인간들은 전혀 알지 못한다. 그만큼 그들의 신분이나 사회적 위치는 보장 받는 자리였고 겉으로는 정당한 세금을 내고 합법적인 사업을 하는 외국 무역 상사 자격을 갖추고 있었다.

그러나 실질적으로는 마약 밀매, 무기 밀매 등 위험이 따르는 불법적인 사업에도 손을 대어 큰 외화를 벌어 들였다. 거기에서 부당하게 얻어지는 이익금에 재미를 보고 나면 정상적이고 합법적인 사업만으로 돈을 번다는 것이 얼마나 어리석은 일인가 생각하기에 이른다. 위험률을 감수해야 하는 큰 수입의 유혹을 뿌리치지 못하면 결국 범법자로 쫓기는 몸이 되거나 나라 망신과 함께 북한에서도 나몰라라 버림받는 영치의 몸이 되고 만다.

스텔라 부부는 약삭빠르고 요령 있게 간혹 한 번씩 굵직한 불법 사업에 손을 대면서 용케 살아남았다. 체류국에서도 고위층들과 친분을 돈독히 하여 신용을 얻은 덕도 있었고 북한 실세들과 권력 주변의 실력자들에게 뇌물을 쏟아부은 덕도 있었다.

"우리가 쏟아부은 윗사람들 선물 값만 해도 족히 집 한 채는 넘을 거외다."

아내가 탁자에 놓인 선글라스를 쓰며 입을 삐죽거렸다.

"그거 아까울 거 없어. 그 덕에 이렇게 잘 살고 있다 생각해야지."

"그거야 그렇지요. 갑시다. 면세점 한번 들러보고 들어가야지요."

그들은 북경행 비행기 탑승시간이 아직 한 시간이나 남아있음을 보고 커피숍에서 일어섰다. 핸디 캐리어 가방에 든 순금 야구방망이를 김정은에게 전달하는 순간을 상상하면 저절로 입가에 미소가 번졌다.

"이거이, 뭐이야요?"

"위대한 김정은 원수님의 생신 축하 선물입네다. 스포츠를 좋아하시니 야구방망이를 순금으로 만들어 왔습네다. 이 세상에 단 하나뿐인 순금 야구방망이지요."

"야, 요거이 아주 뽄대가 납네다."

"한 번 휘둘러보십시오. 앞에 별모양의 다이아몬드가 박혀 있어서 들고 칠 땐 번쩍 광을 낸단 말입니다. 남아프리카에서 손으로 빚어서 깎은 것이야요."

"동무 고맙습네다. 아주 감사히 받겠습니다."

김정은은 그들 부부에게 손을 내밀어 악수를 청하고 부부는 고개 숙여 그 악수에 응답을 한다. 부러운 주변 시선이 그들에게 쏟아진다. 남편이 입술을 씰룩거리며 웃음을 흘리자 아내가 그를 돌아보다가 묻는다.

"도대체 뭘 봤길래 그렇게 허파에 바람 빠진 사람 모양 자꾸 웃느냔 말입니다."

"보긴 뭘 봐? 집에 간다니까 좋아서 그러지."

"남들이 보면 쓸개 빠진 사람인 줄 알갔습네다."

그들은 면세점에 들러 각각 쇼핑을 즐겼다. 아내는 명품 브랜드의 손지갑과 화려한 여성 머플러와 향수 몇 개를 사고 남편은 고급 넥타이와 유명 양담배 그리고 양주 두 병을 샀다. 해외 출장에서 돌아가면 은근히 선물을 바라는 사람들이 주변에 너무나 많았다. 친인척은 챙길 여유도 없이 일 관계로 걸려 있는 당원들에게 담배 한 값이라도 전달해야 하는 입장이었다. 그래도 마냥 고향 가는 발걸음이 가벼웠다. 아이들이 5년 사이에 얼마나 컸는지 사진으로만 보아서는 짐작이 가지 않았다. 스톡홀름에서 북경으로 가서 북경에서 다시 평양 가는 비행기로 환승할 것이었다. 두 사람은 양 손에 면세점 쇼핑백을 가득 든 채 출국 수속을 밟았다.

청와대에서 다시 장중건을 호출한 것은 미통개발이 어느 정도 조직 구성이 끝난 직 후였다.

이번에는 대통령 접견실이 아닌 대통령 비서실이었다. 비서실에는 이미 몇몇 알 만한 얼굴들이 모여 그를 기다리고 있었다. 장중건은 재빠르게 그들의 업무상 공통점을 찾느라 머리를 회전시켰다. 언뜻 훑어보아도 요직의 인물들이고 현직인 것만은 분명한데 공통점을 찾기란 쉽지 않았다. 대통령비서실장, 강수석, 외교통상부장관, 국정원장, 기무사참모장, 그 외에 두 명은 장중건이 알지 못하는 얼굴이었다. 장중건은 말없이 목례로 그들과 인사를 나누었다.

"아, 마침 장차장님도 오셨군요."

"제가 좀 늦은 모양입니다. 제 시간에 맞춰 온 줄 알았는데……."

장중건이 심각한 분위기에 압도되어 어정쩡하게 인사를 건넸다.

"늦으신 게 아닙니다. 저희가 업무회의를 끝내는 시간에 맞추어 장차장님을 모셨기 때문에 우리가 모여 있는 것뿐입니다."

"업무회의 끝에 왜 야인인 저를⋯⋯."

역시 장중건이 파악한 대로 그를 제외한 나머지 사람들은 모두 현직이었다.

"장차장님의 도움이 필요한 일이 있어서 모셨습니다."

장중건은 재빨리 강수석의 눈빛과 마주쳤다. 강수석은 알 듯 모를 듯 고개를 옆으로 저었다. 대통령과의 밀약은 그들이 알지 못한다는 뜻이었다.

"예. 무슨 일이신지⋯⋯."

"국정원에 계실 때 간첩 이선실에 관한 지하 조직망을 장차장님이 담당하셨죠?"

"그렇습니다. 그런데 이제 와서 이선실이라는 이름이 여기서 왜 나온 겁니까?"

장중건은 미통개발 출범을 눈치챈 건 아닌가 싶어 철렁했던 가슴을 진정시키며 태연스럽게 물었다.

"사실은⋯⋯."

함태식 국정원장이 입을 열었다. 함국정원장과 장중건은 미묘한 관계로 얽혀 있는 사이였다. 국정원 재직 당시 장중건 차장은 함태식이 야당 국회의원 시절이던 때에 보안법 위반으로 내사를 했던 적이 있어 그 일로 두 사람은 껄끄러운 관계가 되었다. 좌파 대통령 체제하에서 대통령이 장중건을 북풍의 주동자로 몰며 설전을 벌일 때 여당 의원이던 함태식이 장중건을 대통령 편에 서서 함께 몰아붙인 적도 있었다.

그 대통령이 오랜 여당 생활을 지내는 동안의 크고 작은 약점을 장중건은 너무나 많이 쥐고 있었다. 그런 이유 때문인지 대통령은 장중건을 적대시하는 대신 투명인간 취급을 하며 그를 완전히 무시해 버렸다. 장중건은 그 굴욕을 이를 악물고 참고 견디며 몇 가지 대형 간첩 사건을 해결하여 그 자리를 지켰다. 다음 대통령 역시 좌파 성향을 가진 대통령이 당선되자 장중건은 더 이상 참지 못하고 국정원을 나와 원래의 법조계 자리로 돌아갔다. 함태식은 현 대통령 선거에 전라도 표를 몰아주는 임무를 맡으며 당적을 옮겨 대통령 당선에 크게 기여했고 한이 맺혔던 국정원장 자리에 취임했다.

"이선실을 남파하는 일에 관여했던 노동당 35호실 고위 간부가 제삼국을 통해 귀순해 왔습니다. 극비사항이며 아직 북한에서는 눈치채지 못한 상태입니다. 간첩 이선실에 대해서는 현재 직원들은 자세히 아는 사람이 거의 없습니다. 얼마 전 피살당한 박부영 국장과 한철호 국장이 그나마 이선실의 조직망을 알고 있었던 현직 수사관이었는데 박국장은 고인이 됐고 한철호 국장은 박국장이 피살당한 후 퇴사를 했습니다."

장중건은 아무 말 없이 함태식 원장의 말을 경청하는 듯 했지만 실은 너무 많은 생각을 하는 중이었다. '그렇게 이를 갈며 기다리던 기회가 이렇게 한꺼번에 나를 찾아오는구나. 이번에는 이선실과 관련된 어느 것 하나도 놓치지 않을 것이다. 기다려라.' 그는 내색하지 않았지만 흥분되어 가는 마음을 진정시키기 위해 침묵했다.

"그의 주장대로 이선실을 남파하는 일에 관여했는지 노동당 35호실에서 무슨 일을 했는지 증명해줄 사람이 없습니다. 이선실을 대동하여 북한으로 복귀시켰던 김동식과 만나자고 하자 그가 거절했습니다. 그 이유는 지금 김동식에게는 북한의 눈과 귀가 수없이 주시하고 있기 때문에 자칫 잘못하면 자신의 신분이 노출될 것이라고 말합니다. 이선실을 수사했던 당사자를 데려오라는 겁니다. 그 사람과 말하면 자기를 증명할 수 있다는 겁니다. 여러분들은 어떻게 생각하십니까?"

함태식 원장의 질문에 사람들이 숨을 죽였다. 그때 기무사 참모장이 함원장의 물음에 답변을 했다.

"그 사람 말은 모두 타당성이 있는 말입니다. 김동식은 1995년에 체포되어 여기서 대학원도 다니고 박사 학위도 받고 국가 안보 기관에서 일하고 있지만 사실 북한으로부터 자유로운 몸은 아닙니다. 그 사람 뒤에는 우리에게는 보이지 않는 눈과 귀가 항상 따라붙어 다닌다고 생각하는 게 맞습니다. 언제 어떻게 위해가 가해질지 모르는 사람이고 이미 북한에 노출된 사람입니다. 극비의 귀순자를 그런 사람과 만나게 한다는 건 위험천만한 일이 틀림없습니다."

"박부영 국장이 피살당한 사건도 그 귀순자와 관계가 있습니까?"

비서실장이 함태식 원장에게 물었다. 함원장은 잠시 망설이다가 '예'라고 대답했다. 장중건은 귀가 번쩍 뜨여 숙였던 고개를 들고 함원장을 보았다. 강수석도, 외교통상부 장관도 모두 그를 보았다.

"기무사 수사관이 독침 살해당한 때부터 긴가민가했는데 박국장이 피살당하고는 확실해졌습니다. 우리가 25년 전 이선실 관련 자료 전부를 찾기 시작하고 그 당시 관련자들 내사에 착수한 지 일주일 만에 기무사 수사관이 독살 당했어요. 그래서 박국장 신분도 걱정이 돼서 집으로 들어가지 못하게 하고 안가에서 출퇴근하도록 했는데 귀신같이 알고 피살당한 겁니다. 피살당한 두 수사관 모두 그 귀순자와 이선실의 관계를 밝혀내기 위해서 관계 자료를 찾아내던 중이었습니다. 국가 정보기관의 보관 수사 기록을 집으로 가져갈 수 없는 문제점도 있어서 당분간 그곳을 거처로 사용했습니다. 안가에는 옛 기록들을 볼 수 있는 선명한 최신 CD 플레이어와 편집기가 설치되어 있어서 일하기 편하다며 좋아했는데."

장중건은 한철호가 기어이 박부영 국장의 죽음과 자신이 맡았던 일에 대해 말하지 못하고 고민하던 심정을 이해했다. 극비 사항이니 차마 말을 할 수도 없고 같이 비밀스러운 일을 하는 입장에서 말을 안 할 수도 없어서 기회만 보고 있었던 모양이었다. 오늘 장중건은 큰 정보를 알아냄과 동시에 자기에게 더 없이 큰 기회가 왔음을 알았다. 그는 침착하자고 스스로를 자제시켰다. 왜 외교통상부 장관이 참여했는지 의문을 가질 때쯤 그 의문도 풀렸다.

"암호명 블랙홀은 덴마크에 무역상사 공작원으로 나가 있었는데 L·A 출장을 핑계로 코펜하겐을 출발해 동경으로 입국하여 한국 영사를 만나 은밀히 한국으로 귀순했습니다. 덴마크에 있는 부인은 아직 눈치채지 못하고 있습니다. 부인이 알기 전까지는 그의 신분이 외부로 드러나는 일은 없어야 합니다."

"부부 공작존데 왜 혼자 귀순을 결심했을까요?"

장중건이 묻자 외교통상부 장관이 영사에게 들은 이야기를 그대로 전했다.

"외화 벌이 부부 공작조였는데 외화 벌이 실적이 저조해서 부인과의 말다툼이 심했고 그곳에 나와 있는 일본 여자와 애인 관계를 맺자 부인이 당에 고발하겠다고 협박을 했다고 합니다. 그러던 중 사업상 L·A로 출장을 간다며 코펜하겐을 떠났고, 일본에 먼저 가 있던 애인과 만난 것입니다. 일본에 도착하자 애인이 한국에 가서 마음 편히 살자고 귀순을 설득했다고 들었습니다."

"일본 애인도 함께 왔습니까?"

"아닙니다. 애인은 북한이나 남자의 부인한테 의심 받지 않기 위해서 일본에서 대기하다가 우선 덴마크 코펜하겐으로 되돌아갔답니다. 블랙홀에게 시간을 벌어 주기 위해서인 것 같습니다. 여자가 코펜하겐에서 운영하던 가게와 집을 정리하는 동안 블랙홀의 신변 정리가 끝나면 한국으로 귀화할 예정이랍니다. 우리 외교 통상부에서는 국정원 해외 국장을 통해 블랙홀을 소개 받았고 일본 동경의 영사가 그를 만났습니다. 잘못하면 외교적인 문제도 발생할 수 있어서 조심스럽게 접근하고 있습니다."

"그야말로 국경을 넘은 사랑이군요."

비서실장이 경직된 분위기를 바꾸려는 듯 화제를 사랑으로 돌렸다. 그때까지 내내 말없이 앉아 있던 기무사 참모장이 화기애애해지려는 분위기를 다시 싸늘하게 만들었다.

"문제는 시간이 다급하다는 겁니다."

"무슨 시간 말입니까?"

비서실장이 영문 모르겠다는 얼굴로 그를 보았다.

"정보에 의하면 스웨덴 부부 공작조와 덴마크 부부 공작조는 김정은 생일에 초대를 받았다는 겁니다. 생일 사흘 전까지는 평양으로 가야 합니다. 블랙홀이 거기 나타나지 않으면……."

"생일까지는 한 달도 안 남았는데. 우리가 그를 활용해 북한과 접촉할 시간도, 그의 신분 세탁에 손을 쓸 시간도 없다는 거네요."

비서실장의 낯빛이 굳어졌다. 심기가 불편함을 숨김없이 드러냈다.

"우리한테로 귀순했다는 증거는 쉽게 잡을 수 없을 텐데요. L·A에서 증발했는지 일본에서 증발했는지……."

장중건이 누군지 궁금해 하던 사람이 한마디 거들었다. 그는 북한에서 내려온 탈북자 전문가라고 했다. 그가 한 마디 거들자 모두들 그의 말에 코웃음을 쳤다.

"항공사 명단만 추적해 봐도 금방 드러날 일을……."

그 말에 외교통상부장관이 그를 데려온 경위를 설명했다.

"그 점은 일단 염려하시지 않아도 됩니다. 일본까지는 추적이 가능하겠지만 일본에서부터는 그의 흔적을 찾을 수 없도록 조치했습니다."

일본에서 한국 대사관 영사를 만나 그의 망명 의사를 확인한 후부터는 그가 그동안 거쳐 온 경로를 더 이상 추적할 수 없도록 그의 신분을 바꿔치기 했다는 외교통상부 장관의 설명이 이어졌다. 일본에 도착해 흔적 없이 사라진 사람이 되어 버린 것이다. 여권으로도 항공사로도 그의 자취를 남기지 않는 방법을 동원했다는 이야기였다. 한국 대사관은 임시로 그에게 다른 사람 명의의 여권을 발급하여 항공사로부터 지원받은 전용기로 그를 태워 한국으로 데려왔다. 동경에 파견되어 있는 국정원 공사의 도움을 받았다고 했다.

"그렇다 하더라도 덴마크에서 공작 활동을 잘 하고 있다는 것과 어디론가 증발해 버렸다는 것과는 천지 차이지요. 그를 접선 통로로 삼았던 모든 간첩들과의 접선에 구속을 받을 것은 틀림없는 사실입니다. 그 자가 위조된 가짜 인물인지 아니면 그의 말이 모두 사실인지는 확인이 됐습니까?"

장중건이 함원장을 향해 물었다. 국정원장 자리에 앉아 이런 일하나 신속히 처리하지 못하고 두 수사관을 억울한 죽음에 몰아넣은 사실에 대해 문책을 받아 마땅하다는 생각을 했다.

"덴마크에 해외 주재 무역 상사 소속으로 나와 있는 외화 벌이 부부 공작조라는 사실은 확인했습니다."

"그런데 왜 그 부인은 남편의 실종에 대해 북한에 보고를 하지 않았을까요?"

장중건은 함원장을 상대로 취조하듯 다그쳐 물었다.

"남편이 애인인 일본 여자와 여행 중이라 생각하는 것 같고 그 사실을 주재 대사관을 통해서라도 당에 보고해야 하는데 덴마크에는 북한 대사관이 없어서 스웨덴 대사관에서 업무를 대행합니다. 남편이 바람난 사실을 당에 보고했을 경우 공동 관리 책임을 물어 함께 처벌을 받아야 하기 때문에 여행에서 돌아오기만을 기다리고 있는 것 같습니다."

"부인과 블랙홀의 통화는 이루어지고 있나요?"

"부인에게서 걸려오는 전화만 받고 있습니다. 연락이 두절되면 바로 의심을 할 테니까요."

"어떤 대화로 통화를 하고 있지요? 자신의 위치에 대해서 말입니다."

"아, 예. 사흘에 한 번씩 전화가 걸려오는데 매번 나라를 바꾸어 자신의 위치를 알리고 있어요. 여기는 로마, 그리스, 이태리 하는 식으로요. 문제는 가는 곳마다 접선해야 할 공작원들과의 과제가 있는데 그 임무를 수행하지 못해서 걱정을 많이 합니다."

장중건과 국정원장의 이야기가 길어지자 비서실장은 시계를 보면서 한 가지 제안을 했다.

"자, 이럴 게 아니라 여기 장관님 외에 다른 분들 모두 바쁘신 분들이니 볼일들 보시도록 해드리고 장차장님과 함원장님만 따로 회의실로 옮기셔서 의논을 더 해 보시는 게 어떨까요? 그러다가 관련 부처에 도움 청할 일이 있으면 그때 다시 모셔도 되지 않을까요? 일단 현재까지의 경과보고는 다 들었고 현재 처해진 문제점도 대통령께 보고를 드리겠습니다."

만장일치로 그러는 것이 좋겠다는 동의 아래 모두 자리에서 일어섰다. 강수석이 "두 분은 제가 안내하겠습니다" 하고 장차장과 함원장을 복도 끝에 있는 회의실로 안내했다. 비서실에서 일어서며 인사를 나눈 사람들은 제각기 몹시 바쁘다는 몸짓으로 종종 걸음을 치며 복도를 벗어났다. 두 사람은 회의실에 앉은 채 한동안 침묵했다. 강수석이 차 한 잔을 내오도록 지시하고 침묵하는 두 사람 대신 먼저 말문을 열었다.

"두 분이 모르는 사이도 아니고 오래전부터 인연이 있었던 걸로 압니다. 지난 일은 다 잊으시고 오늘은 현재 처한 나라의 안보를 걱정하는 마음으로 힘을 합쳐 주시기를 당부 드립니다."

"그거야 당연한 일이지요."

함원장이 먼저 흔쾌하게 대답했고 장차장은 고개를 끄덕였다. 두 사람 모두 옛날 상처를 건드릴 생각도 그 기억을 되씹을 생각도 없었지만 뭔가가 어색한 감정은 숨길 수가 없었다. 한두 살 차이의 비슷한 60대 연배였지만 함원장은 염색하지 않은 흰 머리카락 때문인지 좀 나이가 들어 보였고 장차장은 동안 피부 덕인지 훨씬 활기에 넘쳐 보였다.

"정확하게 블랙홀을 데려온 지 며칠이나 됐습니까?"

장차장이 사무적으로 그러나 좀 전 회의 때 말투보다 되도록 부드러운 말투로 함원장에게 질문을 던졌다.

"정확히 보름 됐어요."

"보름 사이에 그를 내세워 접선을 시도해 보았나요?"

"덴마크에 그의 신분을 확인하느라 며칠을 보냈고 그 사흘 뒤 그를 취조하고 내사하던 기무사 수사관이 독침으로 살해당해서 수사가 중단되었고 하는 수 없이 국정원 박부영 국장에게 이관되었는데 일 맡은 지 일주일 만에 또 피살을 당한 겁니다. 그를 내세워 접선해 볼 틈이 없었어요."

"그랬겠군요. 그렇다면 블랙홀을 담당한 수사관이 모두 죽음을 당했다는 건데 혹시 블랙홀을 우리가 데리고 있다는 걸 알고 있다는 경고는 아닐까요?"

장중건은 의문의 죽음이 블랙홀과 관계가 있지 않을까 하는 의심을 지울 수가 없었다.

"그건 아닌 것 같습니다. 왜냐하면 기무사 수사관도 박국장도 모두 이선실 관련 수사 자료 수집에 열을 올렸고 당시 이선실과 관련되었던 유명 인사들 관련 서류도 수집하고 있었거든요."

"블랙홀 신분 조사에 왜 이미 복귀한 이선실 자료가 필요했던 겁니까?"

두 사람이 본론으로 들어가 주거니 받거니 문제점을 토론하기 시작하자 강수석이 조용히 회의실을 나갔다.

"우리 측에서 블랙홀에게 북한에서의 활동에 대해 묻자 대뜸 이선실의 복귀 명령을 전달한 것이 자신의 첫 활동이었다고 말하는 겁니다. 이선실을 복귀 시킨 간첩 김동식과 같이 교육을 받았다고 하고 김동식을 잘 안다고 하면서도 그를 만나는 것은 끝끝내 거부하는 것도 좀 수상합니다. 그 자 말로는 김동식을 만나는 것은 자기 목숨을 내놓는 일이라고 합니다. 김동식을 없애려는 북한 측 암살조가 따라붙어 있기 때문이라고 하는데 그 말을 믿을 수가 없습니다. 그러면서 북한에 돌아온 이선실에 대해서는 줄줄 읊어 대는 겁니다. 그러니 20년이 훨씬 지난 이선실에 대해서 다시 한 번 당시 자료를 훑어볼 필요가 있었던 거죠."

함태식은 혼자 애태웠던 극비 사항에 대해 내친김이다 싶은지 장중건 앞에 솔직히 털어놓았다. 그도 그동안 꽤나 답답했던 눈치였다.

"안 그래도 이선실은 장차장님이 도맡아 진행했던 간첩사건이라 장차장님 생각을 많이 했습니다만 극비 중에 극비 사항인데 그걸 현직이 아닌 분께 의논할 수도 없어서 애를 태웠습니다. 제가 법조계 출신 국회의원이니 법은 많이 다뤄 봤지만 대공을 해 본 적이 없어서 역부족이구나 싶었지요."

"그런데 왜 기무사 대공국이 수사에 개입하게 됐습니까?"

"덴마크에서 해외 국장에게 블랙홀의 속내를 전한 사람이 코펜하겐 한인 교회에서 만난 한국인 해군 소령이었답니다. 해군 소령은 블랙홀을 북한 노동당 군인이라고 해외 국장한테 소개시켰고 해외 국장은 블랙홀이 덴마크 무역상사 주재원으로 가장해 나와 있는 첩보 군인이라고 보고했던 겁니다."

"아주 틀린 말도 아니지요. 북측 체제에서는 노동당 35호실 소속 간부급이면 총만 안 들었지 군인이나 진배없으니 말입니다."

"그래서 기무사가 나섰고 그의 신병을 자기들이 인도하겠다고 주장하게 된 거였어요. 그런데 실상 블랙홀을 넘겨받고 보니 민간인이라 당황해서 국정원과의 공조 수사를 허락했는데 기무사 수사관이 북한 암살용 독침으로 피살당하자 국정원에 넘긴 거죠."

"지금 블랙홀은 어디 있습니까?"

"편의상 처음에 들어간 기무사 군부대 안에 안전하게 머물고 있습니다. 안가로 옮기려고 준비하던 중 박국장이 피살당해서 안전을 보장할 수가 없는 상황이라……."

"그 자를 제가 한번 만나보면 어떻겠습니까? 제 머릿속에는 이선실 관련 수사 자료가 백과사전처럼 들어 있어서 새삼 그 당시 수사 자료를 들여다볼 필요도 없습니다. 다만 제가 현직이 아니라서 국가 기밀 사항인 경우 청와대의 허락이 필요할 겁니다. 물론 국정원 장님의 양해하에."

"당연히 장차장님이 만나보셔야죠. 그러라고 오늘 청와대까지 장차장님을 모신 게 아니겠습니까? 아마도 장차장님은 그를 만나서 몇 마디 나눠 보시면 진위 여부를 아실 것 같은데요."

"글쎄요. 그건 만나 봐야 알 일이고요."

두 사람은 합의점을 찾고 일어서기 전 인터폰을 눌러 강수석을 찾았다. 비서가 강수석은 회의에 참석하기 위해 자리를 비운 것이라며 미리 양해를 해달라는 말을 남겼다고 전했다. 두 사람은 자리에서 일어섰다. 먼저 일어선 장중건이 함원장을 향해 돌아섰다.

"아까 강수석도 잠깐 말을 꺼냈지만 제가 재직 당시 업무적인 일로 함원장님을 대했던 불미스러운 기억은 잊어 주시기 바랍니다. 이제 제가 일하던 기관에 수장으로 오셨으니 더욱 저를 이해해 주시리라 믿습니다."

"그렇고말고요. 솔직히 그 당시는 속상하고 억울해서 밤잠을 설쳤었습니다. 그런데 제가 당한 그 자리에 책임자로 오게 될 줄 누가 알았겠습니까? 자리에 앉아 보니 정말 이해가 가더군요. 다 잊겠습니다. 오늘 부로 장차장님과 한 배를 탄 동지라 여길 테니 장차장님도 그렇게 생각해 주세요."

함원장이 손을 내밀었고 장차장이 그 손을 잡았다. 10여 년의 악연을 씻으면서 두 사람 모두 마음이 후련해짐을 느꼈다. 가뿐한 걸음으로 두 사람은 다정하게 정담을 나누며 청와대를 나왔다.

제3장
전설의 마녀

미래전략통일개발센터는 형식적인 면에서는 모든 시스템을 갖춘 것처럼 보였다.

건물, 사무실, 집기, 인력, 첨단 전자기기. 둘러보아도 어느 것 하나 부족함이 없는 것 같은데 한철호 부소장은 뭔가가 비었다는 느낌을 떨칠 수가 없었다. 그게 뭘까, 그는 며칠을 고심했다. 그러다가 어느 순간 그것이 뭔지 알아냈다. 말하지 않아도 척척 알아주는 수족들이 없다는 사실이었다. 국장 밑에 단장, 단장 밑에 처장, 처장 밑에 과장, 과장 밑에 계장 그리고 그 계장 밑에 새끼 같은 초짜 수사관들. 이 체제가 그냥 말하지 않아도 걸림 없는 바퀴 돌 듯 매끄럽게 돌아가는 분위기에서 살다가 혼자 이리 뛰고 저리 뛰어도 덜거덕거리고 덜컹거렸다.

일일이 설명하지 않으면 눈치채지 못하고 일일이 지시하지 않으면 스스로 움직이려 들지 않았다. 각 분야에서 엘리트들만 뽑아다가 억지로 조립해 놓은 지 얼마 되지 않은 탓도 있겠지만 문제는 함께한 세월이 존재하지 않기 때문이었다. 그때는 취조실 군용 침대 잠도 함께 자고, 한밤중에 라면도 끓여 먹고, 한 사건 처리되면 족발에 소주도 마시고, 상관한테 자존심 상하는 개 무시를 당해 울면 등도 두드려주고, 누구 생일을 핑계 삼아 술 퍼마시고 함께 꼬꾸라지기도 하면서 다독이고 의지하며 살아온 세월이 있었다. 지금 이 구성원들과는 그런 끈끈한 정이 없는 탓에 그들은 같은 배를 탄 한 식구이면서도 맨송맨송 남 보듯 자기 할 일만 하고 있는 것이 틀림없었다. 우선 기압이라는 게 빠져 있는 인간들이다. 한철호는 기술직이 아닌 모든 사무직 요원에 대해 수습 기간이라는 이름으로 교육을 실시하겠다고 장중건에게 허락을 받아냈다.

"그건 부소장 권한이니 알아서 하십쇼."

한철호는 우선 급선무인 대공이란 무엇이며 수사관과 사무원과 지원 업무는 어떤 일을 하고 무슨 생각을 하며 살아야 하는지 뇌구조부터 뜯어 고쳐 놓겠다고 계획을 세웠다. 사흘간의 대체적인 강좌가 끝나면 교대로 일주일씩 체력단련 교육을 다녀오도록 할 예정이었다.

교육실 앞면 벽에는 전자 칠판이 펼쳐져 있고 그것은 각자의 노트북과 연결되어 있다. 30명의 요원 앞에 한철호 부소장이 나타났다.

"순서는 좀 바뀐 것 같지만 오늘은 업무에 관한 교육이 아니다. 처음부터 업무 교육을 실시하면 반 이상은 낮잠을 잘 것이고 반 이상은 애인 생각을 할 것이다. 그래서 여러분들이 흥미진진해 할 한 여자의 일생을 스토리로 엮어 기록 영화로 만들어보았다. 이 스토리는 백 프로 리얼 스토리다. 교육 도중 본인이 흥미를 느끼는 부분이나 자세히 알고 싶은 부분에서 엔터키를 누르면 여러분들 앞에 있는 자신의 노트북에 그 부분이 복사가 된다. 오늘 기록 영화는 여러분 부서를 결정하는 테스트 때 결정적인 질문의 요지가 될 수 있으니 명심하기 바란다."

흰 헝겊 스크린을 펼쳐 벽에 걸어 놓고 영사기를 통해서 흘러나오는 그런 구식 영상이 아니었다. 불이 캄캄하게 꺼진 상태도 아니었다. 그냥 벽면이 있을 뿐이고 그 벽면에 컴퓨터 자막이 잠시 떴다가 이내 영상이 흘러나왔다. 벽면이 마침 연한 미색으로 거의 흰 스크린이나 다름없는 역할을 했지만 영상은 너무나 선명했다.

할머니 간첩 이선실, 그녀는 누구인가?

'누가 이 사람을 모르시나요?'라는 박춘석 작곡, 패티김 노래가 배경 음악으로 깔리며 기록 영화 제목이 화면에 뜨고 내레이션이 흘러나왔다.

'74세의 노구를 이끌고 갯벌에 푹푹 빠지는 발걸음을 떼어놓는 노파의 검은 장화가 마냥 무겁게만 보인다. 수많은 사람들을 만나면서 10년간 체류했던 한국을 영원히 떠나는 노인은 지금 무슨 생각을 할까?'

어둠이 깔리기 시작한 강화도 갯벌. 검붉은 저녁노을을 향해 무거운 장화를 신고 터벅터벅 걸어가는 노파의 뒷모습이 고단해 보인다. 희끗희끗한 머리카락을 날리며 긴 갯벌을 걸어서 배가 기다리는 곳을 향해 걸어간다. 앞에서는 젊은 남자들이 그녀에게 빨리 오라고 재촉하며 손짓한다. 붉던 노을이 바다에 가라앉고 삽시에 날씨가 캄캄해지자 그녀의 그림자조차도 점차 화면에서 사라지고 만다.

'이선실은 1980년 3월에 완전한 신분 세탁을 하고 김포공항으로 당당하게 입국하여 영주 귀국함으로써 본격적인 남한 현지공작지도 총책이 되었다. 10년 동안 수차례 일본으로 드나들며 북한 공작 조직조와 접선하여 공작 보고와 공작 지령을 받고 한국에 돌아오는 등 활발한 활동을 펼쳤다. 그러다가 1990년 10월 17일 강화도를 통해 영구 복귀했다.'

내레이션이 흐르는 가운데 제주도 바닷가에 초라하고 남루한 옷을 걸친 소녀가 먼 바다를 바라보는 모습과 인민국 복장으로 서울에 나타난 이선화의 성인이 된 모습이 클로즈업 된다.

'남제주군 대정읍 가파리에서 1916년에 6남 1녀 중 맏이로 태어난 이선실의 본명은 이화선. 이선실이라는 이름은 1980년 10월에 노동당 제6차 대회에서 노동당 정치국후보위원으로 임명하면서 공개적으로 사용했던 이름이다. 그녀는 북한에서 공작원 활동 할 때는 이선화였다. 남한에 침투해서도 한겨레신문에 기고할 때나 민중당 창당 발기인 명단에는 이선화라는 이름을 사용했다.

가파도 섬에서 태어난 이화선은 머리는 명석하나 워낙 가난한 집안 형편 때문에 가파초등학교 4학년을 중퇴했다. 13세에 생모 김경량과 함께 오사카에 있는 아버지 이재춘을 찾아 일본으로 건너가 3년을 살다가 그나마도 여의치 않아 제주도로 돌아왔다. 일본에서 북한으로 납치된 신순녀라는 북송 교포의 이름으로 신분 세탁을 한 이후에는 신순녀로 활동했으며 앞에서 말한 바와 같이 필요에 따라서는 이선화라는 가명을 쓰기도 했다. 이선실은 북한 국가 서열 22위의 거물 간첩이다. 배움도 짧고 나이도 많은데 어떻게 그렇게 거

물 간첩에까지 이를 수 있었을까? 많은 사람들이 미스터리로 여기는 점이 바로 그 점이다.'

화면에는 별로 미모라고 할 수 없는 이선실 대역의 처녀가 열심히 살아가는 이 모습 저 모습이 흐른다. 이선실이라는 간첩이 있었느냐고 되묻던 젊은 요원들도, 이미 25년 전 '올겨울은 따뜻한 곳에 가서 쉬고 싶다'며 제 집으로 돌아가듯 북한으로 당당하게 돌아간 간첩의 존재를 알고 있었던 요원들도 모두 거물 간첩 이선실 스토리에 빠져들었다.

항상 배고픔에 굶주리며 학교마저 중단할 정도로 가난함이 지겨웠던 어린 소녀는 사유재산 대신에 재산의 공유를 실현시켜 모두가 평등한 사회가 된다는 그 한 가지만으로도 충분히 공산주의 사상에 심취할 수 있었다. 그렇게 되면 부자도 없고 가난한 자도 없어서 누가 누구를 깔보는 일도 없을 것이며 배를 곯을 일도 없을 것이라 믿었던 것이다.

삶이 고달픈 소녀, 처녀 시절을 보내고 결혼 생활까지 힘겨웠던 이선실은 공산주의 사상에 빠져 헤어 나오지 못했다. 해방과 함께 공산주의 활동을 했던 김달삼의 지도를 받으며 부산 지역으로 옮겨 여맹 간부로 활약하다 수사 기관의 감시와 통제를 받게 되자 도주하듯 월북했다. 월북한 이선실은 금강정치학원을 졸업한 후 항일 빨치산 출신들이 지휘하는 태백산 빨치산에 들어가 남한 지역에 침투하는 게릴라 활동에도 참여했다. 6·25전쟁이 일어나고 북한이 서울을 점령한 후에는 남로당 출신 이승엽 밑에서 활동하고 전쟁이 끝난 후에는 북한 지역에서 여맹 간부로 활약했다.

이선실이 북한 공작부에 소환된 것은 1960년대 후반이다. 당시 일본에는 제주도 출신들이 많이 살고 있었기 때문에 대일 공작원으로 활용하기 위해 선발했던 것이다. 그녀는 이미 일본어를 어느 정도 할 수 있어서 일본어 교육 등 실제적인 공작 교육 기간이 길지 않아도 된다는 장점이 있었다. 1970년 초, 공작 교육을 이수한 그녀는 공작선을 타고 일본에 침투하기에 이른다. 일본에 침투한 후 재일교포들을 접촉해 포섭하면서 동시에 자신의 신분 세탁을 위한 공작 활동도 병행했다.

이선실은 북에서 자신과 비슷한 또래인 북송 재일교포 신순녀를 만난다. 이선실은 신순녀로부터 모든 기억을 전달받고 '완벽한 신순녀'로 다시 변신한다. 1974년 도일한 이선실은 실제 신순녀의 가족을 찾아가 자신이 진짜 신순녀임을 연기한다. 그의 탁월한 연기 덕에 가족들은 감쪽같이 속는다. 이선실은 일본서 현지 가족들의 보증을 바탕으로 한 공식 재판을 통해 신순녀의 이름으로 호적을 취득하는 데 성공한다. 물론 현지에서도 이선실은 꾸준히 사람들과 접촉, 포섭해 북으로 보내는 활동을 꾀했다. 이선실은 1978년, 신순녀라는 재일교포 신분으로 당당하게 한국에 들어온다. 그리고 전북 전주에 기거하는 신순녀의 언니 신양근을 찾아가 다시금 연기에 돌입한다. 여기서도 가족들은 이선실을 철석같이 신순녀로 믿게 된다. 그리고 이선실은 일본서 만든 재일교포 국민증을 토대로 한국에 주민등록을 한다. 1980년의 일이다. 북한과 일본을 오가며 두 차례에 걸쳐 신분을 세탁해 완벽한 대한민국 국민으로 태어난 셈이다.

완전한 신분 세탁을 하여 영주 귀국하는 합법적인 방법으로 남한에 침투한 것은 북한 연락부 역사상 전무후무한 대단한 일이었다.

그러한 공로를 인정받아 1979년 김일성을 접견하게 되었고 그 자리에서 이선실은 '조국 통일 사업에 이 한 목숨을 바치고 싶다'고 말하여 김일성으로부터 직접 '조선 남로당 남조선 지역 책임자'라는 감투를 부여 받았다. 이때부터 이선실은 의기양양, 기세 등등 하여 더욱 공작 활동에 박차를 가했다. 공작원으로서의 위치도 스스로 상승 시켰다. 북한 사회에서는 신과도 같은 김일성 수령에게서 직접 임무를 부여받은 존재임을 은근히 내세워 누구도 자신을 함부로 대할 수 없게끔 스스로를 격상시켜 자신의 이미지를 만들어 나갔다. 일본 임무를 끝내고 드디어 1980년 3월 30일에 김포공항을 통해 한국으로 영주 귀국하는 첫 번째 간첩이 탄생한 것이다.

한철호 부소장은 이선실의 실체를 설명하기 위해 고심 끝에 영상 제작자와 의논하여 수사 기록을 바탕으로 기록 영화를 만들었다. 유명 탤런트나 배우를 대역으로 쓰지 않고 옆집 이웃처럼 보이는 평범하고 친숙한 인물들을 대역으로 썼다. 만들면서도 과연 영상을 시청하는 그들이 화면에 집중해줄지, 스토리에 공감을 해줄지 의문이었다. 한철호를 비롯한 수사관들이 수사하며 실지로 겪은 생생함을 어떻게 리얼하게 전달할 수 있을 것인가가 관건이었다. 우선 이선실이라는 인물이 거물 간첩으로 탄생하기까지를 1편으로 제작했고 반응 여부에 따라 활동 상황을 2편으로 제작할 계획을 세웠다.

1편은 비극적인 한국 역사가 만들어낸 우리의 현실 이화선이 간첩으로 변해가는 과정을 영상에 담았다. 그녀를 미화시키기 위해서도 합리화시키기 위해서도 아니었다. 평범한 내 이웃도 얼마든지 간첩이 될 수 있는 우리의 현실을 직시함으로 해서 경각심을 일깨워

주자는 의도였다. 우리가 매일 인사를 나누고 음식을 나눠 먹는 내 주변에도 많고 많은 간첩들이 들끓고 있음을 의식하게 하려는 계획된 저의가 담겨 있었다.

못 먹고 못 살던 소녀가 살 길을 찾아 일본으로 아버지를 찾아가서 살 길을 찾았으나 그곳도 비참하기는 마찬가지였다. 그래도 말 통하고 낯익은 얼굴 있는 곳이 낫다 싶어 도로 제주도로 돌아왔지만 먹고 살 길은 막막하여 결혼을 택했다. 잠수부인 남편을 따라 대마도로 건너가서도 스무 살 처녀는 삯바느질로 생계를 꾸려야 했다. 결혼 10년 만에 부산 영도에 정착했으나 남편은 또다시 대마도로 일거리를 찾아 떠났다. 외로움을 달랠 마음으로 4살 된 여자아이를 양녀로 얻고 친구 집에 얹혀살다가 남로당에 가입하게 되었다. 가난에 짓눌리고 배고픔에 굶주렸던 이화선은 공산주의 사상 교육을 받으며 평등하게 나누며 사는 꿈같은 세상에 빠져들었다. 드디어 1950년 4월, 그녀는 신세계를 꿈꾸며 월북했다.

6·25사변이 터지자 이화선은 자신을 무식하다고 깔보고, 가난하다고 핍박하던 대한민국에 보란 듯이 멋진 인민군 복장을 차려 입고 금의환향하는 기분으로 내려와 기세등등하게 북한 인민으로서의 첫 선을 보였다. 그것을 시작으로 일본 공작원 생활을 하게 되고 자신을 신분 세탁하여 합법적으로 남한에 영구 귀국하는 간첩이 되었다.

여기까지가 1편이었다.

"반응은 어땠어?"

장중건 소장은 외출에서 돌아오는 걸음에 한철호 부소장 방을 먼저 찾았다. 오래전 전설 같은 노파 간첩이 실제로 존재했었다고 아무리 수사 기록을 보여주며 외쳐 봐야 실감을 하지 못하는 젊은 요원들에게 기록 영상을 만들어 보여주자고 아이디어를 낸 사람은 한 부소장이었다. 그는 영상 제작자와 영상을 만들며 일일이 분위기와 느낌을 수정해가면서 밤샘 작업하는 열정을 보였다.

"반응이야 최고였죠. 완전 몰입했다니까요."

"그래? 그래서 2편을 제작할 거야?"

"고민 중입니다. 2편은 드라마가 많아서 완전 영화 한 편 찍어야 하거든요."

"이선실의 실체에 대한 믿음을 줬으니까 그 뒤는 정식으로 수사에 임하듯이 조직도와 문제 인물들을 도표로 만들어서 설명하는 게 어떻겠어?"

"안 그래도 그럴 생각입니다. 우리가 눈앞에 닥친 간첩 이선실을 수사한다는 가정하에 가상 수사를 해보면 어떨까 합니다."

"그것도 좋은 방법이겠군. 그건 그렇고 말이야, 내가 지금 누굴 만나고 왔는지 아나?"

"누굴……."

"블랙홀."

"예? 그가 누굽니까?"

"자네가 나한테 끝끝내 숨기고 있는 자."

한철호는 더 이상 숨길 뜻이 없는지 입을 다물었다.

"박국장이랑 기무사 수사관이 왜 피살당했는지 자네는 알고 있었던 거지?"

"그거야 제게 맡겨졌던 임무고 제 목숨을 빼앗겼을지도 모르는 중대산데 제가 모르겠습니까?"

"같이 일하고 있는데도 아직 나한테 말하지 않은 건 보안 서약 때문이었나?"

장중건은 의자를 끌어다 한철호 앞에 가 앉았다. 한철호는 잠시 생각하다가 책상 서랍을 열고 USB를 꺼내어 컴퓨터에 꽂았다. 컴퓨터 모니터에 선명하지 않은 여러 사람들의 얼굴이 나타났다. 카키색의 인민복을 입은 것으로 보아 북한 사람들이 틀림없어 보였다. 일곱 명 정도가 함께 모여서 교육을 받거나 지시를 받기 위해 집합 장소에 모여 있는 분위기의 사진이었다. 한국장이 흐릿한 어느 한 인물에 마우스를 클릭하여 눌렀다. 얼굴이 확대되면서 조금 전보다 선명한 모습이 드러났다. 장중건은 확대된 얼굴을 자세히 들여다보았다.

"누구로 보입니까?"

"김동식 같은데. 맞아?"

"예. 맞습니다. 그 옆에 얼굴들을 잘 보십시오."

한철호는 김동식 주변의 얼굴을 한 명씩 차례차례 확대하며 장중건에게 보여주었다.

"이 중에 오늘 만나고 온 얼굴이 있습니까? 물론 30년 전 사진이기는 합니다만."

"글쎄, 그놈이 그놈 같고. 똑같은 옷을 입고 있어서 알 수가 없네. 가만, 가만. 모자 비스듬하게 쓴 저 얼굴 다시 한 번 확대해 봐."

한철호는 장중건이 지명하는 얼굴을 확대시켰다.

"이마며 눈매며 저자가 오늘 만난 사람과 제일 많이 닮은 것 같은데."

"흐흐흐."

한철호는 알아듣지 못할 이름을 중얼거리면서 입술을 씰룩거리고는 묘한 웃음소리를 내며 자신의 무릎을 쳤다.

"소장님한테 자신이 누구라고 하던가요?"

"김동식에게 한명수를 아느냐고 물어보라고 하던 걸."

"진짭니다."

밑도 끝도 없이 그 소리를 하고 한철호는 벌떡 일어나 손바닥을 비벼댔다. 한철호는 망명한 블랙홀을 아직 만나지 못한 상태였다.

"그러고는 그자가 또 뭐라고 했습니까?"

"내가 김낙중을 조사하다가 이선실의 존재를 알았고 그 실체를 알았을 땐 이미 이선실이 북한으로 복귀한 뒤였다고 했더니 피식 웃더군. 몇 가지를 더 물었지만 자기의 신변 안전을 보장해 주기 전에는 더 이상 아무 말도 하지 않겠다는 거야. 그런데 내가 일어서려니까 그 말은 하더군."

"무슨 말을……."

"시간이 없다고."

"무슨 뜻일까요?"

"소장님, 한명수 모르시겠어요?"

"도대체 한명수가 누구야? 내일이라도 김동식을 만나 슬쩍 물어보려던 참이야."

"김동식처럼 고등학교 졸업과 동시에 곧바로 황해도에서 중앙당에 소환되어 공작원 교육을 같이 받았어요. 금성 정치군사 대학에도 김동식이랑 같이 입학해서 대학 4년 동안도 함께 생활했고 졸업 후에도 대남공작부서인 대외연락부 일본 공작과 공작원으로 함께 임명 받았어요."

"그래. 이제 기억이 난다. 그림을 아주 잘 그리는 친구가 평양 미술 대학에 합격해 놓고도 중앙당에 소환되는 바람에 가질 못한 게 안타까웠다고 김동식이 말했었지."

"김동식이랑 아주 친하게 지냈던 모양입니다. 기억력도 좋고 관찰력도 뛰어나 공작원 최종까지 선발되어 일본 지역 공작을 담당하던 성격 좋은 친구라고 여러 번 말을 했었지요."

"그럼 김동식은 한명수에 대해 어디까지 알고 있는 거야?"

"각각 다른 연락부에 배속되면서 연락이 두절된 채 활동하다가 3년쯤 지난 후에 한명수가 관절염으로 제대했다는 소식만 들었다고 합니다."

"그게 언제야?"

"한국에서 88올림픽이 개최되던 때라고 했던 것 같습니다."

"그럼 서로 얼굴을 마주 대한 건 1985년쯤 되겠군."

"그렇지요."

"만약 두 사람이 좁은 골목길에서 마주친다면 서로 얼굴을 알아볼까? 두 사람은 지금 중년의 나이야. 그런데 이십 대 청년 때의 얼굴을 알아볼 수 있겠는가 말이야?"

"조금 전에 소장님께서는 많은 인물 사진 중에서 김동식과 한명수를 알아보시지 않았습니까?"

"그건 이미 그들과 관련된 정보를 가진 상태에서 찾았으니까 가능한 일이었지."

"그들도 마찬가집니다. 서로 만나게 해준다면 예전에 얼굴을 찾으려고 들 게 분명하니까요. 소장님이 무슨 생각을 하시는지 압니다. 전혀 다른 인물을 김동식이라 데려다놓고 한명수를 떠보려는 것 아닙니까?"

"안 될까?"

"하지 마십시오. 괜히 한명수로부터 우리들의 속만 들키고 결국 신뢰를 잃게 됩니다."

"그렇겠지?"

"그가 우리를 믿지 않으면 진짜 중요한 정보는 털어놓지 않을 겁니다. 우리가 그 자를 못 믿듯이 그는 우리를 더욱 믿지 못합니다. 자기와 자기 가족의 목숨이 달린 문젠데 누군들 쉽게 믿겠어요?"

장중건은 한철호의 말에 고개를 끄덕이며 새로운 고민에 빠졌다. 귀순인지 망명인지는 중요하지 않았다. 그가 무엇을 들고 와서 저리도 당당하게 자신의 신분 보장과 요구 조건들을 내걸며 한국 측에 제시하지 않은 채 아직 모든 패를 숨기고 있는지 그것이 더 수상했다. 정말 대단한 패이거나 대단한 패인 것처럼 가장한 쭉정이 속임수일 수도 있었다.

"강수석이 우리가 결정하기만 한다면 우리에게 그를 수사하도록 해주겠다는 거야. 기무사도 국정원도 수사관 한 명씩 피살당한 후 대책 마련을 고심하는 중이거든. 게다가 한명수가 이선실 관련에 대한 사건을 가장 잘 아는 사람을 만나게 해 달라고 버티고 있다는 거야. 우리 둘이 이선실 사건 수사 담당이었잖아."

"그럼 우리가 하겠다고 하시면 되잖아요."

"잘못했다가는 이제 만든 이 미통개발을 한 순간에 말아 먹고 문 닫을 수도 있어. 그가 무슨 시한폭탄을 쥐고 왔는지 어떻게 알아?"

"언제나 위험 부담을 안고 있는 것이 미지의 수삽니다. 대한항공 폭파범 김현희를 바레인에서 데려올 때도 마찬가지였습니다. 일본인이라고 했다가 중국인이라고 하면서 그 나라 말을 완벽하게 하는 김현희를 데려오면서 잘못하면 외교 문제로 확대되고 나라 망신을 당할 수 있다며 얼마나 조바심을 쳤습니까?"

"그랬지."

"그때처럼 우리의 수사 감각을 믿는 수밖에 없습니다."

"자넨 어때?"

"자폭하는 시한폭탄은 아니라는 쪽입니다. 미통개발을 살려주는 아니 대한민국을 살려주는 큰 선물일지도 모릅니다."

"그 이유는?"

"사건을 잘 아는 사람을 데려오라는 말 때문입니다. 가짜라면 사건 내용을 모르는 사람이 오히려 더 유리할 텐데 굳이 잘 아는 사람을 데려오라는 이유가 뭐겠습니까? 제 귀에는 자신 있다는 소리로 들립니다만."

장중건은 큰 몸짓으로 고개를 끄덕였다. 1987년 KAL기 폭파범 김현희 사건 때도 그들은 안기부에서 그 사건을 담당했던 장본인이었다. 한철호는 입사한 지 얼마 되지 않은 말단 수사관이었고 장중건은 단장이었다. 그때도 이와 거의 유사한 고민을 했던 기억이 장소장은 생생했다. 마지막으로 각 국장을 위시한 수사팀 공동 회의를 열어서 결정하기로 했다. 한철호는 워낙 신입 사원이라 그의 의견 따위는 물을 필요도 없을 때였지만 회의 진행을 맡았던 장중건은 그를 지목하여 의견을 물었다. 워낙 초롱초롱하고 영민해 보이는 그의 눈빛을 믿고 싶었는지 몰랐다. 그는 당황하지 않고 자신의 의견을 밝혔다.

"어차피 지금 모른 척하고 그들에게 맡겨도 결국에 폭파범이 한국인일 경우 망신당하기는 마찬가지일 것입니다. 결국 이쪽도 저쪽도 반반의 확률입니다. 그렇다면 오랜 경험을 가지신 선배님들의 촉을 믿고 데려와서 수사하는 것이 옳다고 생각합니다. 감각은 그냥 생겨나는 것이 아닙니다."

"맞아. 감각은 저절로 만들어지는 것이 아니야. 뭔가 느낌은 온단 말이야."

대공 수사국장이 한철호의 말에 동조하자 회의 분위기는 데려오자는 쪽으로 급물살을 탔다. 그 회의 결과 김현희를 데려오고 끝내는 북한 공작원임을 밝혀내는데 성공했었다. 이번에도 장중건은 그때의 느낌을 더듬었다. 인생은 끝없이 어느 갈림길에서 한 가지를 결정해야 하는 순간을 맞으며 살아간다. 그때마다 겁을 먹을 필요는 없다. 어느 길을 택해도 그것은 그 순간의 선택일 뿐 열어보기 전에는 그 정답을 모르기 때문이다.

한국 원자력 안전 위원회 기획 조정관이자 원자력 연구원장으로부터 전화를 받은 케이트 블랙웰은 그를 만나기 위해 호텔을 나섰다. 그들은 그녀의 수행 비서진들 배석 없이 미팅을 갖기를 원했다. 케이트는 좋다고 말했다. 기어이 자동차를 보내겠다고 했지만 케이트는 끝내 사양했다. 기획 조정관에게 사무실 위치를 물었을 때 그녀가 묵고 있는 호텔에서 원자력 위원회 사무실까지 걸어도 될 만한 거리임을 알았고 그녀는 걷겠다는 결정을 했기 때문이었다.

호텔 로비 안내 데스크에서 광화문까지 가는 길을 묻자 웨이터는 청계천을 가로질러서 걷기 좋은 코스를 상세히 일러주었다. 반복되는 회의와 불려 다니는 초대 자리에서 지쳐 돌아오는 호텔 객실은 너무 답답했다. 그녀는 편안한 신발과 편안한 차림으로 걷기 시작했다. 손에는 빌딩 이름까지 자세히 적힌 시내 중심가 지도가 한 장 들려져 있었다. 아침마다 그녀를 태우러 오는 자동차에 실려서 어디가 어딘지도 모른 채 이동하는 자신이 지정된 프로그램에 의해서 한 치의 오차도 없이 움직이는 로봇 같다는 생각이 들었다.

"머지않아 사람들은 멍청하고 잔꾀 부리는 인간들보다는 똑똑하고 성실하고 자신의 임무는 몸이 부서져라 일하는 로봇을 더 사랑하는 세상이 올 것입니다. 아니 이미 저는 그런 로봇들과 교류하고 의논하며 일하고 있습니다. 아직은 사랑에 빠지지 않았을 뿐이지요."

그녀는 여러 선진국에서 현재 벌어지고 있는 현실을 역설했지만 듣는 이들은 먼 미래의 이야기처럼 실감하지 못하는 눈치였다. 그녀는 컴퓨터를 다양하게 변화시켜 옷처럼 입는 컴퓨터, 안경처럼 쓰는 컴퓨터, 손수건처럼 얇게 접어 주머니에 넣고 다니는 헝겊 컴퓨터 등을 다국적 합동 팀원들과 함께 개발하면서 이것이 앞으로 인류가 살아갈 최첨단 기술이라 믿었다.

성취감을 느끼며 연구와 개발에 몰입했지만 어느 순간부터 그것은 인류를 발전시키는 기술이 아니라 인간을 망가뜨리는 기술이라는 회의를 품기 시작했다. 자신의 목적에 맞게 그것들을 변형 활용하면서부터였던 것 같다. 필요악이 아니라 그저 악일뿐이라는 느낌이 절실하게 와 닿았지만 멈출 수는 없었다. 세상은 그녀에게 더 간편하고 더 똑똑하고 더 기상천외한 첨단 기기들을 요구하고 있었다.

그녀가 가장 존경하고 사랑했던 할머니의 유언도 그녀에게 세계 최고가 되라는 말이었다. 9살에 할머니 품을 떠나 임종 직전에 다시 그 품에 안길 때까지 그녀는 피나게 달리고 또 달렸다. 할머니의 뒷 바라지가 없었다면 오늘의 그녀도 있을 수 없었다. 할머니의 권력과 배경을 믿고 오로지 사교와 사치밖에 모르는 엄마를 떠나 사는 것은 속편한 일이었으나 할머니를 떠나 타국에 나가서 산다는 것은 너무도 외롭고 힘든 일이었다. 할머니와 첫 대면을 하고 할머니 품에 안기던 4살부터 그녀는 이미 어리광도 재롱도 부려 보지 못한 채 눈치 빠른 애늙은이가 되어야만 했다. 일주일을 일본에 머무는 동안 할머니는 끝도 한도 없이 그녀를 쓰다듬고 만지고 안아주고 쉴 틈 없이 이야기를 계속해 그녀를 세뇌시켰다.

"아가야, 너는 손에 물도 묻히지 말고 발에 흙도 묻히지 말고 곱게 살아라. 이 할미가 널 그렇게 만들어 줄게. 너는 다른 사람이 무시할 수 없는 자리에 앉아서 다른 사람을 무시하면서 살아라. 그건 할미의 손녀가 아닌 위대한 조국의 딸이 되어야만 가능한 일이야. 얼마나 명예로운 일이냐? 조국의 딸은 아무나 될 수 있는 게 아니란다."

매일매일 그 말만을 되풀이하고 또 되풀이해서 할머니와 헤어질 때는 4살짜리 꼬마가 그 말을 다 외워 버렸다. 4살 때 할머니는 엄마와 일본에 살던 그녀를 북으로 불러들였다. 9살까지 5년을 할머니 품안에서 살았다. 그때도 할머니는 그 말을 했고 그 말이 틀린 말이라고 생각해 본 적은 한 번도 없었다. 다른 사람이 무시할 수 없는 자리에 앉아서 다른 사람을 무시하지 않고 살아야 하는 것이 옳은 삶임을 깨달았을 때 할머니는 이미 세상에 존재하지 않았다. 그때 그녀는 인간의 올바른 삶을 살 기회를 이미 잃은 뒤였다. 그녀는 여전히 다른 사람이 무시할 수 없는 자리를 지켜야만 했고 다른 사람을 무시해야만 자신의 존재를 굳건히 할 수 있었다.

그녀는 갈등하지 않았다. 자신의 목숨만큼이나 그녀를 애지중지하던 사랑하고 존경하는 할머니처럼 되는 것만이 그녀의 목표였기 때문에 번민할 이유가 없었다. 할머니의 사상과 이념은 이미 그녀의 사상과 이념으로 굳게 자리 잡고 있었기 때문이었다. 그렇게도 인자하고 따뜻하고 사랑을 쏟던 할머니가 사람들 앞에 서면 근엄하고 권위가 넘치고 무뚝뚝한 여장부로 돌변했다. 사람들은 할머니 앞에서 고개를 숙이고 할머니는 그저 묵묵히 그들을 지나쳤다. 그 모습이 어린 소녀의 눈에는 어찌나 근사하고 멋져 보였는지 꼭 할머니처럼 되겠다고 매번 결심하곤 했다.

9살에 할머니가 일본 유학을 권유했을 때 그녀는 할머니를 떠나 산다는 일이 떨리고 두려웠지만 할머니를 실망시키지 않기 위해 '잘 할 수 있다'고 씩씩하게 대답했다. 할머니 몰래 혼자 숨어서 울기도 하고 두려운 마음을 달래기 위해 자신에게 최면을 걸기도 하면서 이를 악물었음을 할머니는 어쩌면 알고 있었을 것 같았다. 말하지는 않아도 모르는 것이 없는 할머니였으니까. 4살까지 일본에 살면서 자연스럽게 일본어를 익힌 덕에 일본에서도 최고급 사립 초등학교에 입학했고, 방과 후에는 미국인 교사로부터 영어를 특별 레슨 받았다.

할머니는 선견지명이 있었는지 일본 재벌가에 그녀를 양녀로 입적시켜 아야코라는 이름으로 철저하게 로열패밀리 코스를 밟으며 교육을 받게 만들어 놓고 돌아가셨다. 간첩 혐의로 옥에 갇힌 매우 어려운 상황에서도 할머니는 그녀를 일본에서 불러 들여 마지막 유언을 직접 전했다. 그녀를 만난 사흘 뒤에 숨을 거두었지만 손녀를 만나고 만반의 죽음을 준비한 할머니의 표정은 편안했다고 주변 사람들이 전했다.

"내가 네 곁에 없더라도 절대로 슬퍼하거나 절망해서는 안 된다. 너의 목표를 향해 꿋꿋하게 돌진해야만 이 할미가 안심하고 좋은 세상으로 갈 수 있어. 네가 공부하고 편안히 살아가는 데 아무 문제없도록 내가 다 해 놨어. 아가야, 무엇을 하든 세계 최고가 되어 조국을 위해서 일하겠다고 약속해라. 그러면 나는 아무것도 더 바랄 것이 없어."

할머니는 옥중에서 고문당한 고통을 숨기며 끝까지 손녀에게 힘 있게 말했고 따뜻하게 품 안에 안아주었다. 자랑스럽던 할머니의 처참한 모습에 눈물 흘리며 울부짖는 손녀로부터 기어이 최고가 되겠다는 약속을 받아냈다. 그것이 할머니와의 마지막 만남일 줄은 그녀도 알지 못했다. 세월이 흐른 후 전해 듣기로 할머니는 여든을 넘긴 나이에 옥중에서 고문으로 숨을 거두었다고 했다. 조국을 위해 반평생을 바치고 영웅 칭호까지 받은 할머니가, 그것도 남조선에서 최고 거물 간첩 활동을 마치고 노구를 이끌며 귀국한 할머니가 북한에서 간첩 혐의라니 말도 안 되는 소리였지만 현실은 가혹했다. 존경하는 할머니와 굳게 약속을 하고 일본으로 돌아간 아야코는 이를 악물고 자신의 삶을 최고로 끌어올렸다. 할머니가 돌아가셨다는 말은 아무도 해주지 않았다. 그저 느낌으로, 짐작으로, 꿈으로 눈치 챘지만 그녀는 내색하지 않고 버텼다. 할머니와의 약속 때문에 울지도 못했다. 할머니의 이름은 이선실이었다.

그녀는 언제나 뛰어난 성적으로 남보다 앞서 나갔다. 고등학교 때부터 미국 명문 대학을 목표로 선생을 따로 붙여 미국 대학에 갈 준비를 했고 SAT, AP, TOEFL 시험에서 모두 최고 득점을 취득했다. 끝내는 M.I.T(Massachusetts Institute Technology) 과학 기술대학에 합격하는 영광을 안았다. 거의 모두 MIT 공대라고 부르지만 그것은 대학이 추구하는 고등교육의 본질을 오해한 데서 붙여진 잘못된 호칭임을 입학하고야 알게 되었다. 'Technology'를 공학(Engineering)으로 잘못 번역하여 생긴 명칭임을 아는 사람들은 그리 많지 않았다.

미국에서 손녀가 학사와 석·박사를 하는 동안 할머니는 죽은 몸으로도 자신의 명예를 회복시켜 편안한 곳으로 다시 안치되었다는 소식이 전해졌다. 일본에서 미국으로 건너간 그녀는 일본 양부모의 주선으로 미국 법조계에서 성공한 상류사회 집안에 다시 양녀로 입적되어 '아야코'라는 일본 이름 대신 '케이트'라는 이름을 받았다. '블랙웰'은 그녀가 고심 끝에 스스로 찾아낸 것으로 어느 유명한 작가의 소설을 보면서 늘 동경해 왔던 주인공 이름이었다. 그녀 케이트 블랙웰은 제2의 할머니가 되기를 꿈꾸었다. 할머니는 구시대 방식으로 조국을 위해 일했지만 그녀는 최첨단의 방식으로 조국에 몸바칠 것을 맹세했다. 할머니가 나이 때문에 끝내지 못한 과업을 그녀 자신이 마무리 지으리라 다짐했다. 그러한 확고한 의지 때문인지 한국 인천 공항을 통해 VIP 대접을 받으며 입국했을 때 그녀의 감회는 남달랐다.

"할머니, 이제 시작이에요."

그녀는 비행기 트랩에서 내려서며 땅을 밟는 순간 할머니에게 먼저 고했었다.

청계천 길은 싸늘한 날씨임에도 산책 나온 사람들이 제법 눈에 띄었다. 시간적으로 여유가 있었으므로 그녀는 서둘지 않고 산책 나온 사람처럼 걸었다. 그녀는 호텔을 나설 때부터 멀찌감치에서 일정한 간격을 두고 그녀의 뒤를 밟는 두 명의 남자를 의식하고 있었다. 아마도 그녀의 경호를 책임진 초청 기관의 사람들일 것이었다. 그들에 대해 조금도 신경 쓰지 않는 자신의 모습을 보여줄 심산으로 그녀는 더욱 거리를 기웃거렸다. 서울, 꿈에도 그리던 대한민국의 수도 서울에 드디어 입성을 한 것이 이제야 실감되었다. 서울 시내 한복판을 걷고 있는 자신이 이제부터 해야 할 일들이 정리된 차트처럼 머릿속에서 차근차근 페이지를 넘겨 갔다.

대테러전담기구인 테러정보통합센터가 국정원에 설치되어 있었지만 그 기능을 다하지 못하고 있었다. 감청, 개인 이메일 확인 등의 권한이 부여되지 않는 법적 제한이 많아 수사에 어려움을 겪고 있는 실정이었다. 휴대전화 감청이 허락되지 않는 국가정보기관은 유일하게 한국뿐이라는 점이 정보기관의 불만이자 한계점이었다. 그런 취약점을 노려 국내 금융권, 방송사 전산 장애가 동시 다발적으로 발생했다. 신규 악성 코드로 인한 기능 마비였다.

보안 전문가가 급파되고 데이터 복구를 위한 악성 코드의 기술적인 피해 분석 작업이 진행되었지만 복구는 쉽게 이루어지지 않았다. 정부 행정망, 금융 정보망, 방송 통신망 등에 테러가 발생하기 시작하자 그 문제를 해결할 수 있는 국내외의 전문 공학자들이 은밀히 관계 기관에 콜 요청을 받았다.

케이트 역시 그런 케이스였지만 형식상으로는 한국 정부 관계 부처의 젊은 미래 공학자들과의 만남이었다. 강연과 질의응답을 통해 최첨단 공학의 세계적인 실태를 알게 하고 그들의 눈높이를 높이겠다는 명분을 내세웠다. 케이트 블랙웰의 업적이나 실력에 대해서는 미국 정부와 미국 학계가 인정을 했으니 한국에서는 더 이상의 검증을 필요로 하지 않았다. 그녀는 한국 정부의 초청을 받았을 때 여러 차례 거절 의사를 밝혔다. 바빠서 시간을 낼 수 없다는 이유와 한국에는 안전을 보장 받을 수 없어서 가고 싶지 않다는 뜻을 전했다. 초청 기관에서는 3주간의 체류를 원했고 그녀는 자신의 신변 안전을 위한 경호원을 요청했다. 그들은 공항에서부터 철저하게 그녀를 경호했고 어디를 가든지 그녀를 모셔다 줄 자동차와 경호 요원을 배치했다. 운전기사가 제일 가까이 있는 경호원이었고 그녀가 탄 자동차를 일정한 간격을 두고 뒤쫓는 자동차가 그녀의 제2경호원들이 탄 자동차였다.

오늘도 기어이 걷겠다고 말하자 그들이 곤혹스러워 하는 이유를 그녀는 알았다. 자동차보다 안전하지 못하기 때문이었고 서울 거리에 관심이 없는 경호원들도 서늘한 겨울 날씨에 그녀를 위해 함께 걷는 일이 편치 않아서였을 것이다. 그렇다 해도 그녀는 잠시 겨울바람을 쐬며 서울 거리를 걷고 싶었다.

원자력안전위원회 사무실이 있는 빌딩에 도착하자 현관 앞에 사람이 나와서 대기하고 있다가 그녀를 맞이하고 안내하여 사무실로 데려갔다. 그녀의 가장 중요한 업무가 시작될 시간이 다가온 것이다.

평양 순안 비행장에 도착한 스텔라 부부는 공항에 마중 나온 사람들을 보며 의아한 표정을 지었다. 적어도 노동당 작전 부장이나 노동당 35호 실장 정도가 마중을 나와서 반가이 맞아 주어야 하는 자신들의 위치임을 그들은 잘 알았다. 그래서 그들에게 줄 고급 양주와 명품 넥타이까지 준비했는데 막상 스텔라 부부를 마중 나온 사람은 국가 안전보위부 소속의 정치국 일선 담당자였다.

"왜 보위부 사람들이 우리를 마중 나왔느냐 말입니다."

아내가 남편에게 속삭이듯 물었다.

"그러게 말이오. 우리가 북한을 떠난 사이에 노동당 지도부 체제가 변했나?"

그들이 의구심을 가지고 비행장 청사 안으로 들어서자 낯익지 않은 보위부 사람들이 달려와 부부를 에워쌌다.

"그동안 타국에서 외화 벌이 하시느라 고생이 많으셨습니다. 저희들이 모시겠습니다."

그렇게 말하면서 찾은 짐들을 그들이 낚아채듯 받아 들고 양 옆에서 에워싸서 대기하던 검은 지프차에 그들을 태웠다. 고급 승용차가 아닌 지프차에 오르는 순간 그들은 뭔가 잘못됐다는 느낌을 받았다.

"우리는 김정은 제일 비서님의 생신 잔치에 초대를 받아 왔습니다. 선물 가방은 제가 간직했으면 하는데요."

남편이 그들을 떠보려는 듯 약간의 거드름을 피우며 동석한 보위부 직원들에게 가방을 달라고 요청했다.

"아, 뒷자리에 고이 모셔 왔으니 걱정 말라요. 내리면 드릴 테니."

자기들끼리 히쭉히쭉 웃으며 말하는 꼴이 영 눈꼴사나웠다.

"이보시라요. 동무. 5년간이나 고생하다가 고향에 돌아왔는데 대접이 어째 이렇습니까? 우리가 그간 외화를 벌어 조국에 바친 것이 얼마나 되는지 아십니까?"

참다못한 아내가 짜증을 내며 그들을 무시하는 언사로 목청을
높였다.

"에미나이, 뭐가 잘나서 그렇게 말이 많니? 그냥 좀 조용히 가자
우."

남편 곁에 앉아 있던 나이 들어 보이는 남자가 험한 말투로 짜증
을 내며 눈을 부라렸다. 뭐가 잘못돼도 한참 잘못됐구나 하는 마음
으로 두 사람은 입을 다물었다. 평양 순안 지역을 빙빙 돌아 그들이
도착한 곳은 보위부 정치국 취조실이었다. 차에서 내리면서부터 그
들의 행동이 거칠어지기 시작했다.

"여기에 무슨 일입니까?"

"우리는 생신 잔치에 초대 받았다지 않아요?"

두 사람은 항의했지만 그들은 콧방귀도 뀌지 않고 컴컴한 방에 그
들을 밀어 넣었다.

"여기 들렀다가 생신 잔치에 가면 되겠네."

그들은 두 사람만 남겨 놓은 채 문을 닫고 나가 버렸다. 방안에
있는 거라고는 한쪽 벽에 붙여진 군용 침대와 책상 하나와 의자 두
개뿐이었다. 조사를 받는 방임이 틀림없었다. 방안 분위기에 그들
은 더욱 불안해졌다.

"이게 무슨 일일까요?"

"뭐가 잘못된 거야?"

두 사람은 초조한 얼굴을 마주보며 취조실을 서성거렸다.

"영문을 알 수가 없으니 이거 미치겠구나."

복도를 걸어오는 발자국 소리에 이어 취조실 문이 열렸다. 조금 전

그들을 밀어 넣고 나간 남자가 다시 나타나 그들에게 나오라고 손짓을 했다. 그가 두 사람을 어디론가 안내했다. 불빛이 환하고 넓은 사무실로 들어섰다. 낡았지만 소파도 있고 히터도 나오는 것으로 보아 간부급 사무실인 것 같았다. 잠시 소파에 앉아 대기하라고 이르고 그들을 데리고 온 남자는 사라졌다. 부부는 소파에 앉아 도대체 무슨 일이 벌어질 것인지 알지 못한 채 주먹을 폈다 오므렸다 하며 마음을 달랬다. 안에서 인민복을 반듯하게 차려 입은 젊은 여자와 남자가 문을 열고 나와 대기실에 있는 그들을 힐끗 보았다. 기름기가 좌르르 흐르는 여자의 모피 코트와 남자의 부드러운 모직 코트를 곱지 않은 시선으로 훑어보며 앞으로 다가왔다.

"스웨덴에서 온 스텔라 부부 맞습니까?"

젊은 남자의 말투는 점잖았지만 칼처럼 날카롭고 매서웠다.

"예."

"따라 들어와요."

여자는 책상에 가서 앉고 남자는 그들 부부를 데리고 방금 나온 사무실 문을 열었다. 안에는 군인 복장을 한 나이 지긋한 남자가 큰 책상 앞에 앉아서 들어서는 그들을 바라보았다. 그 앞에 부부를 데려다 놓고 젊은 남자는 돌아섰다.

"아, 따끈한 차 두 잔 들여보내."

책상에서 일어서며 젊은 남자를 향해 말하는 목소리가 워낙 점잖고 부드러워서 부부는 조금 안심이 되었다.

"나는 국가 안전보위부 해외 담당국장 리병서요. 앞에 의자에 편히 앉으시오."

그는 긴 회의 탁자 앞에 서 있는 부부에게 의자를 권하고 자신도 맞은 편 의자에 앉았다. 손에는 서류철에 묶여 있는 자료를 들고 있었다. 마침 차가 두 잔 들어와 그들 앞에 놓였다. 남편이 자신의 차를 리병서 국장 앞으로 밀었다.

"이 차 드시죠."

"아, 난 방금 마셔서 생각이 없으니 그냥 드시오."

부부는 목도 말랐던 터에 차를 입으로 가져갔다. 따끈한 인삼차였다.

"몇 년 만에 평양에 온 겁니까?"

그들이 차를 반 잔쯤 마시도록 서류를 뒤적이며 말이 없던 리병서가 아내를 보며 드디어 입을 열었다.

"5년 만에 왔습니다."

"남의 나라에서 고생이 많으셨겠습니다."

"그야 말로 다할 수 없지요."

"김춘오, 이명자 부부 공작조 맞습니까?"

"예. 그런데 뭐가 잘못된 겁니까?"

부드러운 목소리에 남편이 용기를 내어 물었다.

"위대하신 김정은 제일 비서장님께서 생신에 초대해 주셔서 선물 준비해서 다니러 온 것뿐인데 도무지 무엇이 잘못된 건지 알 수가 없습니다."

"지금 여기 앉아서도 그걸 모르겠다는 말입니까?"

리병서가 서류에서 눈을 들어 그들 부부를 쏘아보았다. 부드럽고 점잖은 목소리와는 달리 쳐다보는 눈이 매서웠다. 그들은 움찔하여 그의 눈을 피했다. 그때 노크 소리가 들리고 젊은 남자와 여자가 그들 부부의 짐을 모두 들여왔다. 평양에서는 보기 드문 최신형 큰 트렁크 두 개와 잡다한 선물 꾸러미가 든 낡은 트렁크 하나와 면세점 쇼핑백들이었다.

"이게 다 뭡니까?"

이번에도 리병서는 아내를 향해 물었다.

"김정은 동지의 생일 선물이랑 5년 만에 오는 길이라 중앙당 간부님들께 조그만 선물 하나씩 샀습니다. 저 트렁크에는 노모님과 아이들 줄 잡동사니 일용품들이 들어 있고요."

"이명자 동무가 직접 열어보시오."

아내가 바닥에 쪼그리고 앉아 가방을 열려고 하자 리병서는 남편에게 트렁크를 탁자 위에 올려 주라고 말했다. 아내는 떨리는 손으로 트렁크 안에 담긴 물건들을 꺼내 회의 탁자 위에 늘어놓았다. 리병서는 매의 눈처럼 날카로운 표정으로 앉은 자세를 조금도 흩트리지 않고 물건 하나하나를 지켜보았다. 북한에서는 볼 수 없는 고급스러운 의류들과 고급 생필품들이 쏟아져 나왔다. 여자의 화려한 속옷들이 탁자에 진열될 때도 그는 흔들림 없이 담담하게 그것들을 바라보았다. 아내의 트렁크 바닥이 다 드러나자 됐으니 도로 담으라고 하고 남편에게 말했다.

"이번에는 김춘오 동무의 가방을 여시오."

남편이 자신의 트렁크를 열었다. 제일 먼저 양담배들이 미끄러져 나왔다. 똑같은 색깔의 남자 양말, 내의, 속옷, 목도리, 장갑 등이 몇 벌인지 모를 정도로 쏟아져 나온 뒤에야 밑에 깔려 있던 스웨터와 점퍼들이 나오기 시작했다. 그는 여전히 눈도 깜빡하지 않고 그것들을 주시했다. 리병서는 제법 상위층 생활을 하고 있다고 자부해 왔던 자신조차도 한 번도 본 적이 없는 고급 내의와 남자 목도리들을 보며 그들 부부가 살고 있던 세상이 짐작되었다. 남편의 트렁크도 바닥을 드러냈다. 그 사이 아내의 트렁크는 탁자 위의 물건들을 도로 삼킨 채 이미 입을 닫았다.

"잘 보았소. 지금 그 물건들은 친지들에게 전해 줄 것들이오?"

"예. 친척들과 신세진 당 간부님들께 하나씩 줄 요량으로 장만했습니다."

두 사람은 동시에 같은 대답을 하고 머쓱해서 리병서를 쳐다보았다. 그는 서류철에 펜으로 무엇인가를 적었다.

"다음 가방은 누가 열겠소?"

그가 약간 낡은 트렁크를 가리켰다. 부부는 서로 얼굴을 보다가 아내가 나섰다.

"제가 가방을 쌌으니 제가 열겠습니다."

"그렇게 하시오."

아내가 가방을 열자 거기에는 그야말로 자잘한 잡동사니 생필품들이 하나 가득이었다. 세숫비누, 로션, 콜드, 파운데이션, 립스틱, 치즈, 설탕, 속옷, 스타킹, 손톱깎이……. 수입 잡화점을 방불케 하는 물건들과 자신들이 입었던 옷가지와 사용한 흔적이 역력한 낡은 생필품들도 담겨 있었다. 누가 보아도 선물용은 아닌 직계가족용 물품들이 분명해 보였다.

"이건 동무들 소지품이오?"

"예. 평소에 거기서 입던 것들, 사용하던 것들로 별거 아닌 것들입니다."

리병서는 자신이 보아도 궁핍하게 사는 북한 주민들에게는 모두 절실하게 필요한 것들이었는데 왠지 그 자질구레한 물품들을 보는 순간 화가 치밀었다. 그들 부부에게는 평소에 사용하던 별것 아닌 물품들이겠지만 북한에서는 특별한 날 배급으로만 지급되는 것들이 대부분이었다. 세숫비누, 설탕 등은 주민들 사이에서 뒷거래까지 이루어지는 없어서는 안 될 생필품들인데 스텔라 부부가 살던 세상에서는 별것 아닌 물품들이라니 그들에게 반감이 일고 이런 세상에서 살고 있는 자신이 짜증스러웠다.

"동무들이 얼마나 풍족한 나라에서 살다 왔는지는 모르지만 이런 나부랭이들 가져다가 인민들을 현혹시키려는 것이오? 이웃 동무들이 다 없이 살면 우리 가족도 없이 사는 것이 옳은 일 아니오? 여태까지의 물품들은 모두 압수하겠소. 노동당 중앙당 간부로부터 각별히 부탁받은 물품이 있으면 여기에 적으시오. 그것만은 내가 책임지고 전달하겠소."

그는 종이와 연필을 그들 부부 앞에 내밀었다. 이제 남은 것은 면세점 쇼핑백과 그들이 소중하게 들고 온 핸드 캐리어 작은 짐 가방이었다. 리병서는 그들이 종이에 목록을 적는 동안 그것들을 회의 탁자 위에 올려놓았다.

남편은 짐을 도로 트렁크에 담는 일을 마치고 나머지 가방을 열었다. 쇼핑백에서는 면세점에서 구입한 명품의 여성 악어 핸드백과 남자 가죽 서류 가방, 남자 가죽 허리띠 등이 쏟아져 나왔다. 그리고 핸드 캐리어 가방에서 그들은 소중히 금 보자기에 싼 박스를 꺼내 놓았다.

"그게 뭐요?"

"이건 김정은 동지의 생일 선물입니다."

"확인해야 하니 열어 보시오."

그들은 잠시 망설이며 서로의 얼굴을 보았다. 리병서가 그들의 행동을 보다가 이마를 찌푸렸다.

"독약이 들었는지 폭탄이 들었는지 우리가 어찌 알겠소? 확인하지 않고는 위대한 김정은 동지께 전달되지 않으니 마음대로 하시오."

리병서가 단호하게 말하고 뒤로 물러나 앉았다. 아내는 보자기 매듭을 풀고 남편은 박스를 열어 리병서 앞으로 밀었다. 대충 훑어보려던 리병서는 힐끗 보다가 다시금 몸을 일으켜 그 박스를 자세히 들여다보았다. 생전 처음 보는 생소한 물건이었다.

"이건 무엇이오?"

"순금으로 제작된 야구방망이입니다."

리병서는 조심스럽게 야구방망이를 꺼내어 이리저리 살펴보고 살며시 도로 박스에 넣었다.

"대단한 양반들이군. 이건 틀림없이 위대한 김정은 동지께 전달하겠소."

"우리들이 생신 잔치에서 직접 전달하면 안 되겠습니까?"

아내가 용기 내어 물었다.

"동무들은 지금부터 조사를 받게 되어 생신 잔치에 참석할 수 없을 것이오."

"조사라니요? 무슨 잘못을 해서 조사를 받는 것입니까?"

"그건 차차 알게 될 것이오. 그러니 전달할 물품 목록과 명단을 나한테 주시오."

"그럼, 생일에 초대한다는 말은 우리를 불러들이기 위해서 거짓말을 한 겁니까?"

남편이 얼굴을 붉히며 리병서에게 따지며 대들었다.

"난 동무들을 초대한 당사자가 아니니 모르겠소. 단지 해외 담당 국장으로써 소환된 동무들을 공항에서 데려와 조사할 임무를 맡았을 뿐이오."

리병서는 조금도 달라지지 않은 부드러운 말투로 일관했지만 어느새 처음보다는 강한 뜻이 담긴 단어를 사용하고 있었다.

"준비해 온 선물은 틀림없이 명단에 적은 그대로 당사자에게 전달될 테니 나중에 확인해 보시오. 김정은 동지의 귀한 생일 선물도 내 확인하에 꼭 전달하겠소. 분명히 동지께서도 두 사람의 정성에 감사해 할 것이오. 더 전할 말은 없소?"

"그럼 가족에게는 우리 소식이 전해집니까? 모두들 곧 만나는 줄 알고 기다릴 텐데……."

"조사가 끝나고 동무들의 거취 문제가 확정되면 가족에게 통보할 것이오."

리병서는 의자 뒤에 있는 부저를 눌렀다. 그들을 데리고 들어왔던 젊은 남자가 들어와 그의 명령을 기다렸다.

"두 동무 데려가도록."

그의 명령이 떨어지기 무섭게 젊은 남자는 스텔라 부부를 안내하여 사무실에서 데리고 나갔다. 너무도 황당하고 어처구니가 없어진 두 사람은 그저 할 말을 잃은 채 젊은 남자를 따라 좁은 복도를 걸었다. 이게 무슨 청천벽력 같은 일인지 알 수가 없었다. 외화를 벌어 꼬박꼬박 송금했고 실적이 좋아 당으로부터 칭찬까지 들던 그들이었다. 정보에 의하면 북유럽 해외 부부 공작조인 덴마크 부부도 이번 김정은의 생일에 초대 받았다고 하는데 그렇다면 그들도 속아서 평양에 들어온 것인지 알 길이 없었다. 지하로 내려가 컴컴

하고 긴 복도를 걸으며 영원히 그 복도가 끝날 것 같지 않은 불안감
에 휩싸였다.

제 4 장
노장은 살아있다

경계가 삼엄한 군부대 입구의 초소를 통과하며 한철호는 자신과 장중건의 신분증까지도 뚫어져라 얼굴과 대조하는 보초들 앞에서 약간은 언짢은 표정이 되었다. 신분 확인과 구내전화 통화가 끝나자 보초는 정중하게 잠시만 기다려 달라고 말하고 총을 내려 그들의 자동차 운행을 저지했다.

"이 정도면 신변 안전은 확실하지 않겠어?"

장중건은 기분 나쁜 얼굴로 찡그린 채 앞좌석에 앉은 한철호에게 물었다. 한 번 다녀간 적이 있는 장중건은 여유로움을 보였다.

"우리 신분을 확인하고도 막아서니까 기분은 좀 나쁜데요."

"기다려 봐."

그 말이 채 끝나기도 전에 군 지프차가 입구를 향해 달려왔다. 그들의 승용차 바로 앞에 차를 세우고 조수석에서 소위가 내려 그들 앞으로 다가왔다. 초소에 있던 보초가 그에게 경례를 올리는 사이 한철호는 차창을 내렸다. 소위가 반듯하게 구호를 외치며 경례를 올렸다.

"박대령님의 부관 김영찬입니다. 두 분을 모시러 나왔습니다. 제 차를 뒤따라오시면 됩니다."

"알겠으니 앞장서시죠."

한철호가 한결 마음이 풀린 얼굴로 그에게 말했다. 김소위가 차에 오르자 지프는 그들 차를 에스코트하듯 서서히 비탈길을 올라 영내 한가운데를 가로질러 움직였다.

"보초 짜아식, 안내할 차가 나올 거라고 말했으면 내가 투덜거리지 않았을 거 아냐."

한철호가 혼잣말처럼 웅얼거리자 장중건이 피식 웃었다. 여느 군부대와는 달리 뒷산에도 가시 철망이 둘러쳐져 있는 것이 보였다. 기무사 부대 중에서도 은폐와 보안이 철저한 것을 자랑으로 여기는 부대다웠다. 서울 한복판에서 그리 멀지도 않은 곳에 이런 큰 군부대가 자리 잡고 있다니 국정원 직원이었던 그들도 알지 못한 일이었다. 그들은 우선 부대장인 박대령 사무실로 안내되었다. 체력 연병장을 바로 앞에 둔 건물 1층 부대장 사무실은 각종 깃발들이 깃대에 45도 각도로 꽂혀 나란히 정렬되어 있어서인지 위용이 느껴졌다.

"어서 오십시오."

박대령이 책상 앞 의자에서 일어나 반갑게 그들을 맞았다. 장중건과는 일차 블랙홀을 만나러 왔을 때 인사를 나눈 터라 어색하지는 않았다. 그들은 검은 가죽 소파에 앉아 이야기를 나누었다. 그때 부관이 차를 내왔다. 노란 국화차였다.

"찻잔에 꽃이 피었군요."

"집사람이 작년 가을에 국화꽃을 뜯어다가 말렸는데 향이 아주 좋습니다. 부대 뒤에 야생 들국화가 지천으로 널렸었거든요. 공해가 없는 곳이라 꽃 색이 좋은 것 같습니다."

"사모님 내조가 대단하신 모양입니다."

장중건과 박대령이 용무와 관계없는 꽃 이야기에 빠져 있자 한철호는 그들을 재촉하듯 시계를 보았다.

"한국장님 마음이 바쁘신 것 같습니다."

박대령이 찻잔을 내려놓았다.

"워낙 일밖에 모르는 친구라……."

"블랙홀을 만나기 전에 상의 드릴 것이 있습니다."

"무슨……."

장중건과 한철호는 박대령 입에서 왠지 심각한 말이 나올 것 같아 그의 눈을 주시했다.

"조사가 본격적으로 시작되면 조사관들이 매번 이곳으로 올 수도 없고 우리도 손을 떼는 마당에 그 친구를 계속 데리고 있을 수 없는 입장이라서 방법을 찾아야 할 것 같습니다."

"그건 충분히 이해가 갑니다. 우리가 온 것은 블랙홀이 이선실에 대해 잘 아는 사람만을 고집해서 전 수사관의 자격으로 왔을 뿐입니다. 우리는 아무런 결정권도 없다는 뜻이지요. 그의 신분이 밝혀지면 국정원이 데려가든 아니면 다른 수사 기관에서 데려가든 조만간 결정이 날 겁니다. 그러니 그의 확실한 신분이 밝혀질 때까지만 편의를 봐 주시면 안 될까요? 우선 그가 누군지 무슨 핵폭탄을 쥐고 있는지 왜 한국으로 오기를 원하는지 알아내는 것이 우리 수사관들의 공동 임무이자 급선무가 아니겠습니까?"

장중건의 말에 박대령은 여러 차례 고개를 끄덕였다.

"얼마나 걸릴까요?"

박대령이 이번에는 한철호를 향해 물었다.

"제 생각에 오래 걸리지는 않을 것 같습니다."

어느 정도 짐작이 가는 인물이라는 말은 하지 않았다.

"알겠습니다. 한번 보시겠어요?"

박대령은 리모컨을 집어 들어 열두 개의 모니터가 붙어 있는 벽을 향해 버튼을 눌렀다. 전원이 들어오면서 각 시설들의 모습들이 화면에 나타났다. 부대 안 중요한 시설에 설치된 CCTV 모니터였다.

"7번, 8번 모니터가 그 친구 숙소입니다."

7번 응접실은 비어 있었고 8번 모니터에는 책상에 앉아 열심히 컴퓨터를 들여다보는 남자의 모습이 드러났다. 남자의 어깨 뒤로 침구가 개켜진 제법 큰 침대가 보였다.

"이야기는 좀 합니까?"

"웬 걸요. 정서 불안증 환자처럼 예민해져 서성이고 매일 저렇게 자기 노트북과 휴대전화와 시계만 들여다보다가 벌떡 일어나 서성이곤 합니다."

"식사는?"

"아주 조금밖에 먹지 않고요. 굶어 죽지 않을 정도로 겨우 숟가락을 들었다가 놓는 정도에 불과하다고 보고 받았습니다. 식단을 바꾸어 봐도 마찬가지고 좋아하는 건 커피와 딸기뿐이랍니다. 가보실까요?"

박대령은 모니터를 끄고 자신의 방을 나와 경계가 삼엄한 지하 병

커로 들어섰다. 보초가 지키는 두 개의 철문을 통과하여 마지막 문에 다다랐을 때 안에 서 있던 군인이 박대령에게 경례를 올린 다음 안에서 열쇠로 자물통을 따고 철창문을 열었다.

"뭐하고 있어?"

박대령이 턱으로 닫힌 문을 가리켰다.

"방금 통화를 끝냈습니다. 애인이라는 여자인 것 같습니다."

"들어가도 되느냐고 물어 봐. 기다리던 분들이 오셨다고 하고."

"알겠습니다."

계급장을 달지 않은 군인이 전화를 들어 블랙홀과 통화를 하고 그들을 안내했다. 양쪽으로 열리는 문을 당기자 곧바로 큰 응접실이 나왔다. 그들은 양탄자가 깔린 응접실 안으로 들어섰다. 소파와 탁자와 TV와 냉·난방기 등 집기가 가정집처럼 안정적으로 자리 잡고 있었다. 모니터에서 볼 때보다 더 넓고 편안한 공간이었다. 잠시후 응접실 한쪽에서 문이 열리고 깡마른 남자가 응접실로 나왔다. 불안한 듯 눈동자를 빨리 굴리며 한철호를 훑었다.

"말씀들 나누시지요. 전 행사가 있어서 나가봐야 합니다."

박대령이 세 사람을 남겨 놓고 응접실을 나갔다. 그들은 정 가운데 블랙홀을 앉게 하고 양 옆으로 한 사람씩 소파에 가 앉았다.

"내 소개는 저번에 했고 이쪽은 나와 함께 이선실 사건을 처음부터 수사했던 동료 직원이에요."

"한철홉니다. 만나서 반갑습니다."

한철호가 악수를 청하며 그의 경계를 풀려는 듯 자신을 장황하게 소개했다.

"나 역시 국정원을 그만두었습니다. 이선실 사건을 수사했던 사람들은 거의 다 퇴직을 했지요."

"그렇겠지요. 20년이 훨씬 넘었으니까요. 모두들 선생님을 장차장님이라 부르던데 국정원에서 차장을 지내셨나요? 그럼 한철호 선생님은 뭐라 부릅니까?"

블랙홀은 처음 대면 때와는 달리 대화를 주도적으로 이끌었다. 장중건의 호칭에 대한 궁금증을 묻고 한철호의 호칭에 대해 물었다.

"한국장이라고들 부릅니다. 대공 수사국장으로 있다가 퇴직해서요."

"다들 믿을 만한 분들이니 단도직입적으로 이야기를 나누는 게 좋겠지요? 한국장님."

"시간이 없다고 한다는데 무슨 시간이 없다는 건지 그게 제일 궁금합니다."

한철호가 그를 보며 먼저 속마음을 털어놓았다.

"블랙홀은 제 해외 암호명이고 실은 나도 한씹니다."

"그럼 한명수 씨겠군요."

"나를 아십니까?"

"김동식과 함께 공작원 교육을 받은 동기생 아닙니까?"

블랙홀의 얼굴이 비로소 환해졌다.

"그림을 아주 잘 그리는 미대생."

"맞습니다. 외국 이름은 제임스 한입니다."

의외로 이야기가 잘 풀려 나가는 것 같아 장중건은 내심 흡족해했다.

"김동식 씨는 한 형을 몹시 그리워하는데 왜 그를 만나지 않으려고 하는지요?"

"김동식과 만나기 시작하면 내 신분이 노출되는 건 시간문제라 그러지요."

"그건 김동식을 믿지 못한다는 뜻인가요?"

"아니요. 김동식을 노리고 있고 김동식을 지켜보는 북쪽 눈이 많기 때문이지요. 동식인 자유인이라고 생각하며 살고 있겠지만 내놓은 목숨이나 다름없다고요. 그를 만나는 건 급하지 않아요. 당장 시급한 일이 더 많은데."

"그 이야기를 좀 해봅시다."

"우선 제이미가 위험해요. 그 사람도 공작원이란 말입니다. 덴마크에 있는 아내가 자기라도 살아남으려고 노동당에 보고를 올릴 날짜가 다가오고 있으니 더 다급하고요."

"그럼 한 형의 애인인 여성이 공작원이라는 사실을 한 형 아내도 압니까?"

"전혀 모릅니다. 그냥 코펜하겐에서 조그만 가게를 운영하는 평범한 여자인 줄로만 알고 있지요."

"왜 이선실에 대해 잘 아는 사람을 만나겠다고 한 겁니까?"

두 사람 대화를 듣고 있던 장중건이 드디어 자신의 궁금증을 참지 못하고 질문을 던졌다.

"이선실의 행적을 아는 사람이라야 내 신분을 밝히기가 쉽고 신분을 알아야 내 말을 믿을 거 아닙니까? 또 이선실을 알아야 이제부터 내가 하는 말을 다 알아들을 것이라서 그렇습니다."

"한형은 이선실과 관련이 있습니까?"

"그렇다마다요. 이선실이 김동식이랑 북으로 동반 복귀를 했다가 다시 동식이가 남파되어 국정원에 붙들리자 그들은 나를 소환했지요. 몇 년 충실히 일하고 파리로 나가라는 말에 신이 나서 일했어요. 내 임무는 북쪽에서의 이선실 활동과 이선실이 남한에 심어 놓고 간 지하조직을 관리하는 일이었단 말입니다. 남한에서 간첩을 데려와 교육 시키는 것도 북한에 있는 공작원을 가르치는 것도 이선실 할머니가 할 일이었지만 그 스케줄 잡고 접선 명령을 내리고 지하 조직원들을 차례로 북한으로 불러올려 교육받게 하는 일은 내 임무였다는 이야깁니다."

"북한에 복귀한 이선실 활동에 대해서는 잘 아시겠군요."

"그렇지요. 이선실의 몸뚱이는 남한에서 사라졌지만 그 그림자는 그대로 남아 활동을 펼친 것입니다. 이선실은 자기와 똑같은 아바타를 키우는 일에 심혈을 기울였어요. 남한 곳곳에 숨겨 둔 공작금에 대해서는 앞뒤가 맞지 않는 말을 많이 해서 뒷조사를 받기도 했지요."

"그럼 이선실과 관련된 남한 쪽 인사들에 대해서도 잘 알겠네요."

한철호는 장중건이 반정부, 반국가 인사들의 증거 인멸이 되어 버린 이선실의 영구 복귀에 한이 맺혀 있음을 알고 있었다. 그가 하고 싶은 일이 의외의 곳에서 실마리가 풀릴 것 같았다.

"내가 관리한 남한 유명 인사들 명단을 가지고 있습니다. 그러니 일을 시작합시다."

"한 형이 원하는 건 뭡니까?"

한철호가 단도직입적으로 물었다.

"간단합니다. 비밀리에 제이미를 한국에 오도록 도와주고 우리 두 사람의 신분을 세탁하여 안전하게 이 땅에서 살게 해 달라는 겁니다."

"그렇게 해주면 한 형은 우리 정부에 무엇을 줄 거요?"

장중건은 한철호와 한명수가 주고받는 대화가 적절한 대화인지 잠시 생각했다. 물건을 사고파는 것도 아닌데 저렇게 서로가 취할 것부터 챙기는 흥정은 기분 좋은 일이 아니었다.

"아, 잠깐."

장중건이 두 사람의 대화를 중단시켰다.

"아무리 단도직입적으로 본론을 말하자고 했지만 이런 식의 대화는 바람직하지 않다고 봅니다. 기부 앤 테이크로 이 문제를 해결하기를 우리 정부는 바라지 않아요. 우리도 나서서 정부를 설득하여 한 형을 도와주고 한 형도 우리나라에 도움이 되는 일을 해주는 마음이 되는 것이 좋지 않겠소?"

"그게 그 말 아닙니까?"

한철호가 이야기를 중단시킨 것에 불만을 터뜨리며 장중건에게 거세게 항의했다.

"내용은 같을지 몰라도 아 다르고 어 다르듯 기분이 다를 수 있다는 것을 알 만한 사람이……. 우리 한국장이 일 욕심이 앞서서 기분을 언짢게 했다면 이해해 주시오."

한명수를 향해 장중건이 사과의 목례를 보냈다.

"아닙니다. 그러지 마세요. 저는 차라리 그렇게 물어주는 사람이 있어서 말하기가 편합니다. 실은 서로가 얻을 이익을 앞에 두고 흥정하는 거래만큼 확실한 계약 조건은 없으니까요."

장중건의 사과에 한명수는 오히려 손사래를 치며 자기는 편안한 상대를 만나 마음이 가볍다고 밝혔다.

"한국장님 질문에 답을 드리겠습니다. 저를 신변의 위협이 없도록 한국에서 적극적으로 받아 준다면 나는 말한 대로 이선실과 관련된 반 정부주의 정치가들과 이선실의 아바타를 알려 드리겠습니다. 그것은 제이미와 나를 이 땅에 정착시켜 주는 첫 번째 감사의 인사에 불과합니다."

"더 많은 선물 보따리를 갖고 계신다는 말씀 같은데……. 한 가지 더 궁금한 것이 있어요."

"무엇이든 물어보세요."

"제이미라는 여자는 한 형한테 그렇게 큰 비중을 차지하는 중요한 존잽니까? 목숨 걸고 사랑하는 여잔가요?"

한철호는 얼마 전까지 국정원 대공 수사국에서 일한 수사관답게 망설임 없는 질문을 던졌다. 장중건은 빙그레 미소를 지으며 그들을 바라보았다.

"사랑하는 여자이기도 하지만 꼭 그 이유만으로 이렇게 목숨을 건 것은 아닙니다. 그 여자는 내 그림을 사랑해 주고 내 그림의 가치를 처음으로 인정해 준 사람입니다. 그 여자는 나를 위험에서 구해 준 사람이어서 그 빚을 갚고 싶어서 그럽니다."

"코펜하겐에서 만나셨나요?"

"코펜하겐 교회에서 주최한 아시아인 모임이 있었는데 목사님이 꼭 나오라기에 나갔다가 제이미를 소개받았어요. 아주 친절하게 우리 부부에게 다가왔어요. 자기가 운영하는 가게에 놀러 오라고 초대해서 갔더니 저녁 식사도 대접하더군요. 외롭던 차에 자주 어울려 동양인 특유의 정감을 가지고 가까워졌지요."

한명수는 코펜하겐에서 제이미와 가까워지게 된 계기를 자세히 설명하기 시작했다.

코펜하겐에서 그녀는 조그만 탁상용 액자, 벽걸이 장식품, 시계가 달린 화분 등 화가나 작가들로부터 사들이거나 위탁 받은 소품들을 관광객에게 판매하는 예쁜 장식용 소품 가게를 운영하고 있었다. 가게를 운영하면서 각계각층의 관광객들과 인연을 맺어 그들과 우정을 나누며 각 나라의 정보를 빼내고 덴마크에 나와 있는 공작원들의 활동을 보고하는 임무를 맡은 공작원이었다. 그녀가 북한에 가서 간첩 교육을 받고 온 것도 조총련계의 어머니 때문이었다. 그녀는 일본과 북한과 덴마크 뿐 아니라 세계 각국을 넘나들며 이중, 삼중의 스파이 일도 마다하지 않는 간부급 공작원이었다. 그런 그녀가 제임스 한 부부를 감시하는 일을 맡아 접근해 온 것은 당연한 일이었고 안면을 튼 제임스는 그녀의 가게에 자주 들락거렸다. 그러던 어느 날 제임스는 손바닥만 한 소품 캔버스 두 개를 들고 그녀 가게를 찾아갔다.

"혹시 이런 것도 관광객들이 좋아할까요?"

제이미로 불리던 그녀는 그 작은 캔버스의 페인트 풍경화를 보고 눈이 휘둥그레졌다.

"어마나, 어떤 화가가 그린 작품이에요?"

"괜찮아요? 어떤 무명 화가 작품인데……."

"무명 화가라고요? 절대 그렇지 않을 텐데요. 그림을 제대로 공부한 전망 있는 미술 학도가 틀림없어요. 내기를 해도 좋아요."

바로 그녀 가게가 있는 길 건너편 노르드 톨드보드 해안가 풍경을 그린 풍경화였다. 출렁이는 바닷물이 너무도 생생하여 화폭 밖으로 바닷물이 넘칠 것만 같고 바다와 맞닿은 수평선이 아름다웠다. 금세라도 정박해 있는 요트에 오르면 그 요트가 넘실대는 바다를 뚫고 출발할 것 같았다. 다른 하나는 인어공주 조각상이 있는 랑겔리니 공원 끝자락에서 인어공주가 바라보는 바다를 그린 것이었는데 인어공주의 매끈한 어깨선이 돋보이는 바다였다. 힘이 넘치는 바다와 그 바다를 동경하는 화가의 마음이 읽혀졌다. 제이미는 그 그림에서 눈을 떼지 못했다.

"혹시 그 무명 화가가 당신?"

제임스가 고개를 끄덕였다. 그녀가 좀 더 적극적으로 그에게 호감을 보인 것은 그때부터였다. 그 전까지는 모든 연락을 아내를 통해서 해 왔었는데 그림을 본 이후부터는 그에게 직접 연락을 해오는 계기가 되었다. 풍경화를 찾는 사람이 많다며 틈틈이 그려서 여러 작품을 가져다 달라는 내용이었다.

"여러 관광객들이 몰려와 모두 다 하나씩 당신 작품을 사겠다고 할 때도 있는데 그럴 땐 정말 난감해요. 복사본으로 찍어낸 것이 아니라 화가가 직접 그리기 때문에 대량으로 만들 수가 없다고 설명하면 그들은 더욱 그것을 가지고 싶어 해요."

제임스는 사업을 하면서 시간이 되는 대로 그림을 그렸다. 그는 여러 크기로 다양하게 그려 제이미 가게로 가져갔다. 간혹 10호 이상의 큰 호를 원하는 사람들이 그림을 주문하기도 했다. 아내는 거래처로 나갈 일을 줄이고 남편이 그림에 시간을 빼앗기자 불평불만이 늘어났고 제이미는 새로운 그림을 대할 때마다 감탄과 칭찬을 늘어놓았다. 2/1호의 작은 소품으로 시작한 그의 캔버스 페인트 화가 10호, 20호 그림을 주문받기에 이르자 제임스는 화가의 꿈을 접은 자신의 부족한 끈기를 자책했다.

아내가 의류에 필요한 원단을 구하기 위해 이탈리아로 출장을 간 사이 두 사람은 그녀의 가게 문을 닫은 후 가게 뒤쪽에 위치한 카페에서 와인을 마시기 시작했다. 그녀는 자신의 본명이 '미찌꼬'라고 알려주고 제임스의 본명을 물었다. 제임스는 '한명수'라는 이름과 함께 북한에서 파리로 미술 공부를 하러 갔던 이야기를 들려주었다.

끝까지 화가의 길을 가지 못하고 편한 삶을 위해 사업가로 변신해 버린 자신이 그녀를 만나고 처음으로 후회스러웠다고 털어 놓았다. 그녀는 40세가 훨씬 넘은 나이에도 아직 결혼을 한 번도 해 본 적이 없음을 고백했고 두 사람은 이야기꽃을 피우며 와인을 너무 많이 마셔 버렸다. 두 사람 모두 북한 노동당에 매인 몸이라는 말은 하지 않았다. 제이미는 남자의 신분에 대해 이미 알고 있었지만 제임스는 일본인인 그녀가 북한과 깊은 관계가 있을 줄은 꿈에도 생각지 못했던 것이다. 그날 술에 취한 제이미를 집에 바래다주러 갔다가 그들은 한 밤을 같이 보냈다. 제임스는 다음날 저녁 가게로 그녀를 찾아가 전날 밤에 대해 사과했다. 그때 제이미가 말했다.

"우린 두 사람 모두 성인이에요. 술에 취했어도 자신이 취한 행동에 대해 책임질 줄 안다는 뜻이지요. 좀 더 진정한 친구가 됐을 뿐이에요. 이젠 외롭지 않을 것 같아요. 생각지도 않았던 즐거운 시간을 가졌다고 생각하세요."

그녀의 환한 미소와 따뜻한 말에 제임스는 감동을 받았다. 그녀는 가볍게 받아 주는 것 같았지만 그 말에서 진정성이 느껴졌다. 두 사람은 정말 한걸음 다가선 오래된 친구가 된 느낌이었다. 두 번 다시 와인을 과하게 마시지도 밤을 함께 보내지도 않았지만 서로 믿고 의지하는 마음은 깊어 갔다. 그녀는 제임스의 아내와도 잘 지내며 그림을 그리게 만들고 그림을 많은 사람들에게 소개하고 화랑에까지 진출하도록 도와주며 친구의 관계를 유지해 나갔다.

"아내와 함께 평양에 다녀와야 할 것 같아요."

제임스가 어느 날 조용히 그녀에게 귀띔하자 그녀의 얼굴이 몹시 어두워졌다. 제임스 부부는 당신만 알고 있으라며 김정은의 생일잔치에 초대받았음을 은근히 내비치고 생일 선물을 무엇으로 할지 조심스레 제이미에게 의논했다. 어차피 기프트 가게를 하는 제이미가 그 방면에 아이디어가 많을 것 같아서였다. 제이미는 고민해 보겠다고 대답한 뒤 시간을 끌었다.

"오늘 주문받은 제임스 작품 때문에 의논할 일이 있는데 가게로 좀 나와 주실 수 있나요?"

조금 늦은 시간임에도 불구하고 평소의 그녀답지 않게 곧바로 가게로 와 달라는 말까지 덧붙인 전화였다. 제임스가 그녀의 가게로 갔을 때 그녀는 이미 가게 문을 닫은 뒤였고 그녀가 가게 앞을 서성이며 그를 기다리고 있었다.

"오늘은 일찍 문을 닫았네요."

"예. 좀 같이 갈 곳이 있어서……."

제이미는 앞장서서 자기 자동차로 그를 데려갔다. 그녀답지 않게 몹시 서두르는 눈치였다. 제이미는 코펜하겐 항구 공터에 자신의 차를 세우고 운전석에서 내렸다. 제임스도 조수석에서 내렸다.

"얼마 전 스톡홀름 시청 옆 군상 앞에서 신문을 들고 사람을 만났죠?"

"그걸 어떻게?"

"당신이 블랙홀이었어요?"

제임스는 그녀에게서 한 발 물러서며 경계 태세를 갖추었다.

"나 720 화이트 로즈예요."

"그럼 날 감시하고 있었던 게 바로 제이미 당신?"

"그래요. 당신 감시 임무는 맡았지만 당신이 블랙홀인 줄은 몰랐어요. 평양에 가면 안 돼요. 생일잔치 초대가 아니에요."

"그럼?"

"소환이에요. 숙청 대상이라고요."

"그걸 어떻게 알았소?"

"당신 부인이 계속 내 암호 루트를 통해 당신을 중앙당에 보고했어요. 사업과 외화 벌이는 뒷전으로 여기고 그림만 그린다는 사실과 바람피우는 여자가 있는 것 같다고."

"당신이 평양에 간다고 나에게 귀띔해 준 덕에 내가 눈치를 챈 거예요."

"그럼 어쩌면 좋겠소? 무조건 평양에 안 들어갈 수는 없잖소."

"방법이 있을 것 같아서 만나자고 했어요. 해독용 지령문을 바꿔치기 할 테니까 그 지령문이 해독되기 전에 여기를 떠나요."

"그렇게 되면 제이미가 위험해질 게 아니오?"

"해독 불가 암호로 지령문을 전달하면 시간을 좀 벌 수 있고 그 사이에 당신 신변 안전을 확보하고 나를 빼내 주면 돼요. 나는 일본에 포섭한 인사와 접선할 일이 있어 마침 일본으로 가야 하니까 마침 기회가 좋아요."

제이미는 감청 장치나 CCTV가 없는 확실한 장소로 어두컴컴한 항구의 빈 공터를 택한 것이었다. 언제 어디에서 미행당할지 도청당할지 모르는 입장에 처해 있는 직업 탓에 촉각이 곤두서 있었다. 누군가가 미행을 하더라도 이 넓은 항구의 공터에서는 가까이 다가 올 수 없고 멀리서 그들을 지켜볼 수는 있어도 그들의 대화를 도청하거나 엿들을 수도 없는 장소였다. 또 누가 덮칠 기미가 보이면 정박된 배나 바다 쪽을 향해 뛰어서 쉽게 몸을 숨길 수도 있는 장점을 가진 곳이기도 했다.

"부인한테는 미국으로 접선을 가라는 명령을 받았다고 하고 바로 출장 준비를 서둘러요. 조치는 내가 다 취해 놓을 게요. L·A 가는 비행기에 탑승하고 거기서 도쿄 가는 비행기를 바로 갈아타세요. 난 일본에서 기다릴게요."

제임스는 그녀가 짜 맞춘 스케줄대로 움직일 것을 약속했다. 그리고 사흘 뒤 코펜하겐을 떠났다.

거기까지 이야기를 끝낸 한명수에게 장중건이 급히 질문을 던졌다.

"청와대에서 들었을 때는 그 여자 분은 코펜하겐으로 돌아갔다고 했고 북한 공작원이라는 말은 없었는데 어떤 것이 진실인가요?"

"미찌꼬가 공작원이라는 사실은 아직 밝힐 단계가 아니니 그리 알아주세요. 당분간 두 분만 알고 계시면 합니다. 한국에 데리고 온 다음에 밝히는 것이 이 정부를 위해서나 미찌꼬를 위해서나 위험 부담을 더는 일이 될 것입니다. 여기 한국에서 자꾸 시간이 걸리니까 더 이상 일본에 머물 수가 없어서 위험을 무릅쓰고 코펜하겐으로 돌아간 것은 사실입니다. 저를 위해서 용단을 내린 거지요. 그래서 제 마음이 더 바쁩니다."

한명수의 말에 이야기를 듣고 있던 두 사람은 고개를 주억거렸다. 세 사람은 머리를 맞대고 앉아 시나리오를 만드느라 진땀을 흘렸다. 세 사람 모두 흥분된 마음을 가라앉히지 못하고 상기된 얼굴로 회의를 이어갔다.

박부현 의원은 대학 동창인 원자력안전위원회 기획조정관 김치수로부터 전화를 받고 저녁 약속을 잡았다.

"잘 나가시는 정부 고위 관리께서 국회의원 나부랭이한테 웬일로 식사하자는 전화를 다 주셨대?"

"외국에서 손님이 오셨는데 혼자 모시기도 좀 어색하고 얼마 전에 자네하고 같이 식사 한번 하자던 약속도 생각나서 겸사겸사 연락한 거야."

"뭐 어쨌든 얼굴 보는 건 좋은 일이지. 외국에서 오신 손님은 여자분인 모양이지? 혼자 모시기 어색하다는 걸 보니……."

"눈치는 백단이라니까. 보기 드문 미녀를 모시고 나가니까 밥값이나 준비해."

"알았어. 밥값이야 언제든지 내겠다고 말했잖아."

박의원은 통화를 끝내고 잠시 틈을 내어 컴퓨터에서 뉴스를 검색했다. 그는 언제나 정계 돌아가는 일뿐 아니라 사회 전반에 걸친 이슈에 대해 항상 관심을 가지는 편이었다. 그 덕에 박의원이 낀 자리는 늘 화제가 다양했고 일반적으로 떠드는 철지난 유행어는 물론이거니와 젊은이들의 외계 유행어까지 줄줄 읊어 대는 그였다. 부농 안방마님 밑에서 곱게 자란 샌님이 아니라 고삐 풀린 망아지처럼 자유롭게 산 한량 같은 도련님이었다. 상식이 풍부하고 유모 감각이 넘쳤다. 그런 그의 넉넉한 성품 탓에 주변에는 온갖 직업을 가진 사람들이 모여 들었다. 한철호처럼 깐깐한 친구조차도 고향 떠난 지 30년이 지났지만 여전히 보면서 살아온 무난한 성격이었다.

"세상이 너무 빠르게 변하고 있어."

그가 '극한으로 치닫는 사이버테러'라는 제목을 클릭하며 머리를 흔들었다.

금융권과 방송사가 전산 장애를 일으켰는데 만 하루가 지난 시점에서도 그 악성코드를 유포한 확실한 근원지를 찾지 못하고 있으나 북한 소행으로 여겨진다는 내용이었다. 2003년 김정일이 북한군 최고 수뇌부들에게 '20세기 전쟁이 기름 전쟁이고 알탄 전쟁이라면 21세기 전쟁은 정보 전쟁이므로 전자전을 대비하라'고 지시한 이후 북한에서는 사이버전을 독려하고 사이버 전 수행 능력을 강화하고 있다는 기사를 읽으며 박의원은 이제 현존하는 인물들은 곧 퇴물이 되는 시대가 눈앞에 있다는 생각을 했다. 그는 같은 연배의 다른 친구들보다 컴퓨터나 스마트폰 조작이 능숙하고 기기가 가지고 있는 기능들을 워낙 잘 활용해서 '젊은 오빠'로 불리었다. 다행히 젊은 보좌관들이 있어 그는 틈틈이 컴퓨터와 스마트폰의 조작법이나 기능 활용을 배울 수 있었다.

컴퓨터의 중요 문서를 USB 없이 잭을 연결하여 스마트폰에 옮겨넣는 것을 본 다른 의원이 '그런 것도 할 줄 아느냐?'며 놀라워 한 적이 있는데 그때부터 그 의원은 박의원의 머릿속에 '퇴물'로 자리 잡았다. 한참 동안 인터넷 세상을 헌팅한 후에야 자리에서 일어났다. 약속 장소가 여의도여서 시간적으로 여유가 있었지만 그는 이른 대로 그냥 의원 회관을 나섰다. 63빌딩 고층에 앉아 차라도 한잔 마시며 머리를 식히고 싶었다. 종일 숫자 놀음에 시달린 머리가 휴식을 원하고 있었다. 예약한 보좌관의 이름을 대자 안내하던 여종업원이 '손님 두 분이 와 계신다'고 알렸다. 15분이나 약속 시간이 남아 있었는데 김치수 조정관이 먼저 도착한 모양이었다.

"뭐야? 오늘은 꽤나 한가한 모양일세."

박의원이 문을 열고 룸으로 들어서며 치수를 향해 시비조로 인사를 건넸다.

"워낙 귀한 손님이 오셔서 어지간한 일은 다 뒤로 미뤘지. 의원님이야말로 왜 이리 일찍 오셨어?"

김치수는 일어나 그에게 손을 내밀었다. 옆에 앉아 있던 여자도 김치수를 따라 일어나고 치수와의 악수가 끝나자 빨간 매니큐어가 칠해진 가느다란 손을 내밀었다.

"나이스 밋츄. 아이 엠 케이트."

박의원은 별로 당황한 기색 없이 '나이스 밋츄'라고 능숙하게 인사를 나누었지만 치수의 얼굴을 힐끗 보며 무슨 일이냐는 표정을 지었다. 김치수는 말없이 빙그레 웃고 서 있었다.

"자, 앉죠."

김치수가 케이트의 의자를 당겨 주고 자리에 앉았다. 맞은편에 앉은 박의원은 양복 안주머니에서 명함 케이스를 꺼내 그 중 한 장을 케이트에게 주었다. 박의원에게 명함을 받은 케이트는 핸드백에서 영어로 된 명함을 꺼내어 박의원에게 건넸다.

"네임 카드 받으신 대로 이쪽은 케이트 박사, 이쪽은 내 친구 박부현 국회의원."

그가 한국말로 두 사람을 소개시켰다. 박의원은 또 한 번 어리둥절한 표정으로 치수를 쳐다보았다.

"만나서 반갑습니다. 미국에서 온 케이트 블랙웰입니다."

케이트가 좀은 어색한 억양이지만 유창한 한국말로 박의원에게 인사를 했다.

"자네, 오늘 여러 번 날 놀라게 하는군."

"좀 그랬지?"

김치수도 케이트도 밝고 환하게 웃었다.

"케이트는 미국 국적의 일본인이야. 어머니가 한국인이었기 때문에 한국말을 잘 해."

"그럼 처음부터 그렇다고 할 일이지. 사람을 깜짝 놀라게 하니까 기분이 좋아?"

"이런 게 바로 서프라이즈 아니야? 케이트는 M.I.T에서 컴퓨터 과학을 전공했어. 우리가 도움 청할 일이 있어서 초청했어."

"이렇게 아름다운 여성이 공학 박사라니 상당히 신선한 느낌이네요. IT와 사이버 테러에 대해서는 전문가시겠군요."

"뭐 그런 편이죠."

케이트는 긴 소매 블라우스를 밀어 올리며 12개의 숫자마다 다이아몬드가 박힌 손목시계를 만지작거렸다. 그녀가 팔을 움직일 때마다 다이아몬드가 불빛에 반사되어 반짝였다. 대신 손가락에는 반지를 한 개도 끼고 있지 않았다. 희고 긴 손가락에 칠해진 핏빛보다 붉은 매니큐어가 그녀의 콧대 높은 성격을 대변해 주는 것 같았다.

"안 그래도 사이버 테러니 악성 코드니 해킹이니 해서 요즘 한국은 시끄럽습니다. 인간의 두뇌는 어디까지 무한한 걸까요?"

박의원이 마침 사무실에서 보고 나온 최근 뉴스를 화제로 끌어냈다.

"잠깐, 우선 식사 주문부터 해 놓고 대화로 들어가자고."

김치수는 박의원의 대화를 중단 시키고 각자에게 메뉴판을 나누어 주었다. 그들은 케이트가 원하는 화이트 와인 한 병을 주문하기로 했다.

"통 랍스터 버터 구이를 시켜서 와인부터 마시다가 나중에 각각 간단한 식사를 주문하면 어떻겠어? 여기저기 다녀 봐도 이 집이 랍스터 버터 구이는 제일 잘 하는 것 같아."

박의원이 메뉴판을 닫으며 제안하자 모두 그의 말에 동의했다.

"역시 나랏돈을 주무르는 예결산 특별의원이라 통이 남다르시군."

"무슨 그런 소릴……. 그거하고 밥 한 끼 먹는 것 하고 무슨 상관이 있다고."

주문을 끝내고 치수와 부현의 그간 안부 인사가 잠시 이어졌다. 웨이터가 와인을 가지고 들어왔다. 아이스 바스켓에서 꺼낸 화이트 와인은 알맞게 차가웠다. 웨이터가 와인의 코르크 마개를 따고 누가 시음을 하겠느냐고 물었다. 두 남자는 모두 케이트를 가리켰다. 시음을 끝낸 그녀가 엄지와 검지로 동그라미를 만들어 보이며 고개를 끄덕였다. 웨이터가 세 사람의 글라스에 와인을 따라 주고 룸을 나갔다.

"아까 하던 말의 계속인데 케이트 박사는 인간의 두뇌에도 한계가 있다고 생각을 하시나요?"

박의원이 포도주를 한 모금 마시고 중단된 대화를 이어갔다.

"아뇨. 인간의 뇌에 잠재되어 있는 능력을 우리는 십분의 일, 백분의 일도 아직 끌어내지 못하고 있다고 합니다. 그러니 그 능력에 한계가 있을 거라고는 생각지 않아요. 사람이 만들어 낸 기기를 통해 잠재된 능력까지 하나둘씩 꺼내다 보면 그 한계가 무한하다는 걸 알게 되겠죠. 의원님께서는 사람의 마음에 한계가 있다고 생각하세요?"

"마음에는 한계가 없지요. 시공을 초월하니까."

"사람의 두뇌도 마찬가지라고 생각하시면 될 겁니다."

"공학을 전공한 사람 같지 않아요."

박의원이 그녀의 빈 잔에 와인을 채우며 초롱초롱한 눈을 마주 보았다. 선량한 눈빛은 분명 아니었지만 누구에게도 지기 싫어하는 승부 근성이 가득한 눈빛이 그는 마음에 들었다. 김치수도 옆에서 거들었다.

"케이트 박사가 공학도라서 굉장히 딱딱한 사람일 줄 알았는데 너무 부드러운 감성을 가지고 있어서 나도 좀 놀랐어. 아이큐만 높은 게 아니라 이큐(EQ: 감성지수)도 상당히 높은 것 같아. 일을 하는 동안은 로봇이나 기계처럼 확실하고 정확해서 부드러운 감성을 가진 여성이라고는 믿을 수 없어서 또 놀랐고."

"우리 김박사도 케이트 박사한테 반한 모양이군. 나처럼."

랍스터 요리가 나오고 또 한 병의 와인이 들어왔다. 김치수 박사도 한때 한국형 원자력 연구 개발에 몰두하느라 결혼 시기도 놓치고 부모님도 돌보지 못하던 젊은 시절을 보냈다. 그는 결혼하면서 스스로 학자에서 관료로 방향을 전환했지만 자신은 공학, 과학의 DNA를 가지고 있다고 믿었다. 세 사람의 대화가 무르익어 가고 와인에 알맞게 취해 갈 무렵 김박사 휴대전화의 진동 소리가 유난히 오랫동안 울었다.

"받아 봐. 중요한 일일지도 모르잖아."

김박사가 통화를 끝내고는 굳은 표정으로 일어섰다.

"나, 사무실에 좀 들어가야겠어. 원전 제어 시스템에 문제가 생겼다는 보고야."

"그래. 어서 들어가 봐."

"케이트, 미안해요. 난 택시로 사무실에 들어가고 자동차는 케이트를 모시도록 조치해 둘게요."

김박사가 케이트에게 양해를 구하자 박의원이 그 말에 반대하고 나섰다.

"아, 그럴 거 없어. 운전기사 왔지? 자네가 그 차로 회사에 들어가. 이 자리 마무리하고 내 차로 케이트 박사를 숙소까지 안전하게 모실 테니까."

"그렇게 해주면 고맙지. 택시가 금방 잡힐지 몰라서. 케이트 박사 그래도 괜찮을까요?"

"그럼요. 어서 일 보세요. 우린 이 와인 다 비우고 일어날게요."

김박사는 서둘러 자리를 떠났다.

"늘 밥 한 끼도 마음 편히 못 먹을 정도로 바쁜 친구라니까요."

"의원님은 김박사보다 여유로운 생활을 하시나 봐요."

"우린 누구에게 매인 몸은 아니니까요. 바쁘게 살려면 한 없이 바쁘고 편하게 살려면 한없이 편하게 살 수 있는 직업이죠. 나중에 유권자들로부터 비난을 받게 되겠지만."

"첫 인상에서 여유롭다는 느낌이 먼저 와 닿았어요."

케이트가 와인 한 잔을 박의원에게 따랐다. 그녀의 볼이 발갛게 상기되어 볼 터치 화장을 한 것처럼 예뻐 보였다. 뺨을 쳐다보던 박의원이 싱긋 웃음을 참으며 랍스터를 포크로 찍어 입으로 가져갔다.

"왜 혼자 웃으세요? 저도 좀 같이 웃어요."

"아니, 그게……. 케이트 박사가 소녀처럼 귀엽게 변해서 그냥 웃음이 나왔어요."

"술 때문이에요. 간혹 사람들이 술 마신 저에게 아기 같다, 소녀 같다고 말을 해요. 무장해제를 하면 이렇게 되나 봐요."

"무장해제?"

박의원이 참던 웃음을 터뜨리며 큰소리로 웃자 케이트도 따라 웃었다. 처음 만난 두 사람만이 남았지만 술기운에 별로 어색한 느낌 없이 남은 와인을 즐겼다. 박의원은 유모 감각을 발휘해 케이트를 계속 웃겼고 케이트는 '멋져요'라고 노골적으로 호감을 표시했다.

"아무리 한국말을 잘 한다 해도 문화의 차이가 있어서 우리 유모를 소화하기 힘들 텐데 잘 통하는 게 신기해요. 역시 똑똑한 사람은 다른 것 같아요."

"어릴 땐 일본에서 컸고 커서는 미국에서 살았지만 어릴 적 엄마가 하던 말, 행동, 음식 등이 또렷이 기억이 나요. 외할머니가 한 번씩 일본으로 들고 왔던 한국 음식들을 제가 너무 좋아해서 그 음식이 생각나면 엄마랑 외할머니랑 함께 만들던 기억을 떠올려 혼자 만들어 보기도 했어요."

"주로 어떤 음식들인지 이름 알아요?"

"만두, 잡채, 녹두 빈대떡, 김치전 같은 것들이었어요. 어쩌다 그런 음식이 그리워 코리아타운에 가서 먹어 봐도 그때 그 맛을 찾을 수는 없었어요."

"완전 한국 입맛이군 그래. 내가 그때 그 맛이 나는 집을 찾아 한번 대접하리다. 한국에 얼마나 체류하죠?"

"삼 주로 예정되어 있지만 문제가 해결되지 않으면 더 머물러야 할지도 몰라요."

"원전에 요즈음 문제가 발생했다는데 그걸 해결하러 오신 모양 이군."

"그건 보안 사항이라서……."

"식사를 해야 하지 않을까요?"

"아니에요. 아주 기분 좋게 와인도 마셨고 모처럼 많이 웃었고 멋 진 분도 만나니 마냥 배가 부른 것 같아요."

"그럼 슬슬 일어서 볼까요? 한국에서의 통화는 숙소로만 가능하 겠지요?"

"아, 저를 초청한 쪽에서 휴대전화를 주어서 사용하고 있어요. 의 원님 휴대전화 주세요. 제가 번호 넣어 드릴게요."

케이트 박사는 박의원의 휴대전화를 건네받아 자신의 한국 휴 대전화 번호를 입력시키고 자신의 닉네임까지 붙여 그에게 넘겼다. '로즈'라고 저장되어 있었다. 박의원이 방금 입력시킨 번호로 전화를 걸었다. 그녀는 그 번호를 연락처에 저장시켜 박의원에게 보여 주었 다. '멋쟁이'라고 이름을 붙였다. 두 사람의 인연은 이렇게 맺어졌다.

청와대 비서실장 응접실.

장중건은 강수석과 의논 끝에 한명수 건을 대통령 비서실장과 국 정원에 보고하기로 결정했다. 코펜하겐에서 제이미를 비밀리에 데려 오는 문제도, 한명수의 신분 세탁과 신변 안전도 국가적인 차원에 서 이루어져야 차질이 없을 것이었다. 하지만 무엇보다도 염려스러 운 것은 한명수가 풀어놓을 보따리의 후폭풍을 대통령과 장중건 두 사람이 감당하기에는 너무 크다는 판단 때문이었다. 국정원의 도움 없이는 한명수가 넘겨주는 명단의 인물들에게 법적 제제를 가할 수 없다는 것도 문제로 제기되었다. 시간을 다투는 긴급한 상황이었다.

"실장님, 이번 망명자의 실체를 확인했습니다. 거물 간첩 이선실을 북한으로 영구 복귀시키는 임무를 맡고 남파되었던 간첩 김동식과 공작원 교육을 함께 받은 한명수였습니다."

함태식 국정원장은 눈이 휘둥그레져 장중건을 주시했다.

"굳이 이선실 수사를 맡았던 사람을 만나겠다고 우긴 이유가 그것 때문이었습니까?"

"예. 그렇지 않고는 아무도 자기를 믿어 주지 않을 거라는 생각 때문이었습니다. 우린 그를 한 눈에 알아봤고요."

"우리라니 장차장님 말고 또 누가 동행했었나요?"

비서실장이 예리한 눈초리로 장중건을 쳐다보았다.

"예. 이선실 수사를 처음부터 도맡았던 한철호 국장이 그를 찾아냈습니다. 김동식이 지니고 있던 사진 속에 한명수와 이번 망명자 한명수가 동일한 인물임을 발견한 거죠."

국정원장의 표정이 떨떠름하게 일그러지더니 기어이 한 마디를 내뱉었다.

"그 사람도 얼마 전에 국정원을 그만 둔 사람 아닙니까?"

"그렇습니다."

"묘한 일이네요. 그런 거물 공작원을 정보기관의 현직 수사관이 아닌 민간인들이 먼저 만나다니요."

"죄송하게 됐습니다. 그쪽에서 요구 조건이 이선실 사건을 직접 수사했던 사람이 아니면 안 만나겠다고 해서 그렇게 됐습니다."

장중건이 입장 바꿔 놓고 생각해 봐도 기분 나쁠 수밖에 없는 일이겠다 싶어 그는 국정원장에게 미안함을 표시했다.

"아, 아, 이러지들 마시고. 장차장님은 우리의 요청으로 도움을 주기 위해 오신 분이니 사과를 할 일은 아닌 듯합니다. 함원장님의 심기가 불편할 것이라는 것도 충분히 이해가 갑니다. 그렇지만 큰 대사를 앞두고 현직이면 어떻고 전직이면 어떻습니까? 다 나라를 위하는 일이니 서로 협조하라는 대통령의 분부도 계셨습니다."

비서실장의 그 말에 모두들 어색한 분위기에서 입을 다물었다. 잠시 대화가 끊긴 사이 함원장이 그 침묵을 깼다.

"이렇게 하면 어떻겠습니까? 한명수가 장차장님과 한국장을 원한다면 그 사람 마음을 돌리기 위해서는 두 분이 빠질 수는 없는 일이 된 것 같으니 두 분이 한명수를 만날 때마다 우리 국정원 수사관 한 명이 항상 동행을 하도록 하면."

"어떻습니까?"

비서실장이 장중건의 의사를 물었다.

"한명수를 자극하는 말만 조심해 준다면 무리는 없을 것 같습니다."

"자극하는 말이란 건 예를 들어 어떤 말입니까?"

함원장이 장중건을 향해 고개를 돌리며 정색을 하고 질문했다.

"예를 들면 '너를 어떻게 믿느냐'라든가, '그럴 만한 증거를 제시하라' 등등 한명수를 신뢰하지 못하는 말들은 그를 자극할 수 있습니다."

"솔직히 장차장님은 그 사람을 얼마만큼 믿습니까?"

"백 프로 믿습니다."

"그럴 만한 근거라도 있습니까?"

"선택의 여지가 없기 때문입니다."

장중건의 매운 눈초리가 함원장을 쏘아보았다. '네 그릇이 그것밖에 안 될 줄 알았지.' 하는 눈빛이었다.

"지금으로서는 믿지 않으면 아무 일도 할 수 없고 국익이 되는 큰 호재를 놓칠 수도 있습니다. 그러나 우리가 손해 볼 일은 크게 없습니다."

대통령 비서실장은 그들의 이야기를 들으며 나름대로 그가 내릴 결정을 굳혔다.

"자, 자. 두 분 토론은 그만하시고 장차장님은 수사권이 없고 함원장님은 수사권이 있습니다. 또 국제적인 문제라 외교통상부의 도움이 절대적으로 필요한 사안입니다. 그러니 각 부처와 합동으로 수사본부를 차리고 국정원도 수사관을 파견하는 형식으로 협조하면 되겠네요. 어차피 시작하셨으니 진두지휘는 장중건 차장님이 맡으시는 것으로 하시지요."

강수석은 처음부터 미통개발의 존재를 대통령 비서실장에게 털어놓지 못한 것을 후회했다. 지금 와서 후회해도 때는 이미 늦었다. 미통개발의 총지휘자가 장중건임을 그가 알았다면 국정원과 공조 수사나 수사권에 대한 염려를 할 필요가 없었을 것이었다. 강수석이 난감해 하는 표정을 짓자 장중건이 그와 눈을 마주치며 고개를 저었다. 그것으로도 못 미더운지 턱을 만지는 척하면서 검지를 입술에 세웠다. 강수석이 미미하게 고개를 끄덕였다.

"한명수가 요구하는 조건은 정부가 적극적으로 수용한다면 충분히 가능한 일입니다. 여기에 상세히 적어 놓았습니다."

장중건이 수사 내용과 한명수의 요구 조건, 그 조건을 수락하는 대가로 얻어질 우리의 득과 실, 요구 조건을 실행할 방법이 적힌 서류를 비서실장에게 제출했다. 잠시 서류를 뒤적이며 훑어본 실장은 강수석에게 그것을 넘겨주었다.

"이 서류를 카피해서 국정원에 넘길 것인지 강수석이 결정하세요."

그 말에 심기가 편치 않았던 함원장이 불쑥 비서실장의 말에 항변하고 나섰다.

"그건 당연히 국정원이 맡아야 할 사건이므로 서류를 봐야 하는 것이 우선이고……."

"당연히는 아니죠. 이번 일을 단순한 간첩 사건이나 귀순 사건으로 보시면 안 됩니다. 제 삼국에 나가 있는 북한 주민과 일본인의 망명 사건으로 보셔야 합니다. 망명을 당연히 국정원이 맡을 사건이라고 말할 수는 없지 않습니까? 오히려 외교통상부가 '당연히'라고 말해야 맞는 거죠."

내내 낮은 음성으로 답변하던 장중건이 '당연히'라는 말에 처음으로 목청을 높여 함원장을 공격했다. 함원장의 입지가 난처해져 가는 분위기였다. 비서실장의 줄을 잡고 국정원장 자리까지 오른 함태식은 그를 백그라운드로 믿고 응원을 청하는 입장이었고 비밀기구인 미통개발까지 대통령의 승낙을 받아낸 강수석과 장중건은 두려울 것이 없지만 비서실장과 불편한 관계가 되고 싶지 않은 것이 사실이었다.

"알겠습니다."

"공조 수사를 결정한 이상 서류를 공유하는 것이 맞는 거겠지요."

장중건이 먼저 선수를 쳐서 강수석과 비서실장의 불편한 입장을 덜어 주었다.

"문제는 이 일이 화급을 다툰다는 사실입니다. 잘못하면 우리가 얻을 것은 얻지 못한 채 괜히 남북 관계만 악화시킬 수도 있습니다. 우리가 받아 낼 정보는 우선 그들을 우리 손에 넣는 일부터 마무리 짓고 그 뒷일이 될 겁니다. 서둘러야 합니다."

장중건이 비장한 표정으로 앉은 사람들에게 협조를 구했다.

"30년을 내내 해 왔던 일이니 이번에도 잘 해내시리라 믿습니다. 강수석이 필요한 부처에 협조 요청을 해주고 곧바로 시작하세요."

비서실장이 대통령을 수행하러 갈 시간이라며 자리에서 일어섰다. 모두 일어나 그를 배웅하고 그들은 업무를 분담하기 위해 다시 머리를 맞댔다.

"완전 007 작전을 방불케 하는 작전 수행이 되겠군요."

강수석이 한참 동안 서류를 들여다보며 작전 계획을 짜다가 허리를 펴며 식은 커피를 마저 마셨다.

"국정원에서는 해외 담당국에 알려야 하지 않을까요?"

함원장이 장중건에게 의견을 물었다.

"아직은 보안을 유지해 주세요. 그럴 필요가 있으면 말씀 드리겠습니다. 지금으로서는 워낙 예민한 사안이라 단 한 사람이 더 알면 알수록 우리가 움직이기 어려워집니다."

"알겠습니다. 암호 해독은 어차피 한명수가 풀어야 하고 그 암호를 풀어야 누구든 코펜하겐에서 그의 아내와의 접선이 이루어질 수 있습니다. 한명수의 애인인 미찌꼬를 추적하지 못하도록 차단한 상태에서 한국으로 데려와야 하는데 그것이 제일 큰 문제가 될 것 같습니다. 일본에 있을 때 데려왔어야 하는 건데……. 한 발 늦었어요. 그건 국정원에서 좀 맡아 주시죠. 사람 하나 몰래 데려오는 건 첩보

기관에서는 별로 어려운 일이 아니잖아요?"

"그거야 모든 사전 자료와 정보를 우리가 다 같이 공유할 때의 이야기지요."

함국장이 튕기듯 한 발 뒤로 물러섰다. 장중건이 서류에서 눈을 떼며 함국장이 무엇을 원하는지 알고 있다는 표정으로 웃었다.

"조무래기 공작원 하나 뒤처리하는 합동 수사 본부장을 대 국정원 원장이 맡을 수는 없는 일 아닙니까? 더구나 이것은 비공식 수사본붑니다."

"그야 그렇지요. 이번에 기무사도 협조 사항에 해당됩니까?"

"한명수를 기무사에서 보호하고 있으니 당연한 일 아닙니까? 여태 안전하게 보호하면서 먹이고 재우고 치다꺼리하고 있는데 이제 와서 손 떼라고 하면 그러시오 하겠습니까?"

"수사본부 사무실은 어디로 하실 겁니까?"

"국정원에 좋은 방 있으면 내주셔도 좋고요. 내 집처럼 드나들던 곳이라 정도 들었는데."

"그렇게 하시던지……."

함원장이 먼저 일어서겠다고 양해를 구하고 서류를 챙겨 일어섰다. 강수석과 장중건은 한숨을 내쉬며 마주보고 의미 있는 웃음을 교환했다.

"어이, 강수석. 비밀이라는 게 이렇게 불편한 건지 몰랐어."

"그러게요. 저도 내내 그런 생각을 했어요."

"우리가 생각이 좀 짧았던 것 같지 않아? 적어도 대통령을 만나 허락을 받은 후에는 비서실장한테는 보고했어야 하고 함께 움직였어야 하는 것 같아. 나중에 알면 얼마나 배신감 느끼겠어? 자기는 자기 사람인 함원장 기죽여 가면서 우리 도와주려고 애쓰는데 말이야."

"그러게 말입니다. 아까 후회돼서 미치겠더라고요."

"그렇다 해도 이미 버스는 떠났어. 처음에 말하지 못했으면 그냥 밀고 나가는 수밖에. 지금 말하면 죽도 밥도 아니야. 어느 마땅한 찬스가 오면 털어놔야지."

"이번 일 해결되면 우리가 가져올 물건은 어느 정도의 사이즈가 될 것 같아요?"

"슈퍼 급 사이즈."

"그래요?"

"미통개발을 탄생시킨 목적이 이번 일로 달성될 수도 있어. 그땐 미통개발을 해체해도 아무 상관없어."

"몰래 탄생시켰다가 업적만 남기고 몰래 해체된 첩보기관. 그것도 괜찮은데요."

그들은 이번 일이 성사되었을 때 얻어질 성과에 대해 잠시 흥분을 감추지 못한 채 마음껏 들뜬 기분을 만끽했다.

미래전략통일개발센터 교육실.

밖에는 눈도 아니고 비도 아닌 진눈깨비가 추적추적 뿌리면서 겨울을 벗어나기 위해 몸부림치는 계절임을 실감케 했다.

한철호는 첩보 요원들의 교육실로 내려가며 장중건 소장은 하늘이 돕는 운을 타고난 사람이라는 생각을 했다. 미통개발이 발족한 지 한 달도 되지 않아 제 발로 망명해 온 거물 공작원 한명수가 이선실 사건을 수사했던 사람이 아니면 안 만나겠다고 버텨 주고 퇴직한 장중건이 결국 그를 만났으니 운수 대통이라고 말할 수밖에 없었다. 그 시점이 미리 짜인 각본처럼 절묘하게 들어맞았다. 이제 본격적으로 한명수의 요구 조건을 들어줄 TF팀이 꾸려질 것이고 그 뒤에 받게 될 후한 사례는 장중건 소장의 몫이 될 것이었다. 하늘이 돕지 않으면 그렇게 절묘하게 딱딱 맞아떨어지기 어려운 일이었다. 운이 좋은 사람 옆에 붙어 있으면 그 운기가 닮아 간다더니 자신도 장중건의 제안을 받아들이면서 운이 피어나는 것 같았다. 국정원 퇴직금으로 집안 경제도 활짝 피었고 불편한 관계의 친구 돈도 갚아서 당당해지고 월급은 그대로이니 신명나게 일을 할 수 있었다. 국정원처럼 시하 층층 위 상전을 모시지 않아도 되고 손발이 맞는 동료애는 그립지만 꿈과 자신감밖에 없는 젊은이들을 첩보 요원으로 키워 내고 가르친다는 것도 매력 있는 일이었다. 머리가 뛰어난 재원들을 스카우트해 온 터라 말귀가 밝아 그 또한 즐거운 일이 되었다.

"오늘은 저번 다큐 영화처럼 멜로는 아니지만 어쩌면 더 흥미진진할 지도 모르겠어. 자네들의 이해력이 워낙 뛰어나니까 말이야."

한부소장은 교육생들 앞에서 뜻 모를 말로 교육생들의 호기심을 자극했다.

"간첩 이선실 다큐 제 이 편입니까?"

뒷좌석에 앉은 한 젊은이가 보고 있던 책을 덮으며 물었다.

"맞아. 그렇지만 오늘은 이선실이라는 이름보다는 더 많이 들어본 단어들이 거론될 거야. 우리 언론에서 자주 보고 듣던 명사들이지. 예를 들면 김낙중이니 민중당이니 남로당이니 하는 단어들 말이야. 제군들은 분명 들어본 적이 있는 단어들이지?"

"예."

스무 명 정도의 교육생들은 모두 사회 전반에 대한 상식이 풍부하고 정계나 법조계에 입문했거나 입문할 계획 중인 젊은이들이었다. 사시나 행시에 패스한 인재도 있었고 준비 중이거나 정치인 보좌관 역할을 하던 젊은이도 있었다. 그 덕에 간첩이니 운동권이니 반정부 인사니 야당이니 여당이니 하는 단어에 대해 민감한 감각을 지닌 자들이었다.

"브리핑 자료를 보면 한 눈에 쉽게 알 수 있을 것이다."

전자 칠판에 조선 노동당 조직도가 펼쳐졌다.

"이야기는 1992년으로 거슬러 올라간다."

한철호의 내레이션으로 조직도 이름에 붉은 화살표가 움직였다.

"나는 그때 늦은 나이로 국정원에 입사하여 간첩이라는 게 진짜 있는 건지 도깨비처럼 생긴 건 아닌지 아무 것도 모른 채 흥미진진해하던 신입 수사관이었다. 이 수사 지휘를 맡은 분은 바로 지금 우리 기구의 수장을 맡고 계시는 장중건 소장님이었다. 나는 그분의 진두지휘 아래 말단 수사관으로 이선실이 심어 놓고 간 잔당들을 찾아 뛰어 다녔지. 여기 도표를 봐주기 바란다."

국정원은 1992년 8월 25일 전 민중당 공동 대표였던 김낙중과 그의 동업자인 구명조끼 회사 청해실업 대표 심금섭을 간첩 혐의로 수사하고 결과를 발표했다.

김낙중: 1955년 6월에 임진강을 건너 자진 월북하여 공작원으로 포섭되었다. 1년간 간첩교육을 받고 김일성에게 충성 맹세문을 제출한 후 '남한에 장기 매복하면서 각계각층의 진보분자를 포섭하여 조

직을 결성하라'는 임무를 부여 받고 남파 되었다. 그로부터 36년 간 진보적 지식인, 통일 지상 주의자로 자신을 위장하여 암약해 왔다.

김낙중은 1990년에는 경기도 강화군 양도면 해안으로 침투한 북한 공작원 최와 북한 장관급 거물 공작원 임씨와 접선하여 '남한 내에 합법적인 북한 전위 정당을 건설하라'는 지령을 받았고 지령과 함께 공작금 210만 불과 권총, 무전기, 공작 장비를 받아 활동하던 전형적인 장기 매복 고정 간첩으로 밝혀졌다. 서울 은평구 갈현동에 있는 김낙중의 집 뒤뜰 장독대 밑에서 땅에 파묻어 숨겨 둔 미화 현금 100만 불을 압수했다.

김낙중과 심금섭 집과 하남시 천연동에 있는 팔당댐 부근 야산에서 매몰되어 있는 간첩 장비 일체를 찾아내어 압수하였다. 무전기, 라디오, 난수표, 기본 암호표, 무성 권총, 실탄 48발, 독약 앰플, 은서 작성 잉크, 해독용 약품 등이었다. 계속해서 한철호의 내레이션이 이어졌다.

"계속해서 김낙중을 수사하던 중 북한이 1995년을 적화 통일을 이루는 원년의 해로 삼고 남한 내에 북한 공작 현 지도부를 구축하기 위해 '남한조선노동당'을 결성한 충격적인 사실을 밝혀냈다. 여기에서 이선실이라는 북한 서열 22위의 정치국 후보가 10년 간 서울에 잠복해 북한 직파 간첩 10여 명을 지휘하여 남한 내에 '북한 공작지도부'를 구축했다는 사실을 알게 됐던 것이다. 김낙중과 심금섭에게서 이선실이라는 간첩의 존재에 대해 알아냈지만 그때는 이미 이선실이 바로 북한으로 복귀한 뒤였다. 김낙중과 심금섭에 대해서는 나중에 따로 살펴보기로 하고 우선은 이선실이 남한에서 어떻게 활약하고 어떤 사람들을 포섭했는지 알아보기로 하자."

이선실의 활동 및 행적: 남한 내 조선 노동당 결성, 애국 동맹 결성, 민중당 창립에 참여하여 합법적으로 활동하는 정치적 별동대를 만들어 대통령 선거 때 야당이 집권하도록 정치계 인사들을 후원하였다. 남북 고위급 회담이 진행 중인 시점에도 북한 최고위급 인물이 밀파되어 이선실 지휘 하에 정치적 혼란을 조성시켰다.

이선실은 조선 노동당과 김낙중, 황인오, 손병선 3개 간첩단 조직원 400명을 지휘하고 움직였다. 그밖에도 경인, 영남, 호남 지역당과 정치권의 재야인사들, 기업의 생산 현장, 학생 운동권, 언론, 출판, 종교계 등 각계각층에 구축된 간첩망을 모두 포함하면 그 가담자는 실로 어마어마한 숫자일 것으로 추정된다. 실지로 드러난 400여 명 중 124명을 검거하여 그중 68명을 간첩 또는 반국가단체 구성과 가입 혐의로 구속했고 달아난 300여 명을 계속 추적하였다. 이선실이 남한에 가져다 뿌린 공작금은 대남 공작 사상 최대 규모의 액수로 추정하지만 100만 불밖에 압수하지 못했다. 이선실이 이미 존재하지 않는 상황에서 그 잔당의 증거를 확보한다는 일이 난관에 부딪쳤고 친북, 좌파 대통령으로 바뀌면서 간첩이니 보안이니 하는 문제가 유야무야 되는 가운데 그 간첩들의 대부분이 사면으로 복권되는 행운을 얻었다.

"이선실의 어린 시절은 이미 다큐 영화 1편에서 상세히 보았으므로 여기에서는 이선실이 남한에 장기 체류하면서 어떻게 그렇게 대담하고 적극적인 활약을 할 수 있었는지 그 스토리를 훑어보기로 하자."

이선실이 김포공항을 통해 신순녀라는 신분으로 대한민국에 입국할 당시의 나이가 이미 63세의 할머니였다.

전주에 사는 신순녀의 언니 집에서 45일간 거주하면서 언니의 장남 백덕산의 주선으로 신순녀 이름의 주민등록을 발급 받고 대한민국 국민이라는 합법적 신분을 취득했다. 백덕산의 이름으로 미리 구입해 둔 대방동 집으로 이사하여 자신의 이름으로 등기를 이전하고 언니 집과는 서서히 거리를 두기 시작한다. 그때부터 신길동 영동 교회에 다니면서 인자하고 따뜻한 외로운 할머니 행세로 교인들의 환심을 사기에 이른다.

"열심히 살면서 돈은 좀 모았는데 외로운 늙은이가 돈 있으면 뭘 해? 쓸 데가 없는걸."

"제가 좋은 사람 하나 소개할 테니 딸처럼 의지하며 사세요."

교회 집사 정옥주는 돈 많고 외로운 노인에게 김옥기를 소개시키고 이선실은 그녀를 수양딸로 삼았다. 신월동 연월 시장 점포 1동을 1400만 원에 수양딸 명의로 분양 받아 제공하자 수양딸은 이선실의 재력을 눈으로 확인하고 더욱 그녀의 수족이 되었다. 그 이후부터는 공작금으로 신길동, 안양 아파트 등을 수양딸 김옥기 이름으로 사들였다가 살던 집을 파는 형식으로 집을 옮기며 8천만 원이 넘는 시세 차익으로 공작금을 조달해 나갔다. 수익 보험과 사채놀이로 1500만 원의 이자 소득을 올리는 수완까지 보인 대단한 할머니였다. 위염, 장염, 흉통 등으로 동네 병원에서 자주 통원 치료를 받고 김옥기가 지어 주는 한약을 복용하기도 했다. 신병 치료를 핑계로 4차례나 일본으로 건너가 도합 8개월간 체류하면서 북한 공작원과 접선하여 공작 보고와 공작 토의를 하고 지령을 받아왔다. 남한에서도 남파 간첩 임씨, 최씨, 이홍배, 권중현, 김돈식, 김동식, 이동진 등을 지휘하여 본격적인 대남 활동을 자행했다.

이선실이 그렇게 많은 활약을 하면서도 큰 의심을 사지 않은 것은 그녀의 나이가 60세를 넘기고 70세를 바라보는 노인이었기 때문이었다.

"난 제주도 출신 이선화인데 4·3사건 때 하나밖에 없는 외아들을 잃고 반정부 주의자의 엄마가 되었어요."

"삯바느질도 하고 사채놀이도 해서 돈은 좀 모았는데 돈 쓸 곳이 없어요. 좋은 일에나 써야지."

이선화라고 밝힌 그녀는 은근히 자신의 재력을 과시하면서 의지할 곳 없는 외로운 노인으로 동정심을 사면서 사람들에게 다가갔다. 사람들은 아무런 의심 없이 그녀의 말을 믿어 주고 경계심을 가지지 않아 누구에게나 접근이 용이했다. 민중당 창당 발기인 대회에 참석한 이선화는 전 민가협 부회장 전재순에게 접근했다.

"자제분들은 뭘 하세요?"

"아들 셋이 있는데 모두들 늠름하게 잘 커줬어요. 큰아들은 사북 탄광 노동자들이 억울하게 삶의 현장에서 회사 측에 당하는 것을 더 두고 볼 수 없다며 앞장서서 항거하다가 2년이나 억울한 옥살이를 했지요. 두 달 동안 지독한 고문을 당한 걸 알고 온 가족이 눈이 뒤집어져서 민주 투사들이 됐답니다."

"나도 그 사건은 들은 바가 있어요. 훌륭한 어머니 밑에 훌륭한 아들이 있었군요. 그래도 여사님은 자식들이 있으니 얼마나 든든하세요? 나는 아무도 없는 혈혈단신 외로운 늙은이라오. 모아 놓은 재산은 제법 되는데 물려줄 자식은커녕 일가친척 하나 없다오. 한번 만나보고 수양아들 삼았으면 하니 아들 전화번호나 알려 줘요."

민중당 발기인 준비 대회 때부터 각종 모임에 적극적으로 참석해 온 그녀를 모르는 사람은 없었다. 전재순으로서는 대형 복사기 구입비 500만 원을 지원하여 '이선화 기증'이라는 명패까지 붙어 있는 등 재력가로 알려진 이선화를 뿌리칠 이유가 없었다.

"나 이선환데 어머니한테 황선생 이야기는 많이 들었어요. 만나보고 싶어서 지금 신대방역에 와 있어요."

"예. 알겠습니다. 제 동생을 내보낼 테니 집으로 오세요."

황인오는 동생 황인욱을 시켜 이선화를 집으로 안내하도록 했다. 그들은 한참동안 최근 근황과 가정생활, 한국 정부에 대한 불만, 비방 등 많은 이야기를 나누며 친근해지자 이선화(이선실)는 소개시켜 줄 사람이 있으니 같이 나가자고 했다. 그녀는 신대방역 개울 언덕에서 남파 간첩 권중현을 황인오에게 인사시켰다. 권중현은 황인오의 마음을 떠보는 대화를 나누다가 불쑥 자신의 신분을 밝혔다.

"나는 수령님이 보내서 왔소."

"예? 정말 북에서 왔다는 말인가요?"

"그렇소. 못 믿겠으면 15일 밤 평양방송에서 평양 이철봉이 서울 박춘호에게 보내는 편지라는 말이 나오면 이틀 후 한 시에 신대방역 전철 약국 앞 전화박스에서 만나요."

16일에는 라디오를 들었느냐며 권중현이 황인오의 집을 방문하여 확인했다.

"동무의 사북 노동자 투쟁을 북에서도 다 알고 있소. 대단한 용기와 현명한 판단을 내린 결과라고 칭찬이 대단하오. 우리 같이 일해 봅시다. 모든 지원을 아끼지 않을 것이오."

황인오는 그의 제안을 수락하고 어린이대공원에서 노동당 입당식을 거행하여 '대둔산 11호'를 부여받았다. 그는 남파 간첩 권중현, 김돈식과 16회 가량 접촉하면서 지하당 조직 요령과 무전 교육을 받은 후 무전기, 난수표, 공작금 미화 2만 불, 한화 200만 원을 제공 받았다. 동생 황인욱도 참석하여 2시간가량 주체사상 토론을 벌인 후 '북에서 온 사람들이야'라고 황인오가 알려주었다.

9·9절(북한 노동당 창건 기념일)에는 권중현, 김돈식, 황인오 가족, 황인욱이 모두 함께 다보 뷔페식당에서 기념 오찬을 가지며 결의를 다졌다. 아들들을 포섭한 이선화는 전재순에게 전화를 걸어 내일 봉천동 집을 방문하겠다고 전화를 걸어 약속을 잡았다. 전화를 받은 전재순은 황인오 부부와 황인욱에게 봉천동 집으로 모여 저녁 식사를 함께 하자고 제안했다. 이선화는 황인오 가족이 다 모인 자리에서 깜짝 선언을 발표했다.

"북에 가면 살 길이 생긴다. 이달 안에 북에 갈 것이니 준비하라. 준비물은 차후에 다시 알려주겠다. 황인욱은 북에 갈 명단에 들어 있지 않으니 평양 방송을 듣고 있어라. 북에 가는 문제는 우리가 다 알아서 할 테니 걱정할 것 없고 사오일만 다녀오면 된다."

걱정하는 가족들을 안심시키는 반면 황인오의 처에게도 당부를 했다.

"북에 갈 때는 애 아빠가 집에 있는 것처럼 하고 절대 비밀을 지켜야 한다."

이렇듯 황인오 가족을 포섭하는 데 성공했다. 이선실은 민중당 재정위원장 손병선에게 각별한 친절을 베풀면서 가까워졌었다.

"재정위원장님, 제가 도와드릴 일이 있으면 말씀하세요. 큰 힘은 없지만 뭐라도 도와드리고 싶어요."

"그러시다면 복사기 한 대만 지원해 주시면 감사하겠습니다만 ……."

이선화는 선뜻 500만 원짜리 대형 복사기 한 대를 구입하여 기증하고 손병선과 가까워졌다. 그렇게 해서 민중당 사무실에 '이선화 기증' 복사기가 마련되었던 것이다.

"손위원장님이 꽃 농장을 운영한다면서요? 한번 구경시켜 주세요."

이선화는 경기도 용인에 있는 손병선의 '고려 농원'을 방문하여 꽃을 둘러보며 환담을 나누었다. 8월 중순에 민중당 상임 집행위 회의가 끝난 후 '하얀집' 다방에서 노골적으로 통일 문제를 거론해 왔다.

"민중당의 연방제 통일안보다는 전민련의 연방제 통일안이 더 합리적이라고 생각해요. 그리고 민중당이 살아남으려면 재정 사업을 해야 해요. 내가 해방 후 당 활동을 할 때는 여성들이 시장에서 장사를 하여 당 재정을 꾸려 나갔지요."

"연세가 있으신 데도 참으로 박식하십니다. 배워야 할 점이 많은 것 같습니다. 많이 도와주세요."

손병선이 칭찬하면서 호의를 보이자 이선화가 몸을 앞으로 기울이며 낮은 목소리로 말했다.

"나는 북에서 온 사람이오. 손선생과 북의 국가 정책에 대해 의논하고 손선생의 협조를 받고 싶어요. 이건 민중당 사업비에 보태 쓰세요."

이선화는 현금 500만 원이 든 봉투를 건넸다. 손병선은 얼떨결에 그 돈을 받아 넣고 얼마 되지 않아 지하 다방 '스크린'에서 이선화의 제의를 받아들였다.

"나와 통일 사업을 함께 할 의사가 있으시오?"

"통일 사업이야 우리 모두에게 영원한 꿈이자 염원인데 당연히 함께 해야지요."

"이건 공작금입니다."

이선화는 공작금 2500만 원을 손병선에게 건네주었다. 다음 날 그녀는 손병선을 다시 만났다.

"손선생은 이제 정식으로 조선노동당에 가입되었소, 당원 부호는 '비봉 11호'요. 동지는 이제부터 영광스런 조선노동당 당원이오. 축하하오."

이선실은 손병선에게 입당 사실을 알리고 간첩 임무를 지시하는 한편 밖에서 김동식을 인사시켰다. 그날 이후 이선실과 김동식은 서울 시내를 답사하면서 무인 포스트와 비상시 접선 방법 등을 약정하였다. 그들은 손병선의 작은 딸 손민영 자취방에서 주체사상, 대남 혁명 전략, 난수 조립과 해독 방법, 지령 수신 방법, 은서 작성법, 무인 포스트 운영 방법 등을 교육시켰다. 김동식은 손병선에게 청계산 입구와 성남 정신문화 연구원 사이 고개에서 무전기 송신 방법을 현지 실습으로 지도했다. 무전 실습 후 이선실이 브로닝 권총 1정과 실탄 12발, 무전기 1세트, 암호표, 난수표 각 1조, 은서시약 1병, 단파 라디오 등 간첩 공작 장비 일체를 제공해 주었다. 차후 접선 신호 방법으로 손병선은 '나택균', 북한 공작원은 '김동식'으로 호칭하기로 약정하고 목도장 2개와 '택', '동' 자가 새겨진 금반지 2개를 구입하여 손병선에게 나택균 목도장과 '택'이 새겨진 금반지를 주고 교육을 마무리 지었다.

1990년 9월 민중당 사무실에서 만난 손병선에게 이선실이 말했다.

"혈압이 높고 손발이 저려서 올 겨울은 따뜻한 곳에 가서 쉬어야 겠어요."

그리고 1990년 10월 17일 남파 간첩 권중현, 김돈식과 함께 황인오를 대동하고 강화도 양도면 해안을 통해 북한으로 영구 복귀했다.

"이선실의 간첩 행위와 남한에서의 10년간 발자취는 이러하다. 다음 시간에는 여러분들이 해와야 할 숙제가 있다. 여태까지 연구소에서 제공한 영화, 강연, 자료를 토대로 이선실이 남한에 있는 동안 접촉했으리라 예측되는 사람들을 선정하여 수사를 벌이는 것이다. 다시 말하자면 여러분들이 이 사건을 맡은 수사관이 되어 어떤 인물들을 내사하고 어떤 연결고리를 파헤쳐 볼 것인지 수사 계획을 세우는 것이다. 법원 기록, 인터넷 검색, 당시 신문 기사 등 발표된 모든 자료를 활용해도 좋다. 이선실이 남한에 체류하는 동안 접선했던 우리 측 정계 인사들과 포섭된 나머지 인물에 대해 그대들의 예민한 촉각이 총동원되기를 바란다. 이번 가상 수사는 평가 점수에 반영될 예정이다. 다음 이 시간 강의가 시작되기 바로 전까지 팀장에게 수사 계획서를 제출해 주기 바란다."

한철호는 전자 칠판을 끄고 실내등을 밝혔다. 교육생들의 표정이 그리 밝지 않았다. 한철호는 어두운 표정의 교육생을 가리켰다.

"자네 표정이 어두워 보이는데, 왜지?"

"머릿속이 좀 복잡해서 그렇습니다. 수사 기록 그대로를 믿어야 될지, 정말 이런 일이 있을 수 있는 건지 도무지 혼란스럽습니다. 또 이선실과 관련되었던 요주의 인물들은 지금 사면되었다는데 어디서 무엇을 하며 살아가고 있는지, 여전히 북한을 찬양하면서 남한 정부의 전복을 꾀하고 있는 것인지, 그렇다면 이 정부는 무엇을 하고 있는 것인지, 우리가 과연 무엇을 할 수 있을지…… 알 수가 없습니다."

"그 심정은 이해한다. 나 역시 국정원에 입사하여 똑같은 느낌이었다. 차츰 우리 정부와 우리 첩보 기관이 그리고 올바른 우리 국민들이 얼마나 안팎으로 열심히 이 나라를 수호하고 있는지 알게 되고 그때 자네 입장도 정리될 것이다. 그리고 여러분들이 가상이기는 하지만 직접 수사를 해보면 그 느낌이 좀 더 확실해지게 될 것이다. 오늘 교육은 여기까지."

한철호는 교육실을 나왔다. 그가 국정원에 입사한 첫 해 신입사원 오리엔테이션을 받으며 저들과 똑같은 의문점을 가졌었고 오히려 수사관들과 이 정부가 북한에 대해 과장하고 있다는 생각을 했었다. 학창시절 걸핏하면 간첩단 검거니 북한의 지령을 받은 자의 소행이니 하며 정치 탄압을 하던 그 시절과 다를 것이 없다는 판단 아래 눈 부릅뜨고 수사에 임했던 그였다. 그런 그가 부산 다대포 해안에서 공작선의 자선인 반 잠수선을 앞에 놓고 귀환하려던 남파 간첩 안내조 전충남, 이상규와의 총격전에 참여하여 그들을 생포하자 정신이 번쩍 들었었다. 해군, 공군이 참여한 대대적인 간첩 검거 작전으로 안기부가 진두지휘를 맡았었다. 새파란 신입 수사관으로 음료수 심부름이나 하던 그가 눈앞에서 벌어진 총격전을 뒤에서 거들며 반은 혼이 나간 채 부들부들 떨던 때가 엊그제 같았다. 세월이 너무 많이 흘렀다는 생각과 함께 끊은 담배 한 대가 몹시 그리웠다.

제5장
사이버 전쟁

블랙홀 구출 작전이 개시되었다.

"블랙홀이 어느 적진에 감금되어 있는 것도 아니고 우리 손에 들어와 있는데 구출 작전이라니 말이 안 됩니다."

국정원에서 파견 나온 젊은 수사관이 장중건의 작전 명령에 불만을 토로했다.

"자네, 이 사건의 내용을 충분히 숙지하고 왔나? 대공 분야에서 상당히 활약이 많은 엘리트라고 들었는데? 자네는 날 모르지?"

"전에 국정원 차장을 지내셨다고 들었습니다. 그리고 사건에 대해서는 충분히 설명 듣고 사태를 파악하고 왔습니다."

"그런데 그런 말이 나온단 말이야?"

"실제 상황이 그렇지 않습니까?"

"블랙홀의 몸뚱이만 잠시 우리 측 진영에 들어와 있을 뿐 아직 적진에서 빠져 나온 것이 아니야. 그의 실체를 우리 측에서 보호하고 있다는 사실은 아무도 몰라. 그를 안전하게 그가 있던 자리에서 빼내 주지 못하면 그는 몰래 왔던 것처럼 몰래 제자리로 돌아가는 사태를 맞을지도 모른다는 이야기야. 그렇다면 완전한 구출을 해야 하지 않겠나?"

"이해됐습니다. 죄송합니다."

우선은 블랙홀을 기무사 군부대에서 국정원 삼청동 안가로 옮기는 일을 무사히 마쳤다. 박대령의 제안으로 몇 대의 오픈 군 지프를 앞뒤에 배치하고 가운데는 닫힌 지프에 한명수를 태워 군 작전 수행 중인 것처럼 하여 삼청동 안가로 옮긴 것이다. 군복을 입은 군인 외에 민간인은 단 한 명도 보이지 않았다.

"여기까지 우리는 안전하게 귀중품을 전달했습니다."

경계가 삼엄한 삼청동 안가에 블랙홀을 데려다 놓고 모두 다섯 대의 지프를 인솔한 김 대위가 닫힌 지프에 오르며 장중건에게 경례를 하고 안가를 떠났다.

"이제부터 블랙홀의 신변 안전은 전적으로 우리 책임이다. 여기 있는 우리 직원 외에 어느 누구도 내 허락 없이 그를 만날 수 없다. 대통령이라 해도."

장중건이 경비 서는 직원들과 담당 수사관들을 모아 놓고 자신의 지시사항을 전했다. 그의 표정이 비장하고도 살벌해 보여 예전 현직 시절의 장중건 차장을 보는 듯 했다. 장중건은 한철호에게 블랙홀과 안가를 부탁하고 회의 참석차 안가를 나갔다. 내부적으로는 장중건과 한철호는 블랙홀을 한명수라 불렀지만 외부적인 그의 이름은 어디까지나 블랙홀이었다. 블랙홀이 필요로 하는 것들은 완벽하게 준비되었다. 발신 표시가 되지 않는 국제전화와 국내 전화, 추적이 불가능한 휴대전화, 최첨단 컴퓨터 그리고 그가 가지고 온 장비들. 그는 자신이 가지고 있는 장비들을 컴퓨터와 연결하고 칩을 바꿔 끼는 등 여러 가지 작업을 통해 자신의 위치가 미국 어느 지점인 것처럼 조작하고 얼마동안 불통이던 코펜하겐 아내의 복제 휴대전화를 살려내는 데 성공했다. 미찌꼬의 접선 암호를 그의 컴퓨터에 연결하는 일도 마쳤다.

"미찌꼬에게 가는 접선 암호를 중간에서 가로채어 미리 볼 수도 있고 그 암호를 바꿀 수도 있습니다. 아내에게 오는 전화, 가는 전화도 마찬가집니다."

"그게 어떻게 가능하죠?"

"미찌꼬의 패스워드와 비밀번호 그리고 접선 암호를 알고 있기 때문에 가능한 일이지요."

블랙홀은 기무사에 있는 일주일 동안 주고받지 못한 연락을 동지들에게 전달했다.

"미국에서의 수출 무역 통관 물품에 문제가 생겨 미국 FBI에 조사를 받느라 연락이 두절되었으나 다행히 잘 처리되었다고 둘러댔습니다. 아내한테도 똑같이 보냈습니다. 미찌꼬가 코펜하겐 가게로 돌아온 것을 확인한 아내는 미찌꼬가 나와 함께 여행을 떠났다는 오해를 푼 것 같습니다. 빨리 평양으로 들어가야 한다고 야단법석입니다."

블랙홀은 반나절 만에야 연락이 두절되었던 조직원들과 통신상의 접선이 이루어지자 안도의 한숨을 내쉬었다. FBI의 조사를 받았다는 말에 워낙 구린 구석이 많은 그들이라 문제가 해결된 것만도 다행이다 싶은지 더 이상 따져 묻지 않아 고비를 넘겼다고 했다.

외교부에서는 미찌꼬에게 다른 사람의 한국 여권을 만들어 주고 그 여권으로 코펜하겐을 출국하는 방법을 찾아내어 실행에 옮기기로 결정을 내렸다. 코펜하겐에 있는 한국 대사관에서는 오랫동안 음악 활동을 해 왔던 바이올리니스트 박수경 씨의 도움을 받아 그녀의 신분을 도용하여 미찌꼬를 돕기로 했다. 당분간 박수경은 출국할 일정이 없었고 나이도 미찌꼬와 비슷하고 얼핏 인상도 비슷한 점을 이용해 그녀에게 도움을 청했다. 한국 대사관으로부터 많은 지원을 받아 덴마크 순회공연도 했고 그 덕에 코펜하겐 음악상까지 수상할 수 있었던 그녀는 대사관에 적극적인 협조를 해주었다. 만약 미찌꼬가 지닌 여권이 위조 여권으로 드러나더라도 박수경에게는 피해가 가지 않는다는 것을 그녀에게 강조하여 설명했다.

모든 것이 수포로 돌아가더라도 신변에 위협을 받게 될 사람은 미찌꼬였다. 그러나 그럴 가능성은 10퍼센트도 되지 않았다. 완벽한 한국 여권인데다가 외국인들은 동양인의 인상착의에 대해서 별로 민감하지 않았다. 더욱 유리한 것은 미찌꼬가 어느 정도의 한국말을 할 수 있기 때문에 의심받을 이유는 전혀 없었다. 덴마크와 한국 사이에 직항 노선이 없기 때문에 코펜하겐에서 나리타로, 나리타에서 한국으로 들어와야 하는 일이 신경 쓰이고 번거로운 일이었다.

일은 일사천리로 진행되었다. 블랙홀은 미찌꼬에게 접선 암호로 메시지를 전달했다. 관광객이 북적이는 일요일 오후에 출발할 것. 귀중품은 미리 챙겨 핸드백에 넣고 간단한 짐은 차에 실어 두었다가 공항으로 출발할 때 자연스럽게 꺼낼 것. 출발하는 날 가게는 미찌꼬가 열고 그날부터 사흘 동안은 자주 고용하던 미대 아르바이트

생에게 열고 닫도록 가게를 맡길 것. 스톡홀름에서 열리는 전시회에
다녀온다고 말할 것. 그녀는 '화백님이 이번에 그려 주신 그림의 의
미는 잘 알겠습니다'라고 회신을 해 왔다.

그녀의 가게에 대해 이상 낌새를 눈치 채기 전에 그녀를 한국에
도착시켜야 한다는 것이 관건이었다.

"미찌꼬는 모레 한국에 도착할 예정이에요. 장차장님은 회의가 있
어서 청와대에 들어가셨어요."

한철호가 차 두 잔을 들고 들어와 블랙홀 앞에 앉았다.

"미찌꼬와 한 형이 나타나지 않으면 한 형 아내는 어찌되는 거요?"

"평양에 보고하고 평양으로 들어가겠지요."

"그렇게 되면 한형 아내는 정치범 수용소에 간다든지 숙청을 당
할 텐데요."

"그 여자는 당으로부터 약간의 질책은 받겠지만 큰 수난은 당하
지 않을 겁니다."

한철호가 그의 아내의 신변을 염려하자 블랙홀은 그들이 부부가
된 사연을 털어놓았다.

그가 노동당 중앙당 비서의 딸인 그녀와 결혼한 것도 모두 노동
당의 작전이었다는 것이었다. 딸만 둘을 두고 남편과 사별하여 혼자
살던 그녀가 총각인 한명수를 흠모하고 짝사랑한다는 것을 안 그녀
의 아버지가 한명수를 파리로 유학 보내 주는 조건으로 결혼을 내
걸었다. 당에서는 한명수가 좋은 성적으로 차출되어 공작원 교육을
받았다고는 하나 워낙 미술에 대한 열정이 강하고 그림에 빠지면 헤
어 나오지 못하는 감성을 지니고 있어서 늘 불안하게 여기던 참이었

다. 그는 머리가 뛰어나고 성격이 유순한데다가 인상이 좋아서 많은 사람들에게 호감을 받는 타입이었다. 본인의 바른 생활관이나 배경이 모두 공작원으로서의 자질을 갖추었으나 의지력이 약하고 감성적인 것이 문제였다.

여자의 아버지는 그의 단점을 보완해 줄 강한 정신력과 의지가 철저한 여자가 그의 곁에 있다면 문제는 해결될 것이라고 당을 설득했다. 노동당 중앙당은 당 비서의 딸이 원하는 남자를 짝지어 파리 공작원으로 내보내면서 아내에게 한명수보다 계급이 높은 신분을 부여했다. 결국 아내는 남편을 감시하는 상전인 셈이었다.

한명수는 북한을 벗어나 해외에 그것도 꿈에 그리던 파리로 미술 공부를 하러 갈 수 있다는 생각에 아내가 누구든 상관이 없었다. 아내의 딸 둘은 평양 처가에 맡겨 놓고 두 사람만 파리로 떠나게 되었다. 출신 성분이 좋은 아내 덕에 큰 고생 없이 미술대학에 편입하여 그림 공부를 시작했지만 억압된 사회에서 살던 그가 갑자기 자유로운 유럽 생활에 직면하자 그 분위기에 적응하지 못해 한동안 애를 먹었다. 언어 소통의 문제만은 아니었다. 말이 통하는 한국에서 온 유학생들과도 친근하게 지내지 못했고 스스로 외톨이가 되어 갔다.

그러나 아내는 몇 차례 외국에 나들이를 한 덕인지 활달한 성격 덕인지 그 분위기에 자연스레 젖어 들고 친구들도 쉽게 사귀었다. 그가 인사하고 지내는 사람들은 모두 아내가 친구로 끌어들인 사람들일 정도였다. 교수들과도, 미술계 인사들과도 가까이 지내지 못하는 폐쇄적인 인간으로 변해 가자 한명수의 완성된 작품들은 발표할 길을 찾지 못하고 그의 진로도 열리지 않았다. 반대로 보따리 장사 수준의 수입품 장사를 해서 외화 벌이를 하고 있던 아내의 단골 거래처는 날로 늘어나다가 급기야 장사가 아닌 사업체로 만들 단계에 까지 이르렀다. 학비, 작품 전시회 비용, 미술 재료비 등으로 번 돈만 축내는 그에게 아내가 유혹의 말을 던졌다.

"장래 희망도 안 보이는 그림 공부만 할 게 아니라 당신도 오퍼상을 해 보는 게 어때요?"

"오퍼상이라면 무역업을 말하는 게 아니오?"

"오퍼상은 무역업과는 좀 달라요. 수입자와 수출자를 연결해서 거래를 성사시키면 거기서 수수료를 받는 거예요. 큰 자본이 들지 않는다고요. 그 일을 하다 보면 무역업에 대해 배우게 돼요. 무역업은 제법 돈을 쥐어야만 할 수 있는데 오퍼상으로 돈도 벌고 일도 배운 뒤에 무역업을 병행해도 늦지 않아요. 좋은 점은 당신이 그토록 원하는 세계 각국을 돌아다닐 수 있는 기회가 주어진다는 거죠. 휴학을 하고 이 일을 해보다가 적성에 안 맞으면 도로 학교로 돌아가면 어때요?"

한명수는 아내의 말에 솔깃해져 학교를 휴학하고 아내의 사업을 거들며 편하게 살 길을 택하게 되었다고 했다. 처음에는 아내가 시키는 대로 수출할 사람을 만나러, 혹은 수입자를 만나러 가까운 유럽으로 출장을 다니기 시작했다. 화실이나 강의실에 처박혀 그림만 그리다가 넓은 세상으로 활보하고 다니자 답답하던 가슴이 확 뚫리고 날아갈 듯한 기분이었다.

"그때 마침 덴마크로 갈 수 있는 기회가 생겨 결국엔 졸업 한 해를 앞두고 파리 미술대학을 그만두게 됐어요. 그 여자가 늘 불안해 했던 것은 우리 둘 사이에 아이가 없다는 것이었죠."

"아, 나도 그게 궁금해요. 제법 오래 부부 생활을 해 왔는데 왜 아이가 안 생긴 겁니까?"

한철호는 물으려다 참고 있는 말을 그가 먼저 꺼내자 기회는 이때다 하고 물었다.

"안 생긴 게 아니라 내가 안 만든 거죠. 아내 몰래 불임수술을 받았거든요."

"아, 그랬군요. 그런데 왜?"

"결혼하면서부터 나는 내가 이 세상에 왔다간 흔적을 남기지 말자고 마음먹었어요."

"그럼 불임수술은 언제?"

"남한에서 돌아온 이선실과 그 관련 공작원들을 관리할 때 나도 제법 힘깨나 썼던 사람이었어요. 그래서 결혼이 결정되자 조용히 친한 의사를 찾아가 쥐도 새도 모르게 지져 버렸어요. 정관을 묶었다가 필요할 때 푸는 시술을 의사가 권했지만 일 없다고 완전 씨 없는 수박으로 만들어 달랬지요. 아내는 그걸 알 턱이 없으니까 자꾸 날더러 병원에 가자고 했는데 내가 당신 닮은 예쁜 딸이 둘이나 있으면 됐다 하고 버티니까 더 말 않더라고요."

"이런 날이 있을 거라고 예상한 건 아니고?"

"글쎄……. 은연중에 예상했는지도 모르지요. 김동식의 활동 소식을 들을 때마다 부러웠으니까."

"결론은 아내 걱정은 안 해도 된다는 말씀이군요."

"예. 하지만 미찌꼬는 달라요. 만약 붙잡히면 그녀도 그녀의 노모도 다 살아남지 못할 거예요."

그가 처음으로 느껴 본 이성의 사랑이기도 하고 인간적으로 감성을 나눈 예술인이라고 했다. 그녀 자신이 그림을 그리는 사람은 아니지만 그림을 좋아하고 예술가를 사랑하는 마음이 어느 예술인보다 더 강한 사람이라는 것이었다.

"미찌꼬가 북한 사람도 아니고 일본인인데 그들이 뭘 어쩌겠어요?"

"국정원 수사관이 무슨 그런 소릴…… 사람 하나 죽이고 살리는 건 문제도 아니라는 걸 아시는 분이…… 얼마 전에 두 수사관이 왜 죽었는지도 아시면서."

그가 하도 어처구니없는 표정을 짓자 한철호도 할 말을 잃은 채 머쓱하게 웃고 말았다. 그의 말이 맞는 말이었다. 북한에 관한한 모르는 것이 없어서 당연히 그럴 것이라는 예측이 가능한 대북 전문가이자 수사관인 그도 때로는 이것이 사실일까 할 만큼 믿어지지 않는 의혹투성이의 현실이 눈앞에 벌어지기도 했다. 상식적으로는 이해가 안 되는 엉뚱한 사건들이 그를 당혹케 하는 일이 다반사였다. 그는 너무도 무자비한 대북 관련 현실이, 너무도 극단적인 북한의 테러가 그의 멘탈을 붕괴시키고 있다고 생각했다.

"그동안 체크하지 못한 아내 휴대전화의 통화 명단을 좀 체크해야겠어요."

그가 컴퓨터와 휴대전화를 연결하여 데이터를 추적하는 일을 시작했다. 한철호는 그의 방을 나왔다. 블랙홀이 하고 있는 작업은 사람들이 편의를 위해 만들어 낸 첨단 기기들이 결국 그것을 만들어 낸 인간을 해치고, 인간을 죽음의 늪으로 끌어들이게 됨을 보여주는 한 예에 불과하다는 생각이 들었다. 화가로써 그래픽을 배우고 기본 그림을 공부하기 위해 배운 첨단의 컴퓨터 기술이 본 목적 외에 얼마든지 활용될 수 있음을 블랙홀은 보여주고 있었다.

속에 입은 검은 슬립이 내비치는 얇은 핏빛 가운을 걸친 채 그녀가 잠들어 있다. 룸서비스로 가져온 아메리칸 블랙 퍼스트를 받자 박부현은 커피포트에서 커피 한 잔을 따라 들고 그녀 곁으로 다가왔다. 그녀의 코끝에 커피 향이 날아든다.

"아가씨, 이게 무슨 냄샐까요?"

"으음. 좋은 당신 냄새."

"내 냄새가 아니라 커피 냄샌데?"

"아니. 당신 냄새."

그녀가 가늘게 눈을 뜨고 팔을 벌리며 그를 보았다. 박부현은 커피를 침대 머리맡 협탁에 올려 두고 그녀의 상체를 힘껏 껴안았다.

"아이 니쥬."

그녀의 입술이 박부현의 목덜미에 뜨겁게 와 닿았다. 박부현은 더 참지 못하고 이불을 들추고 그녀 품안으로 빨려 들어갔다. 그는 '이제는 남성이기를 포기해야 하는 나이가 되었다'는 동료들의 말이 사실임을 인정했던 사람이었다. 과중한 업무와 밀려드는 스트레스 때문에 현대 남자들은 피어 보지도 못하고 겉늙어 버렸다고 신세 한탄을 쏟을 때 그도 동감했다. 중년의 남자들이 다 그렇듯이 아내와 잠자리를 딴 방에 편지도 오래였고 부부 관계를 가져 본 기억은 까마득한 것 같았다. 성욕이 사라진 대뇌에서 아내의 몸만을 거부하는 것인지 여자의 몸 자체를 거부하는 것인지 확인할 방법도 찾지 못한 채 일에 몰두하며 살아왔다.

수도 없이 민원을 들고 찾아오는 지역구 유권자들이나 정계 인사들을 만나 골치 아픈 일을 처리하다 보면 여자 생각 따위는 아예 날 틈도 없었다. 더구나 여당 측 예산, 결산 특별의원인 그는 다른 의원들보다 더 찾아오는 사람들이 많았다. 그렇게 24시간이 부족하고 잠 잘 시간이 부족하던 그에게 이런 정열과 힘과 시간이 있다는 것이 스스로도 믿어지지 않았다. 밤새 젊은 여자에게 건강한 남성임을 자랑한 그가 이른 아침 개운한 표정으로 먼저 일어나 아침식사를 주문하고 또 여자 품을 파고들다니.

"자넨 나를 일으켜 세운 사람이야. 이렇게 말이야."

그가 자신의 남성을 여자의 손에 갖다 대며 그녀의 매끄러운 가운과 슬립을 급히 벗겼다. 그는 자신감에 충만해 있었다. 여자는 그가 걸친 가운의 벨트를 풀었다. 알몸에 가운만 걸친 남자의 몸이 이미 힘자랑을 하고 있었다. 여자는 그것을 벗기고 남자의 허리를 껴안으며 그에게 파고들었다. 두 사람은 넓은 침대를 함께 휘젓고 뒹굴며 두 알몸을 하나로 뭉치는 데 열중했다. 남녀의 거친 호흡과 뜨거운 열기가 실내를 달구었다. 온 침대가 난장판이 되는 폭풍이 지나가자 서로의 땀 젖은 몸을 어루만지고 긴 숨을 내뱉으며 종지부를 찍었다. 여자가 얇은 침대 시트를 끌어다 중요한 부분을 가렸다. 박부현은 여자가 끌어당겨 몸을 가린 그 시트를 빼앗아 도로 벗겨 버렸다.

"이렇게 예쁜 몸을 왜 가려? 봐도 또 보고 싶은 몸이야."

어쩌다 술에 취해서 정신없이 엎어졌던 접대부 여자들과는 느낌도 만족감도 전혀 달랐다. 진심이 있고 마음이 있고 오가는 정감이 있었다.

"이런 경험, 난생 처음인 것 같아."

"정말? 나이가 몇인데 처음이야?"

"정말 총각 때도 이런 일은 없었던 것 같아. 내가 변강쇠도 아니고."

"당신, 변강쇠 맞아."

여자가 그의 입술에 입 맞추고 품을 빠져 나와 가운을 걸쳐 입었다. 그녀는 머리맡에 놓인 커피 잔을 들어 맛있게 커피를 마셨다. 남자도 머리카락을 쓸어 올리며 일어나 침대 밑에 뒹구는 가운을 찾아 입었다.

"오늘 서울로 가야 하는 거 알지?"

박부현이 커피포트에서 새 잔에 커피를 따라 마시며 케이트를 보았다.

"알아요. 당신은 오전 비행기 나는 오후 비행기. 부산 구경은 어제 실컷 했으니까 오늘 오전에는 여기 호텔에서 스파를 즐길 거예요."

"그래. 스파도 하고 마사지 받고 머리도 하고 예쁘게 단장하고 서울에서 만나. 난 좀 서둘러야겠는걸."

그가 딸기 두어 개를 입에 집어넣고 의자에서 일어섰다.

"그러세요. 난 배고파요. 에너지를 너무 소비했나 봐."

"천천히 아침 먹어. 나 씻을게."

박부현은 사랑스러운 눈빛으로 그녀의 볼을 꼬집어 애정 표시를 하고 욕실로 들어갔다.

그가 지역구로 출장을 가면서 바람이나 쐬러 가지 않겠느냐고 했을 때 케이트는 이미 이런 상황을 예측하고 따라나섰지만 사실 남자에 대해 별 기대를 하지는 않았었다. 그가 오십 대 중반을 넘긴 나이였고 자신이 섹스에 대해 얼마나 강한 여자인지 이미 알고 있는 그녀로서는 자신을 충족시킬 남자로 여기지는 않았던 것이다. 초청자측에서 붙여 준 경호원들 없이 부산까지 혼자 이동하는 일이 결코 가능하지 않아 그녀는 고심 끝에 정면 돌파를 택했다.

"이번 출장은 초청자 측에도 밝힐 수 없는 극히 개인적인 문제이기 때문에 설명할 수 없습니다. 만약 혼자 이동하다가 어떤 사건 사고를 당하더라도 초청자 측에 책임을 묻지 않겠습니다."

그녀는 자신의 프라이버시는 침해하지 말아 달라고 강력하게 요구했다. 박부현과는 각각 비행기를 타고 부산으로 가서 그녀의 이름으로 예약해 둔 호텔에 체크인 하는 것으로 약속을 해 두었다. 그녀는 여장을 풀고 가벼운 차림으로 박의원과 함께 그의 보좌관과 비서를 대동하고 부산 관광에 나섰다. 박부현은 그녀를 외국에서 온 국빈이라고 주변에 소개했다. 머리 색깔이나 화장이나 옷차림이 누가 보아도 외국인인 그녀는 영어만을 사용했고 보좌관이 통역을 맡았다. 박부현은 가끔 그녀와 영어로 대화를 나누어 비서진들 앞에서 자신의 영어 실력을 과시했다. 바닷바람을 쐬고 푸른 바다를 보고 맛있는 회를 먹으며 한껏 한국을 느꼈다.

박부현은 자기 지역구 내에 유권자들 가게를 이용해 매상을 올려줌으로 해서 인심도 얻고 대접도 받는 일거양득의 방법으로 그녀를 안내했다. 당연히 가는 곳마다 칙사 대접을 받아 은근히 자신의 위력을 그녀 앞에 내비쳤다.

"중요한 일로 한국에 다니러 오신 케이트 박사님이에요. 부산이 보고 싶다고 해서 우리 지역으로 모셨습니다."

지역 구민들에게는 외국에서 온 손님을 접대하는 당당한 모습을 보여 자신의 입지를 굳히는 데 도움이 되는 방향으로 활용했다. 역시 머리 좋은 사람이 계획한 일은 빈틈이 없었고 안내를 받는 그녀도 그만큼 떳떳할 수 있었다. 남의 눈을 피해 은밀하게 밀회하듯 부산 관광을 해야 할 줄 알았던 그녀에게는 너무도 기분 좋고 즐거운 경험이었다. 마음 편하게 웃고 떠들고 곳곳을 구경하며 한국 땅, 부산을 누빈다는 사실이 참으로 행복하다는 것을 새삼 깨달았다.

바닷가에 있는 어시장에서 살아있는 물고기를 썰어 그 자리에서 맛을 보는 일은 그녀에게 신선한 충격이었다. 일본에서도 미국에서도 숙성시킨 회를 먹어보기는 했지만 보는 앞에서 방금 전까지 살아있던 물고기를 썰어 초고추장에 찍어 먹는 일은 처음이었다.

"금방 죽여 금방 먹는 일이 잔인한 것 같았는데 먹어보니 정말 맛있어요."

다른 사람들이 소금 기름장에서 꿈틀거리는 낙지를 젓가락으로 집어 입에 넣을 때 그녀는 얼굴을 찌푸리며 질색을 했지만 한 번 맛을 본 뒤로는 젓가락질을 멈추지 않았다.

"정말 고소하고 쫄깃하면서 맛있어요."

케이트가 어설픈 젓가락질로 접시에 달라붙은 낙지를 잡아떼려고 애쓰는 모습을 보며 박의원과 주변 사람들은 손뼉을 치며 깔깔거렸다.

"저 미국 여자한테는 한국 피가 흐르는 게 분명해. 입맛이 딱 한국 입맛이네 그래. 초고추장 좋아하고 씻은 묵은지에 회 싸 먹는 것도 좋아하는 걸 보면 완전 외국 사람은 아니야. 한국 피가 아니면 저걸 금방 좋아할 수는 없거든."

식당 아줌마들이 쑥덕대며 주고받는 말을 듣고 그녀는 슬그머니 젓가락질을 멈추었다. 자신이 무늬만 외국인일 뿐 뿌리 깊이 한국 사람이라는 것을 들킨 것만 같았다. 박의원이나 보좌관들은 그 말에 큰 의미를 두지 않는 눈치였지만 케이트는 그 말에 계속 신경이 쓰였다.

'좀 조심해야겠군.'

너무 기분에 취해 스스럼없이 행동한 자신의 경솔함을 스스로 나무랐다. 저녁을 먹고 비서관이 그녀의 호텔까지 바래다주었고 박의원은 그녀와 작별 인사를 나눈 뒤 사무실에 들렀다가 은밀하게 그녀의 호텔 방으로 찾아들었다.

"좋은 와인과 간단한 안주를 준비했는데 남의 이목도 있으니 룸에서 하는 게 어떻겠어요?"

박부현이 전화를 걸어와 의향을 물었고 그녀는 흔쾌히 그러자고 했다. 저녁 먹으며 반주로 마신 정종에 알딸딸하게 취해 있던 그들은 박부현이 들고 온 레드와인을 땄다.

"이 와인이 얼마나 고급 와인인지는 모르지만 천천히 음미하면서 마셔야 되는 와인이라던데……."

박부현이 두 개의 와인 잔에 조심스레 와인을 따랐다.

"그래요? 얼마나 좋은 와인이길래?"

케이트는 궁금증을 참지 못하고 와인 병을 들어 올려 큐알 코드에 스마트폰을 가져다댔다.

"와우! 호주산 최고급 와인이에요. 펜폴즈 그랜지 2011년 산, 가격 백이십만 원. 역시 당신은 멋쟁이. 어디서 샀어요?"

그녀의 스마트폰 화면에 와인에 대한 상세한 설명이 뜨자 케이트는 와인을 다시 한 모금 맛보았다.

"공학도라 와인 검색하는 방법도 역시 다르군. 나도 누구한테 선물 받았는데 최고급 와인이니 음미하면서 마시라고 하더군. 그렇게 비싼 줄은 몰랐어."

두 사람은 와인을 음미하며 천천히 잔을 비웠다. 전주가 있어서인지 와인 반 병을 비웠을 때는 기분이 최상으로 좋은 상태가 되었다. 그들은 누가 먼저랄 것도 없이 스킨십을 시작했고 누가 먼저라고 할 것도 없이 옷을 벗었다. 알몸으로 껴안은 채 침대로 가기까지 단 한 마디의 말도 필요치 않았다.

"당신 정말 멋져."

케이트는 그와 정사를 벌이는 중간 중간에 신음과도 같은 그 말을 계속해 되풀이하며 그에게 몸을 열었다. 스무 살도 넘는 나이 차이는 두 남녀 사이에 아무런 문제도 되지 않았다. 박부현은 그녀의 탄탄한 몸매와 가느다란 허리와 알맞게 커다란 젖가슴에 정신을 빼앗겨 다른 아무 생각도 떠오르지 않았고 오로지 그녀에게만 몰입했다. 두 손으로 그녀의 엉덩이를 받쳐 올리다가 그 매끄럽고 탄력 있는 엉덩이를 보고 싶어 얼굴을 아래로 향했다. 둥글 넙적하게 벌어진 골반을 덮고 있는 하얀 도자기 같은 엉덩이 여러 군데에 그가 입을 맞추었다.

"아! 너무도 아름다워. 케이트, 당신과 사랑에 빠질 것 같아."

그의 입술이 다시 케이트의 입술로 돌아와 혀를 빨아 당기며 자신의 몸을 여자의 몸속에 깊이 밀착시켰다. 케이트의 입에서 터져 나온 신음이 키스하고 있는 그의 입으로 전해졌다. 두 사람은 같이 흥분하고 같이 정점을 향해 달리고 함께 종착역에 도착했다.

"처음 만난 사이에 이렇게 완벽할 수는 없어. 당신은 어땠어?"

박부현이 기쁜 숨을 몰아쉬며 그녀의 가슴에 엎드린 채 속삭였다.

"완벽했어요. 정말 멋져요."

케이트가 그의 머리칼을 쓰다듬으며 숨을 가다듬었다. 그녀가 의

도적으로 남자를 유혹한 것은 사실이었지만 그와의 섹스는 상상 이상이었다. 젊은 미국 남자들과도 여러 번 섹스를 경험했지만 이처럼 온몸을 가득 채우는 것 같은 성취감은 맛볼 수 없었다. 진심 어린 배려와 따뜻한 사랑으로 가득 찬 섹스였다고 말하고 싶었다. 몸이 느끼는 욕망만을 충족시키는 섹스가 아닌 빈 마음까지도 흡족하게 채워주는 그런 섹스였다. 박부현이 몸을 뒤척여 그녀 곁에 누우며 그녀를 가만히 가슴에 품었다.

"케이트 고마워. 나를 싱싱한 남자로 만들어 준 당신에게 감사하고 있어."

두 사람은 부둥켜안은 채 잠시 잠에 곯아떨어졌다. 얼마나 달게 잤을까 박부현은 목이 말라서 잠에서 깨어났다. 살그머니 그녀를 팔에서 떼어 눕히고 일어나 응접탁자에 놓인 물을 한 컵 마셨다. 그때 케이트가 '나도 물.' 하고 일어나 앉았다. 박부현이 컵에 물을 따라 그녀에게 가져다준다.

"목이 말랐지?"

그녀가 고개를 끄덕이고 일어나 욕실로 갔다가 돌아왔다. 그녀가 작은 타월을 따뜻한 물에 적셔 들고 와서 그의 몸을 닦아주었다. 박부현은 그녀의 자상한 마음씨에 감동한 듯 그녀를 또다시 껴안았다.

"난 더운 물에 간단히 씻었어요."

"예뻐. 얼굴이랑 몸만 예쁜 게 아니라 마음도 예쁘고 하는 짓도 예쁘고 모든 게 다 예뻐."

그녀의 얼굴을 쓰다듬던 손이 가슴을 쓰다듬고 배를 쓰다듬으며 점점 아래로 내려가자 그의 몸이 다시 반응하기 시작했다.

"내가 미쳤나 봐. 왜 이러지?"

그가 자기 몸을 내려다보았다. 케이트는 그의 꼿꼿하게 머리 쳐든 남성을 쓰다듬다가 입술을 가져다 댔다. 그의 몸이 촉촉하고 따뜻한 그녀의 입속에서 맘껏 힘자랑을 하며 사랑을 받고 있었다. 그들은 다시 몸을 합쳤다. 첫 번 섹스와는 달리 천천히 그리고 아주 부드럽게 다시 하나가 되고 자상하고 세심하게 서로를 뜨겁게 달구며 정점으로 달렸다.

"아!"

두 사람이 어느 순간 동시에 탄성을 질렀다. 그녀의 손톱이 남자의 등에 깊이 파고들었다. 두 사람은 남은 와인을 한 잔씩 마시고 새벽녘에야 잠자리에 들었었다. 그리고 먼저 일어난 박부현이 룸서비스에 아침을 주문하고 그들은 눈을 뜨다가 다시 불을 지폈던 것이다.

케이트가 지난밤부터 아침까지 두 사람이 나눈 사랑의 흔적들을 더듬는 사이에 박부현이 샤워를 마치고 욕실에서 나왔다.

"아, 개운하다."

그가 대형 타월로 허리 아래 몸을 감고 나와 작은 수건으로 젖은 머리를 털었다. 그가 리모컨을 집어 TV를 켰다. 주한 미국 대사가 조찬 강연회장에서 피습 당했다는 뉴스 속보가 계속되고 있었다.

"뭐라고? 주한 미 대사가 피습을 당했다고?"

그가 깜짝 놀라 TV 볼륨을 올리고 자신의 휴대전화를 집어 들었다. 휴대전화에 부재중 전화가 여러 개 찍혀 있었다. 무음으로 만들어 놓아 전혀 전화가 왔음을 알지 못했던 것이다. 그가 전화를 걸었다.

"이비서, 전화했었어? 내가 양복 주머니에 휴대전화를 넣어 놓아서 못 들었어. 주한 미 대사 피습은 언제 알았어? 그래. 알았어. 내가 사무실로 나가지."

그가 급히 옷을 챙겨 입었다.

"서울에서 봐. 나 먼저 갈게."

박부현은 대충 털어 말린 머리를 다듬지도 못하고 룸을 나섰다. 케이트는 그를 배웅하고 TV 앞에 앉았다. 피 묻은 손으로 얼굴을 감싸고 경호원들에 에워싸여 차에 오르는 미국 대사의 모습이 TV 화면에 계속해 나왔다. 다행히 목숨에는 지장이 없으며 피를 많이 흘렸다는 보도가 흘러나왔다. 케이트의 입가에 야릇한 웃음이 번지다가 누군가에게 독설을 퍼부었다.

"병신 같은 간나이 새끼."

그가 손목시계를 찾아 팔목에 끼고 버튼을 누른 다음 시계의 액정화면을 보았다.

"별 사탕 한 개 실패."

그녀는 손목시계를 좌로 몇 번, 우로 몇 번 빙글빙글 돌려 낱말을 송신했다.

"방콕에 엎드려 있기."

그녀는 전화로 호텔 스파에 마사지를 예약하고 간단한 차림으로 룸을 나섰다. 밤새 쌓인 피로를 풀 생각이었다.

장중건이 청와대 회의를 마치고 경호원의 차편으로 내자동에 있는 호텔 주차장까지 나왔다. 호텔 주차장에서 대기 중이던 기사가 그에게 다가왔다.

"오래 기다렸지? 여기 중국집 소면이 맛있는데 여기서 점심 한 그

룻 먹고 회사로 들어가자."

그는 기사를 데리고 2층 중국집으로 올라갔다. 그는 적은 양의 소면을 시키고 기사는 짜장면 곱빼기를 시켰다. 후루룩 소면 한 그릇을 비우고 그가 일어서며 기사에게 자동차 키를 달라고 했다.

"뭘 좀 꺼낼 게 있어서."

"제가 꺼내 올게요."

"아니야. 하던 식사마저 해."

그가 자동차 키를 들고 주차장으로 나왔다. 입구를 나서며 자동버튼을 눌렀다. 자동으로 문을 열 참이었는데 버튼을 잘못 눌러 자동으로 시동을 걸었다. 자동차 곁으로 걸어가려는 순간에 폭발음이 먼저 들리며 자동차에서 불길이 치솟았다. 그는 깜짝 놀라 호텔 안으로 피신했다. 호텔 안에서 경비원과 웨이터들이 뛰어 나오고 주차장에 있던 사람들이 불길을 피해 달아나면서 호텔 앞은 아수라장이 되었다. 장중건의 얼굴은 사색이 되었다. 폭발음을 듣고 기사가 중식당에서 달려 나왔다.

"소장님, 괜찮으세요? 우리 차가 폭발한 거예요?"

"난 괜찮아. 차 비워 뒀었어?"

"예. 음료수 하나 사러 갔다 오느라고 잠깐 비웠었는데요."

누가 신고를 했는지 경찰차가 달려왔다. 장중건이 신분증을 내보이고 자신의 차에 폭발물이 설치돼 있었던 것 같다고 설명했다.

"큰일 날 뻔 했습니다. 자동으로 시동을 거셨으니 망정이지 사람이 타고 시동을 걸었더라면 인명 사고가 났을 겁니다."

"자동으로 문을 연다는 게 조작을 잘 몰라서 시동을 걸었는데 전화위복이 됐네요. 기사가 식사 중이라서 내가 키를 작동 시켰거

180

든요."

"아무튼 참으로 다행입니다. 폭발물 점검을 해야 하니까 차를 그 대로 두셔야 합니다."

장중건은 기사에게 뒤처리를 부탁하고 다른 차를 불러 미통개발 사무실로 돌아갔다. 피살당한 박부영 국장 사건이 갑자기 궁금했다. 돌아오는 차 속에서 국정원 대공 수사 과장인 김과장에게 전화를 걸어 박부영 국장 사건에 대해 물었다.

"범인은 밝혀졌어?"

"박국장이 쓰러지면서 '간첩, 간첩' 하며 외치는 소리를 엘리베이 터 바로 옆 아파트에서 한 아주머니가 들었다는 증언이 나와서 그 방향으로 수사 중이지만 아직 용의자조차도 지목하지 못한 상탭니 다. 기무사 대공 수사국에서는 이선실이 완전하게 구축하지 못한 남 조선 노동당을 복구하러 제 2의 이선실이 북한에서 남파되었다는 주장을 하고 있습니다만 근거는 확실치 않은 주장입니다."

"고마워. 일간 얼굴 한 번 보자고. 할 말도 있고."

그는 전화를 끊고 '제2의 이선실'이라는 말을 곰곰이 되씹어 보았 다. 전혀 터무니없는 소리는 아닌 것 같았다. 기무사 수사관도 국정 원 박부영 국장도 블랙홀 때문에 이선실 수사 자료를 캐다가 변을 당했고 그 역시 최근 이선실 수사 관련 자료를 수집하고 있던 중이 었다.

미통개발로 돌아오자 그는 급히 한철호 부소장을 찾았다.

"큰 변 당할 뻔 하셨다면서요?"

"연락 받았어?"

"우리 연구소에 컴퓨터 전문가 있지?"

"컴퓨터 만지는 기술자야 있지요."

"기술자 말고 첨단 기기 전문가 같은 사람⋯⋯."

"왜요?"

"컴퓨터에 이선실이라는 이름을 반복적으로 검색해서 관련 파일을 저장되면 그 사람 신분이 드러난다고 가정해 봤는데 그게 과연 가능할까?"

"그거야 충분히 가능하죠. 어느 일정한 통제실에서 이선실 관련 단어에 모두 핀을 걸어 두면 그 단어들이 검색될 때마다 그 통제실에 보고되고 거기에서는 패스워드와 비밀번호로 사용자를 알아내고 그러면 자연적으로 신분이 드러나는 거죠."

"자네 짐작이지?"

"아닙니다. 그 비슷한 수법으로 불법 사이트가 운영되고 있다는 소릴 들었거든요."

"그렇다면 그 통제실 역할을 하는 근원지를 찾아낼 수는 없을까?"

"그거야말로 전문 박사가 있어야 가능할 걸요."

"국정원에 그런 전문가 없어?"

"알아보겠습니다. 피살당한 기무사 수사관, 박국장 그리고 장소장님 폭발 건이 모두 연관 있다고 생각하시는 거죠?"

"아마 내 추측이 맞을 거야. 그건 그렇고 블랙홀 일은 어떻게 되어 가나?"

"모레 제이미가 한국에 도착할 예정입니다."

"경호는 누가 하지? 누가 데려 오냐고?"

"국제 담당 부서에서 알아서 안전을 책임진답니다."

"전문 경호원이 보호하지 않으면 안 될 텐데……."

"남의 눈에 띄게 요란을 떨면 더 쉽게 신분 노출이 될 수 있고 그렇게 되면 더 위태로울 수 있다고 판단한 것 같습니다. 조용히 평범한 여행객 아줌마 차림으로 비행기를 타라고 일렀고 비행 수속을 할 때부터 국제부에서 한 걸음 떨어져 경호하기로 했답니다. 위험 요소가 많은 나리타에서 한 명이 더 붙을 예정이라고 하니까 안심하셔도 될 겁니다. 문제 발생 시 오히려 해외 지리에 밝은 국제부가 대처 능력이 뛰어나겠다 싶어서 그러라고 했습니다."

"그건 그렇겠군. 무슨 일이 생겨 피신할 길을 찾더라도 지리를 알아야 가능할 테니까."

"다행히 어제 있었던 주한 미 대사 피습 사건 때문에 전국이 시끄러워서 소장님 자동차 폭발 사건은 뒷전 화제로 끝날 것 같습니다. 범인들이 노리는 게 장소장님 목숨이었는지 이선실 사건을 더 이상 건드리지 말라는 경고였는지는 모르지만 시끄러워져 봤자 그들 목적만 달성시키는 꼴이 될 텐데 조용히 넘어가는 게 좋겠어요."

"미 대사를 피습한 놈도 북한 지령을 받은 건 아닐까?"

"북한에서 직접적인 지령을 받지는 않았더라도 종북 세력이 개입되었거나 피의자가 공작원의 지시에 따랐을 수는 있겠지요. 곧 밝혀질 겁니다. 보안법 위반이라고 하면 젊은 친구들이 무조건 반발하니까 조심스럽게 접근하는 모양입니다."

"세상이 점점 무서워져 가고 있어. 내 차가 폭발하는 걸 보는 순간 사람 목숨이 파리 목숨과도 같구나 하는 생각이 들더군. 내가 점심 먹으러 가자고 안하고 김기사가 기사 대기실에서 대기하고 있다가 나를 차에 태운 다음 시동을 켰으면 우린 둘 다 공중분해 되는 거였어. 어쩐지 점심 한 그릇 때우고 차에 타고 싶더라니……."

"가만 보면 소장님은 하늘에서 운을 타고나신 분 같아요."

"매사가 좀 그렇지? 나도 그 생각을 했어. 그러니까 자넨 내 뒤에 딱 붙어 있어. 죽을 운을 내가 막아 줄 수도 있거든."

장중건은 그 말을 해 놓고 본인도 쑥스러운지 깔깔거리며 웃었다.

"다음 주 첩보 요원 강의 시간에는 소장님이 좀 참관을 해주셔야겠습니다. 가상 모의 수사가 있어서 평가를 해 주셔야 하거든요."

"가상 모의 수사?"

"예. 이선실 관련자들을 내사한다 생각하고 사실을 토대로 수사 계획서를 제출하라고 했습니다."

"그거 재미있겠군. 어떤 리얼한 인물들이 떠오르고 얼마만큼 수사 감각이 좋은지 알 수 있는 실험일 것 같은데?"

"그걸 노리고 숙제를 낸 겁니다."

"잘 했어. 난 삼청동 들어가서 블랙홀을 좀 만나 봐야겠어. 이런저런 이선실 관련 이야기를 좀 해보면 새로운 사실을 알게 될지도 모르잖아."

장중건은 나갈 채비를 차렸다. 겉으로 내색하지는 않았지만 자동차가 폭발하는 장면을 목격하고 난 그의 마음은 가볍지 않은 것 같았다. 공안 검사 시절, 국정원 수사국장 시절에 온갖 협박과 위협을 다 당해 보았던 그였지만 젊고 혈기 있던 그 시절과 지금의 심정은 달랐다. 그때는 일하다 죽을 수도 있겠다는 순간이 닥쳐도 죽기 아니면 살기라는 배포가 있었는데 이제는 가정 이룬 자식들과 귀여운 손자 손녀와 늙어 버린 아내를 두고 개죽음을 당할 필요는 없다는 마음이 들었다. 그들이 가장을 잃고 당할 고통과 사랑하는 가족들을 남겨 두고 떠나야 하는 자신을 상상하면 가슴이 너무 아팠다.

"난 당신이 제발 이젠 좀 불안한 일 하지 말고 그냥 편안한 일 하면서 사는 거 그거밖에 당신한테 바라는 거 없어요."

그가 아내에게 어떤 생일 선물을 받고 싶냐고 물었을 때 했던 말이었다.

"우리 식구는 당신이 국정원 그만둘 때까지 한 번도 편안한 마음으로 살아본 적 없어요. 이제 당신이 늦게 들어와도 걱정 안하고 편안하게 살고 싶어요. 매일 당신 목숨 조심하라는 협박 편지 날아들고, 집 폭파한다 하고, 안가에 피신 가고, 그럴 때마다 십 년씩 늙는 것 같았다고요."

한 발만 일찍 서둘러 차에 올랐으면 순간에 폭발해 버렸을 자신의 몸뚱이가 건재하다는 것이 새삼스러웠다. 그는 삼청동 안가에 도착해 블랙홀의 방을 노크했다. 그는 컴퓨터와 잡다한 기기들을 만지다가 그의 앞에 앉았다.

"자동차 폭발했다는 말은 들었습니다. 무사하셔서 다행입니다."

"짐작 가는 데가 없어요?"

"어느 정도는 예상했던 일입니다. 진작 말씀 드리지 못해 죄송합니다. 이렇게 빨리 일이 닥칠 줄은 몰랐습니다."

"어느 정도 예상했다는 말은 범인도 짐작이 간다는 말 아닙니까?"

"피살당한 수사국장님과 기무사 수사관도 모두 제가 코펜하겐에서 사라진 뒤에 일어난 일이고 이번 장차장님 폭발 사건도 그 사건들과 무관하지 않다는 것이 제 생각입니다."

"나도 그렇게 생각하고 있어요. 혹 컴퓨터에서 이선실 관련 단어나 사건들을 반복적으로 검색하면 어느 곳에선가 그것을 파악할 수 있는 시스템이 가능합니까?"

"예. 키보드에서 이선실이나 관련 단어를 되풀이해서 치게 되면 모니터에 뜨는 순간 상대 경고 창에 사이트가 표시되고 사이트를 통해 패스워드와 비밀번호가 추적당하면서 신분 확인이 됩니다."

"어떻게 그럴 수 있지요? 더구나 우리 첩보기관이 사용하는 컴퓨터는 보안 장치가 있어서 외부로부터 해킹 당하지 않도록 조치되어 있어요."

"금융사나 방송국도 마찬가지지요. 다 보안 장치가 되어 있지만 속수무책으로 당하지 않았습니까?"

"그렇다면 금융사나 방송국처럼 해킹을 한 상대를 찾아낼 수는 없을까요?"

"그것도 모두 심증만 잡았을 뿐 물증을 잡아내지는 못했습니다. 이 수법을 이용하는 본거지가 전 세계에 깔려 있기 때문에 찾아낼 수가 없습니다. 북한의 행위라 해도 북한에 본거지를 두고 있는 것이 아니라 제 삼국에 본거지를 두고 그곳에서 실행되고 있는 것이지요. 그것은 그들만이 알고 있습니다. 미국인지, 한국인지, 동남아인지, 아프리카인지 알 수가 없어요."

"그 근원지를 찾아 범인을 찾겠다는 생각은 포기해야겠군요."

"북한에서 스웨덴 스칼라 부부가 정치범 수용소에 수용되었다는 정보를 알아냈습니다. 아내는 일주일 뒤 내가 코펜하겐에 도착하면 곧바로 평양으로 출발하겠다고 보고했습니다."

"일주일 뒤 코펜하겐에 도착하다니요?"

"아, 제가 시간을 벌기 위해 그렇게 전화를 했습니다. 돌아오는 금요일에 코펜하겐에 도착한다고 말입니다."

"720 화이트 로즈로부터 전달 받았느냐고 물었더니 확인했다더군요. 아직 제이미가 건재하게 활동하고 있는지 확인해 본 겁니다."

"제이미가 돌아오면 나에게 알려준다던 이선실의 아바타에 대해 나한테 미리 말해 줄 수는 없어요? 내 자동차가 폭발하는 것을 본 순간 이번 일은 길게 시간을 끌 일이 아니라는 생각이 들어서 하는 말인데 내가 위험에 처하면 당신도 제이미도 안전할 수 없어요. 얼마나 많은 희생자들이 나올지도 모르는 일이고……."

블랙홀이 잠시 고민하는 표정으로 장중건의 이야기에 귀를 기울였다.

"뭔가 알고 있는 거죠?"

장중건이 그를 몰아붙였다.

"이선실이 남한에서 북으로 돌아와 남파 공작원 교육을 맡았었어요. 남한에 대해 그 여자만큼 잘 아는 북한 사람은 없다고 말할 정도였어요. 남한 사람들의 성향, 문화, 취미, 식성 그리고 지리까지. 그래서 공작원 교육도 생생하게 산교육을 할 수 있었지요. 외부로 드러나지 않은 교육생 중에는 일본에 유학 보낸 이선실의 손녀도 있었는데 아주 애지중지 아끼는 손녀라고 들었어요. 난 그 손녀를 보지 못했지만 온갖 수단과 방법을 동원해 자신의 결점을 보완한 완벽한 아바타를 만들고 있다는 소문이 나돌았어요. 자신이 너무 나이 들어서 공작원이 되었기 때문에 손녀가 아주 어릴 때부터 정신 교육을 시작했고, 자신이 못 배운 것이 한이 되어 최고의 학벌을 가지게 하려고 유학을 보냈고, 자신이 너무 가난하게 산 것이 지긋지긋해서 엄청난 재산을 물려줬다고 합니다. 그 손녀가 지금 어디서 무엇을 하며 살고 있을지 생각하면 소름이 돋아요."

블랙홀은 몸을 부르르 떨었다.

"이선실에게 그리 큰 재산이 있을 리 없잖아요?"

"일본을 오가면서 어렵게 살던 조총련계 친척에게 빠징코 사업 자금을 대주었는데 그 사업이 성공을 했대요. 이익금 배분을 받지 않고 계속 재투자하는 방식으로 재산을 불린 모양입니다. 회사 창업 자금이 모두 이선실의 돈이니 실질상의 회사 주인도 이선실인 셈이지요. 그 돈을 모두 손녀에게 물려주었다는 말을 들었어요."

"이선실이 아이를 못 낳아서 입양한 걸로 알고 있는데 그 양녀의 딸이겠군요."

"그렇지요. 양녀와는 별로 사이가 안 좋았는데 손녀는 얼마나 끔찍하게 예뻐했는지 북한으로 복귀하고 부터는 할머니가 손수 키웠답니다. 손녀가 북한에 있는 동안 공주처럼 거두었다더군요."

"그럼 그 손녀는 지금 일본에 있나요?"

"일본에서 고등학교를 마치고 미국 유학을 떠났다는 말도 있고 일본에서 할머니 회사를 경영한다는 말도 있고 그건 확인할 길이 없어요."

"이번 사건들의 맨 위에는 그 손녀가 있을 수도 있다는 생각을 하는 거죠?"

"예. 어쩌면 우리 가까이에서 우리의 일거수일투족을 지켜보고 있는 게 아닌가 하는 마음도 들고요. 그렇지 않고서야 어떻게 저를 담당했던 수사관들만 차례대로 사고를 당한단 말입니까?"

장중건은 그가 왜 몸을 부르르 떨었는지 알 것 같았다. 그들의 잔인무도한 수법을 잘 알고 있는 블랙홀로서는 두려울 수밖에 없는 일이었다. 장중건은 그의 이야기를 듣고 어느 곳도 안전한 곳은 없다는 마음에 안가 경비를 더욱 강화시켰다.

봄이 가까이에 왔다는 느낌이 완연한 날씨였다. 차창 밖으로 흘러가는 가로수의 메마르고 건조한 가지마다 푸르른 기운이 감돌았다.

"곧 봄이 오겠지요?"

"케이트 박사도 계절을 느낄 만큼 감상적일 때가 있어요?"

김치수 박사는 옆 좌석에 앉은 케이트를 돌아보았다.

"삼십대로 들어서면서 제 자신이 좀 변했다는 걸 느꼈어요. 앞만 보고 달려왔는데 이제는 옆도 보이고 뒤도 돌아봐지던걸요."

"케이트 박사, 무엇보다도 우리 쪽 제안을 받아들여 줘서 너무 고마워요. 케이트 박사가 새로운 원자로 연구 개발 팀에 합류해 준다니 만만 대군을 얻은 것 같아요."

"제가 1년 간 한국에 머물기로 결정하는 데는 박의원님이 한 몫을 하셨지요. 한국은 살기 좋은 곳이라고 얼마나 열변을 토하면서 권유하시던지……. 그 말에 제가 넘어간 거예요."

"그 친구 이번에 확실하게 날 도와준 거네. 만나서 톡톡히 인사를 해야겠어."

"두 분은 정반대의 성격을 가지고 계시는데 어떻게 그렇게 단짝이 될 수 있었어요?"

"그 친구는 나뿐 아니라 어느 누구하고도 다 단짝처럼 지내지요. 성격이 워낙 모난 데가 없고 유머 감각도 뛰어난데다가 박식해서 그 친구랑 있으면 화제가 만발하죠. 그 바쁜 중에도 독서량이 대단하고 젊은이 못지않은 호기심을 가지고 있어서 만년 소년이라고들 해요. 무슨 일에나 열정이 대단해서 뭘 하든 열심히 하기도 하고 또 잘 해요. 아마 정력도 대단할 거야. 때론 그 체력이 부러울 때가 있어요."

케이트는 김박사 말에 창밖으로 고개를 돌리며 달아오르는 뺨을 손으로 감쌌다. 박부현이라는 중년의 남자가 그녀에게는 굴러 들어온 보물과도 같았다. 그를 이용해 자신의 활동 폭을 넓힐 수 있다는 것은 말할 것도 없거니와 그녀가 접근하려던 유명 인사와의 거리가 한결 좁혀질 수 있었다.

원자로의 방사선 감지 장치와 그 안에 들어갈 IT 부속 체의 결합에 관한한 그녀만 한 적임자가 없다고 김치수 박사는 판단했다. 케이트에게 1년 동안 자신이 이끌고 있는 원자력 연구 개발 팀에서 기술을 전수하면서 함께 일해 줄 것을 요청했지만 그녀는 매우 망설였다. 돌아갈 날이 일주일밖에 남지 않은 시점에서 아직 원자력 제어망에 침투한 무기급 악성 코드 감염 여부를 밝혀내지 못한 것이 그녀로서는 자존심 상하는 일이었다. 그녀는 데리고 온 비서진 두 명을 먼저 미국으로 돌려보냈다. 우선 그녀 자신의 행동에 제약이 따르는 요소를 제거하자는 생각이었다. 박부현과의 밀회를 그들에게 들키고 싶지 않았다. 그녀와 사랑에 빠진 박의원도 최대한 몸조심을 하고 있었다. 자칫 잘못하면 자신의 정치 생명이 끝날 수도 있는 위험한 불륜의 사랑인 줄 뻔히 알면서도 늦은 중년에 찾아온 사랑을 포기할 마음은 없었다. 밤마다 그녀의 몸 안으로 파고드는 그 절대적인 쾌락은 무슨 대가를 치르더라도 놓치고 싶지 않았다. 케이트는 그를 받아들인 것에 대해 그를 등에 업고 한국에서 활동한다면 많은 애로 사항을 절반 이상으로 줄일 수 있다는 것을 최대의 장점으로 꼽았다. 어떤 핑계를 찾아서라도 석 달 가량은 한국에 머물러야겠다고 구실을 찾고 있을 때 마침 김치수 박사 연구팀에서 1년만이라도 함께 일해 달라는 긴급 제안을 해 온 것이었다. 그녀는 속으로 쾌재를 불렀지만 속내를 들킬까 봐 선뜻 응할 수는 없어 며칠 생각할 시간을 달라며 뜸을 들였다. 그녀로서는 당당하고 떳떳한 명분으로 한국에 체류할 수 있는 절호의 기회를 잡은 셈이었다.

"김치수 박사가 1년만 도와 달라고 하는데 어쩌죠?"

케이트가 박의원에게 의논을 하자 그는 박수를 치며 환영의 뜻을 밝혔다.

"역시 신이 내 마음을 알아주는구나. 지성이면 감천이라더니 내가 애타게 빌었더니 이런 기회를 만들어 주시는군."

그가 기쁨을 못 이겨 케이트를 번쩍 안고 방 안을 빙글빙글 돌았다.

"우리, 1년을 10년 같이 멋지게 살아보자. 당신이 거처할 숙소는 당신이 구하겠다고 말해. 거기서 얻어 주는 곳은 우리 아지트가 될 수 없어."

"알았어요."

두 사람은 밤 내내 앞으로 함께 지낼 1년에 대한 계획으로 가슴 부풀어 있었다.

드디어 오늘 아침 그녀는 김치수 박사에게 한국에서 그를 도와 일 해보겠다는 자신의 뜻을 밝혔다. 오전 중에는 변호사 입회하에 계약서를 작성하고 오후에 원자력 발전소 시찰에 나서는 참이었다.

"지금 문제가 생긴 부분은 바로 이 지점인 것으로 짐작되지만 그것을 확인할 방법이 없다는 게 우리의 한계인 거죠."

김박사가 원자 회로 설계도를 두 사람 무릎에 펼쳐 놓으며 한 지점을 가리켰다. 케이트는 설계도를 들여다보며 다이아몬드 번쩍이는 손목시계 겸 팔찌를 만지작거렸다.

"방법이 아주 없는 건 아니에요."

그녀는 자신이 미국에서 실험했던 방법을 김박사에게 설명하고 미니츄어 모형 회로를 통해서 확인해 볼 수 있다고 확신했다.

"원자력 제어망에 침투한 악성 코드의 바이러스 유포자를 찾아내지는 못하더라도 치료는 가능한 것과 이 경우도 이치는 같아요. 가동 정지 부분을 치료하면서 원인을 밝혀내는 거죠."

"그래서 우린 케이트 박사같이 유능한 인재가 꼭 필요한 겁니다."

"저도 이참에 한국에 대해서 알고 싶어요. 어머니가 왜 그렇게 나에게 한국을 심어 주려고 애썼는지, 무엇이 그렇게 어머니에게 한국을 못 잊도록 만들었는지 느껴 보고 싶어요."

"아마 1년 후에는 케이트 박사도 한국을 사랑하게 될 겁니다. 한국 남자와 결혼해서 여기서 살겠다는 말을 할지도 모르지요."

"설마……."

그들은 햇살 좋은 고속도로를 달리며 여유로운 표정으로 마주보고 웃었다.

제6장
첩보원의 사랑

한국 도착 하루 전.

코펜하겐에서 그쪽 시간 오전 11시 30분 비행기에 제이미가 탑승했다는 연락이 블랙홀에게 전송되었다. 한국 시간 오후 7시 비행기였다.

늦은 저녁 식사를 마친 장중건은 집으로 들어가기 위해 삼청동 안가를 나서다가 도로 의자에 주저앉았다.

"한국장, 자넨 집에 들어갈 거야?"

"아닙니다. 제이미가 도쿄에서 한국행 비행기를 탈 때까지는 안심할 수 없어서 여기 대기할 생각입니다."

"그래? 나도 그냥 여기 있어야겠어. 집에 들어가 봐야 잠이 올 것 같지도 않고."

"그러시지요. 저랑 바둑이나 한판 두시던가요."

"블랙홀은 뭐해?"

"컴퓨터랑 휴대전화 연결해 놓고 대기 중입니다. 그 친구도 불안한지 신경이 예민해져 있습니다. 저녁도 한 술밖에 뜨지 못하는 거 보셨잖아요."

"일단 코펜하겐에서 발목 잡히지 않았으니 제 일 단계는 넘긴 거지?"

"우리 공관에서 정식으로 발급해 준 여권이니까 인물이 바뀐 것을 알아채지 않는 한 큰 문제는 없을 것이라고 했으니 너무 염려마세요. 이제 도쿄에서 별 돌발사고 없이, 여권의 사진이 바뀐 것을 들키지 않고 환승만 하면 되는 건데……."

장중건과 한철호는 서로 위로하고 위로 받으며 애를 태웠다.

"괜찮을 거야. 기다려 보는 수밖에. 지금은 비행기가 상공을 날고 있으니까 안심해도 되는 시간이잖아."

"KAL기 폭파범 김현희를 남산 지하 조사실에 데려다 놓았을 때 애타던 심정보다 더 하네요."

"그때도 난 담당 국장으로 애가 탔지. 자기는 일본 사람이라 했다가 중국 사람이라 했다가 일본어, 중국어만 쓰면서 한국말에는 반응도 안 보였잖아. 정말 국제 망신당하게 생겼다 싶어서 눈앞이 캄캄했지. 바레인으로 김현희 신병 인수를 위해 출발하기 전까지 부장은 몇 번이나 나한테 '자신 있는 거지?'하고 다짐을 했거든. 그러니 부장한테는 또 얼마나 문책을 당할지 걱정도 되고. 난 신병 확보가 급선무라는 판단으로 다급하게 결정한 일이지만 공개적으로 데려오는 그 순간부터 아차 싶더라고."

그는 지난 날을 회상하는 듯 잠시 숨을 돌렸다.

"북한이 무슨 방해 공작을 해 올지도 모르는 일이고, 독약 앰플까지 깨물었던 독한 공작원이 또 자살 시도를 하지 말라는 법도 없고, 틀림없는 한국인이라는 증거도 없는데 신병 인도를 결정한 것이 얼마나 무모한 일인가 번쩍 정신이 든 거야. 신병 인수팀이 남산 조사실에 김현희를 압송해 올 때까지 속을 태웠지."

"데려다 놓고 끝내 입을 안 열어서 또 애간장을 태운 거 아닙니까?"

"그렇지. 조사실에 무사히 데려다 놓기는 했는데 완전 소 잡아먹은 귀신처럼 입을 꾹 다물고 있으니 미칠 지경이었지. 하루하루 시간이 갈수록 김현희가 한국인이라는 자신이 없어지는 거야."

"그렇게 버티던 김현희가 며칠 만에 자백했죠?"

"8일 만에 스스로 북한 공작원이라고 자백했지. 그 8일이 8년 같았다니까. 자네도 그때 대공 수사국에 있지 않았어?"

"대공 수사국 소속이기는 했는데 김현희 조사 팀은 아니었어요."

"아, 그랬군."

"8년이나 치밀하게 특수 공작원 교육을 받은 사람이 8일 만에 스스로 자백한다는 건 말도 안 된다고 하면서 일부에서는 안기부가 조작한 인물이라고 주장했었던 기억이 납니다."

"그건 그 사람들이 김현희에 대해서도 수사 과정에 대해서도 몰랐기 때문에 하는 소리였지. 김현희는 공작원으로서의 자질과 기술만 익혔을 뿐 다른 남파 간첩들처럼 한국에 적응하는 훈련은 받지 않았던 거야. 남파 간첩이 아니라 폭파범이니까 한국에 적응할 필요가 없었거든."

"그래서 더더욱 한국에 와 보고 깜짝 놀랐겠군요."

"그렇지. 한국에서 보는 모든 것들이 다 생소했던 거야. 김현희한테 서울 시내 구경을 시켜 주라고 했는데 거리의 자동차나 명동을 활보하는 시민들을 보면서 흔들리는 기색이 역력하다는 보고를 받았거든. 윽박지르지 말고 인간적으로 따뜻하게 대해 주기로 한 전략이 먹힌 거였어. 그렇게 갖은 애 다 태우며 자백을 받아냈는데 좌파에서는 안기부에서 조작한 인물이라며 진실을 밝히라고 닦달을 했지. 결국 김현희가 살고 있는 집에까지 들이닥쳐서 양심 선언하라고 못살게 굴었잖아."

"그랬었죠."

"그때는 외국 정보기관의 도움이 정말 컸어. 바레인, 미국 CIA, 일본 정보기관이 모두 협조 요청에 적극적으로 공조 수사를 해줘서 김현희의 이동 경로를 정확하게 파악할 수 있었거든."

"이번 일도 결국 완벽한 조사가 이루어지고 문제가 해결되려면 일본과 덴마크 정보기관에 도움을 요청해야 될 것 같습니다."

"그래야 되겠지."

그때 경비 대장이 따뜻한 레몬차와 크림빵이 담긴 쟁반을 들고 들어왔다.

"야식입니다. 교대하는 경비 요원이 들어오면서 빵을 사 왔네요. 좀 잡숴 보세요."

"고마워요. 직원들 야식 챙길 생각을 전혀 못했는데."

한철호가 차 한 잔을 장중건 앞으로 옮겨 놓고는 크림빵 한 개를 덥석 베어 물었다.

"출출했던 모양이군."

"출출한 게 아니라 촐촐한 거죠. 술 시 아닙니까? 나갔으면 지금

쯤 족발에 소주 한 잔 마실 시간인데 대기 중이라 술도 못 마시겠고 빵이나 먹어야죠."

"아직도 그렇게 매일 술 마시고 살아?"

"매일은 아니고요. 이틀에 한 번 정도?"

"에잇, 사람아. 그게 그거지. 그만큼 마셨으면 이제 그만 마실 때도 됐잖아? 술에 장사 없어. 이제 일주일에 한 번으로 줄여."

"소장님이 개인적으로 언제 저 술 한잔 제대로 사주신 적이 있어요? 수사국 회식 때 아니면 밥 한끼도 안 사 주시고는 뭔 술을 끊으라고 하십니까?"

"나 참. 그래 내 술 얻어먹기 전에는 못 끊겠다는 소리야? 저번에 우리 둘이 한정식 집에서 한잔 한 건 뭐야?"

"그건 절 스카우트하려고 미끼로 던진 의도성 술자리 아닙니까. 순수하게 정이 넘치는 술 한잔 사 주시면 술 줄이는 거 고려해 보겠습니다."

"알았어. 이번 일 끝내고 내가 정식으로 자네만 불러서 맛있는 술 한 잔 사주지. 그게 그렇게 가슴에 한이 됐단 말이야?"

두 사람은 어처구니없는 표정으로 마주보다가 웃음을 터뜨렸다. 밤이 깊어 가면서 두 사람의 세월도 참으로 깊다는 생각을 했다.

"난 자네와 이렇게 이런 일을 또 하게 될 줄은 예상치도 못 했어."

"저도 그렇죠. 옛 상사와 이렇게 가까이 앉아서 밤을 새울 줄 누가 알았겠어요? 구관이 명관이라고 전 참 좋습니다. 옛날엔 그저 무섭고 어렵기만 했는데 이번에 다시 뵈니 어렵지만 큰형님처럼 정이 가고 친근하게 느껴지더라고요. 그게 세월이 아닌가 싶어요."

"한 시대를 같이 겪었다는 동지 의식 같은 거겠지. 그래도 눈 좀 붙여야지. 우리가 젊은 나이도 아닌데 밤을 꼴딱 새울 수는 없잖아."

"옆 침대 방에 가서서 잠시 쉬세요. 전 여기 치우고 자리 깔면 됩니다."

"알았어. 무슨 일 있으면 제일 먼저 깨우고."

"예. 알겠습니다."

장중건이 방을 나가자 그는 팔을 베고 바닥에 벌렁 드러누웠다. 한 다리를 들어 다른 다리 무릎 위에 올려놓고 천정을 바라보며 누웠다가 무슨 생각인지 벌떡 일어나 앉았다. 방문을 열고 아래층으로 내려갔다. 블랙홀의 방을 노크했다.

"예."

그의 대답이 흘러나왔다.

"뭐하셔? 잠자다 깬 건 아닌 것 같고 무슨 별 다른 변화는 없는 거죠?"

"별 문제는 없는데 좀 이상한 게 있어요."

"뭐가?"

"집 사람과 이틀 째 연락 두절 중이에요. 나 외에도 아무하고도 연락하지 않고 있어요. 누구와 통화도 하지 않고 북한에 보고도 하지 않고."

"전화를 바꾼 게 아닐까요?"

"아니. 전화는 살아 있어요. 신호도 가고 음성 메시지를 남기라는 아내의 음성도 나와요. 지금쯤이면 며칠 몇 시에 도착하느냐, 북한 출발은 언제 하는 것이 좋겠느냐 하며 못 살게 굴 텐데 쥐죽은 듯 조용하네요. 느낌이 좀 불길해요."

"어떻게 해야 하죠?"

"제이미가 비행 중에 있으니 연락할 길도 없고 아내한테는 전화 통화가 안 돼서 암호 루트로 연락 달라고 메시지를 남겼어요."

"몇 시에 도쿄 도착이죠?"

"아침 다섯 시에 도착해요."

환승을 위해 1시간 대기했다가 한국행 비행기에 오르면 아침 8시 반쯤 인천 공항에 내리게 된다.

현재 시간 밤 12시. 8시간 반 뒤에는 제이미를 국정원 측에서 신병을 인수할 것이다.

"지금으로서는 나리타에 잘 도착했다는 소식 기다리는 수밖에 달리 방법이 없군요. 잠깐이라도 쉬어요."

한철호는 방을 나오기 전 블랙홀의 어깨를 꾹 누르며 다독거렸다. 그는 20년 가까이 부부 인연을 맺었던 아내를 버리고 제이미를 택했다. 그들의 사랑은 수사관계자들이 볼 때 이루어지기 어려운 관계였다. 공작원이라는 훈련과 정신 교육으로 무장된 사람들 사이에서는 찾아보기 힘든 케이스였다. 블랙홀이 그림을 그리는 화가였고 제이미가 그림을 사랑하는 예술인의 감성을 가졌다고는 해도 두 사람이 그렇게 모든 것을 포기할 수 있었던 것은 정신적으로 충만함을 느꼈기 때문에 가능한 일이었다. 목숨을 내건 사랑 앞에서 한철호는 무조건 그를 지지하고 싶었다. 그가 감히 상상할 수도 없는 대단한 용기를 가진 사람이기 때문이었다. 밤을 꼬박 밝히며 사랑하는 사람의 안전을 기도하는 그의 모습이 아름다웠다. 50대 중반의 나이에도 그렇게 사랑하는 사람을 위해 목숨을 걸 수 있다는 것이 부러웠다.

케이트의 전화를 받은 박부현은 몇 군데 회의를 취소하고 그녀와의 저녁 식사를 약속했다.

"오늘은 꼭 저하고 저녁을 먹어야 해요."

"왜? 무슨 일 있어?"

"예스. 아주 중요한 일이에요. 내가 식사 준비를 했어요."

"알겠네. 다른 미팅은 다 취소해도 우리 예·결 특위 미팅은 빠질 수 없어서 좀 늦은 저녁이 될 텐데 괜찮겠지?"

"기다릴게요."

개인적인 스케줄이나 업무에 관한한 절대 시간을 빼앗지 않는 케이트의 성격을 아는 터라 그녀에게 중요한 일이 있음을 감지했다. 박부현과 그녀의 관계가 갈수록 돈독해질 수 있는 것은 그런 원칙을 철저히 지키는 케이트의 성격 덕이었다. 그의 가정에 대해서도, 그의 활동에 대해서도, 그의 시간에 대해서도 박부현이 먼저 말하지 않으면 묻지 않았고 그가 먼저 시간을 내지 않으면 함께 있자고 조르지 않았다. 언제나 박부현이 몸이 달아 그녀에게 달려오고 자기의 지방 출장에 그녀가 함께 동행해 주기를 요청했다. 혼자 버려두면 그녀가 새처럼 날아가 버릴 것만 같아서 잠시도 그녀를 떼어놓고 출장을 갈 수가 없었다. 바삐 일하다가도 그녀 생각이 잠시 떠오르면 온 몸이 후끈 달아오르는 생동감을 느꼈다. 스스로도 이런 남녀의 궁합은 아마도 찾아보기 드문 케이스일 거라는 생각이 들었다. 케이트는 그를 건강한 남자로 만들어 주고 자신만만하도록 삶의 활력소를 불어 넣어 주는 그런 여자였다. 그녀와 잠자리를 가지고 난 다음 날은 온몸이 가볍고 일이 순조롭게 풀려 나가는 징조가 엿보였다. 그는 스스로 생각해 봐도 케이트에게서 헤어날 수 없을 것 같았다.

그녀가 매운 스파게티로 저녁을 준비하고 그를 기다렸다. 그들이 좋아하는 레드 와인 한 병도 식탁에 준비되어 있었다. 레드 와인은 두 사람만이 주고받는 암호의 상징이었다. '오늘 당신과 뜨거운 밤을 보내고 싶어요.' 하는 신호였다. 케이트가 레드 와인 병을 들어 그에게 내보이며 의향을 물었다. 딸 것인가 따지 말 것인가 묻는 제스처였다. 빅부현이 와인 병을 받아 와인 오프너로 코르크 마개를 빼냈다.

"그대가 준비한 와인을 마다할 수 있나?"

그 역시 케이트와 저녁 식사하기로 결정한 순간부터 레드 와인을 떠올렸지만 시간에 쫓기다 와인을 준비하지 못해 아쉬워하던 중이었다. 그들은 천천히 와인을 곁들인 저녁 식사를 즐겼다.

"나 술 취하기 전에 당신한테 부탁이 하나 있어요."

박부현은 그녀의 약간 어눌하고 묘한 억양의 한국말이 너무나 사랑스럽고 귀여웠다.

"부탁? 뭔데? 당신이 부탁할 일도 다 있어?"

"내일 나하고 친하게 지내던 언니 한 사람이 부산으로 들어와요. 공항에서 특별대우를 좀 해 주세요."

"어디서 오는 건데?"

"파리에서 살다가 코펜하겐에 나가 음악을 하는 멋쟁이 언니예요. 일본에 왔다가 일부러 날 보러 한국에 잠깐 들른다고 하네요. 공항에서 브이 아이 피로 모시면 나의 체면이 좀 설 것 같은데……."

"그렇게 하지 뭐. 여기에 언니 이름과 도착 시간과 항공편을 적어 줘."

그가 식탁 한쪽에 있던 메모지와 펜을 집어 그녀에게 내밀었다.

케이트는 쪽지에 항공편과 시간을 적어 들고 의자에서 일어나 그의 뒤로 다가왔다.

"허니, 땡큐. 당신 최고."

그녀가 뒤에서 그의 목을 끌어안고 얼굴을 앞으로 기울여 볼에 입을 맞추었다. 레드 와인의 달콤한 향기가 그녀 입에서 풍겼다.

"고맙긴. 그 정도는 얼마든지 당신을 위해서 해 줄 수 있지?"

그녀가 넘겨준 메모 쪽지를 들여다보던 박부현은 '박수경'이라는 한국 이름을 보며 의아한 표정을 지었다.

"한국 사람이야?"

"세계를 돌아다니면서도 언니는 아직 한국 국적 가지고 살아요. 나하고는 다른 세상에 살고 있는 사람이지만 우린 진짜 시스터 같은 사이예요. 난 공학박사, 언니는 음악학 전공한 바이올리니스트거든요."

"오, 그래? 아주 멋진 사람이군. 한번 만나보고 싶은데?"

"이번엔 아마 시간이 되지 않을 거예요. 낮에 부산에서 중요한 음악인을 만나 미국에서 개최할 합동 연주회 의논하고 서울 와서 나 잠깐 만나고 인천 공항에서 바로 떠난대요. 이박삼일 동안 할 일이 너무 많아서 몸뚱이가 둘이라도 모자랄 정도래요. 다음 기회에 인사 시킬게요."

"오케이. 알았으니 와인이나 마십시다."

그녀가 자신의 자리로 돌아와 앉는 동안 박부현은 어디론가 전화를 걸어 그녀가 부탁한 메모지를 보며 공항에서 브이 아이 피 통로로 그녀를 모셔 달라고 부탁했다.

"그래요. 이실장. 일간 부산 내려가는 날 사무실로 한번 찾아가리다. 내가 크게 신세를 진 사람이라서 그렇게라도 빚을 갚고 싶어서 그래요. 고마워요."

전화 통화를 끝내고 박부현은 자리에서 일어나 식탁에 앉은 그녀를 번쩍 안아 올렸다.

"허니 허리 다치면 나 싫어. 나 한국 와서 몇 파운드나 늘었는지 몰라. 뚱뚱이 아줌마 됐단 말이야."

"아직 이 정도는 끄떡없어."

케이트가 두 팔로 그의 목을 감고 매달렸다.

"우리의 붉은 레드 와인의 밤을 위해서. 허니, 불을 꺼 주세요."

케이트가 침대에 던져지며 실내등을 끄기를 원했지만 그는 기어이 그 말을 들어주지 않았다.

"불 끄면 당신의 그 아름다운 몸을 볼 수 없어서 싫어."

"당신은 청개구리야."

"난 불 켜고 당신을 보는 게 좋으니까 그것만큼은 양보해 줘요. 아가씨."

"잇츠 오케이."

두 사람은 가만히 입술을 포갰다. 달달한 와인 향이 뜨거운 입김 속에서 더욱 뜨거워졌다.

깜빡 잠이 든 것 같은데 한철호가 장중건을 흔들어 깨웠다. 이리 뒤척거리고 저리 뒤척거리다가 동이 훤히 밝아 올 무렵에야 잠이 들었는데 그 사이 아주 단잠이 들었던 모양이었다.

"소장님, 일어나 보세요. 일이 생겼습니다."

장중건은 얼떨결에도 손목의 시계를 들여다보았다. 7시 반이 지나 있었다.

"왜? 무슨 일이야?"

"도쿄에서 제이미가 없어졌답니다."

"비행기에서 내린 건 확실하고?"

"내린 건 확실하다는데요."

"경호 요원이 함께 탑승했던 게 아니었어?"

"함께 탔죠."

"그런데?"

"수하물 찾는 데까지는 경호를 했는데 잠깐 사이에 사라졌다고 합니다."

"이런 미친……. 짐을 동경에서 왜 찾아? 최종 목적지가 한국이면 인천 와서 짐을 찾아야지. 그것부터가 수상하잖아. 환승하는 통로와 수하물 찾는 곳이 완전히 다른데 그때부터 경계를 했어야지. 국제적인 임무를 담당하는 인물들이 그 정도를 몰랐을 리도 없고 도대체 뭣들 하고 있었던 거야? 도쿄에 나가 있는 직원들도 동원된 거야?"

장중건이 앞에 있는 베개를 들었다 놨다 하며 성질을 못 이겨 화를 내자 한철호는 자신의 잘못인 양 몸 둘 바를 몰라 했다.

"예. 국제부 경호원들이 이미 보고를 했으니까 국정원에서 우리한테 연락이 온 거겠지요."

장중건은 두 손으로 얼굴을 비비고 자리에서 일어나 사무실로 갔다. 직원들이 모두 모여 저마다 전화를 붙잡고 바삐 돌아가고 있었다. 그는 다시 빠른 걸음으로 아래 층 블랙홀이 있는 사무실로 내려갔다.

그는 컴퓨터를 클릭해 가며 휴대전화 통화를 시도하고 있었다.

"제이미가 전화를 받지 않아요."

"휴대전화가 꺼져 있어요? 아니면 신호는 가는데 받질 않아요?"

"전원이 꺼져 있어요."

"코펜하겐 아내와도 여전히 통화가 되지 않아요?"

"예. 계속 안내 멘트만 나옵니다."

"그 휴대전화는 어디에 있는 걸로 추적됩니까?"

"코펜하겐이요."

"그럼 당신 아내는 코펜하겐에 있다고 봐도 되는 거지요?"

"휴대전화 위치 추적으로 봐서는 그렇지요. 휴대전화는 그야말로 몸에 휴대하는 것이니까."

"알았어요. 계속 전화를 걸어 보세요. 난 위층에 가 봐야 하니까 연결되면 위층 사무실에 알려주시고."

그는 위층 사무실로 다시 올라갔다.

"인천행 비행기에 박수경이 탑승하는지 체크하라고 했지?"

"당연하죠."

삼청동 수사본부와 블랙홀 모두 비상 사태였다. 나리타공항에서 한국 인천행 비행기가 이륙했지만 끝내 '박수경'이라는 이름의 한국 인은 탑승하지 않았다는 보고가 들어왔다.

"비행기에서는 내린 건 확실한데 사람이 없다? 그렇다면 중간에 사라졌다는 건데 납치를 당한 건지 스스로 사라진 건지 그걸 밝히 는 것이 관건이겠군."

어느 순간 손에서 날아가 버린 새처럼 박수경은 어디론가 사라 졌고 그 어느 곳에서도 그녀를 찾을 수 없었다. 나리타공항에서는 일본 정보기관 측에 협조를 요청하여 수하물 찾는 곳에서부터의 CCTV 확인을 요청했다는 보고가 들어왔다. 블랙홀이 위층 사무실로 뛰어 올라왔다.

"코펜하겐에서 제이미 휴대전화 발신 기능이 감지됐어요."

"그게 무슨 말이에요? 전원이 꺼져 있었다고 했잖아요. 발신이 잡힌다는 건 그 사이에 전원을 켰다는 건데……."

장중건이 블랙홀을 향해 돌아섰다.

"제이미 휴대전화가 왜 코펜하겐에서 발신이 잡히느냐고? 제이미가 일본행 비행기를 못 탔다는 말이에요? 아니면 휴대전화를 그곳에 두고 탔다는 말이에요?"

"그건 모르지만 휴대전화는 코펜하겐에 있는 것 같아요."

점점 제이미의 실종이 미궁 속으로 빠져드는 느낌이었다. 분명 경호원의 먼발치 경호 아래 일본행 비행기에 올라 나리타공항에서 내린 제이미가 수하물 찾는 곳에서 사라졌다는 국제부의 보고가 있었는데 그녀의 휴대전화는 코펜하겐에 있다는 것이다.

"그럼 혹시……."

장중건이 퍼뜩 머리에 스치는 그 무엇을 감지한 듯 전화를 들어 상대와 긴 통화를 계속했다.

"그럼 일본 나리타공항 CCTV 확인하는 데 얼마나 걸릴까? 그렇게나 시간이 많이 걸린대? 좀 급히 알아볼 길은 없어? 안 되면 편법이라도 써야지. 지금 정공법을 써서 될 일이냐고? 알았어. 좀 서둘러 줘."

그는 힘없이 전화기를 내려놓았다.

"무슨 생각을 하고 계신 겁니까?"

초조한 모습의 블랙홀이 장중건의 통화가 끝나자 그에게 시비 걸 듯 다가서며 물었다.

"아무 것도 아니에요. 그럴 리가 없을 거야. 잠시 엉뚱한 상상을 했을 뿐이오."

"그러니까 그 엉뚱한 상상이 어떤 상상이었느냐고 묻는 겁니다."

블랙홀의 눈빛이 장중건을 향해 레이저를 발사하는 것처럼 강하게 그의 눈을 향해 있었다. 장중건은 더 이상 그의 말에 대꾸하지 않았다. 상상조차 하면 안 되는 일이었다. 그가 고개를 흔들어 자신이 상상한 일을 떨쳐 버리려 할 때 블랙홀이 대신 입을 열었다.

"혹시 제이미와 제 아내가 바꿔치기 됐을 가능성을 상상하신 건 아니겠죠?"

"아니, 그럼 당신도……."

"역시 그랬군요. 만약 그렇다면 제이미는 어떻게 됐을까요?"

"……"

블랙홀은 장중건의 대답을 기다릴 필요도 없다는 듯 몸을 돌려 방을 나갔다. 한철호는 누군가와의 전화 통화를 끝내고 장중건의 곁에 다가와 '소장님, 전 잠시 회사에 들어가야겠습니다.' 하고 작게 속삭였다. 주변 사람들에게 들리지 않을 정도의 낮은 목소리였다.

"왜? 무슨 일이야?"

"다녀와서 말씀 드리겠습니다."

"알았어. 일본과 통화 연결은 다른 직원한테 맡겨 놓고 가."

"예. 김과장이 일본어를 잘해서 거기 맡겼습니다. 일본 정보기관 요원들과 나가 있는 우리 요원과 통화를 계속하고 있습니다."

그가 황급히 삼청동 사무실을 나갔다. 장중건은 미통개발에 무슨 일이 생긴 것인지 궁금했지만 보는 눈도 많고 듣는 귀도 많아 더 이상 캐물을 수가 없었다. 장중건을 찾는 전화가 쉴 새 없이 걸려 왔다. 청와대 비서실, 안보수석, 국정원, 외교통상부 등의 수장들이 나리타공항에서 '박수경'이 없어졌다는 보고를 받았는지 책임자인 장중건만을 찾았다.

"사태를 파악하고 있는 중입니다. 코펜하겐에서는 분명 비행기에 탑승했다는 보고를 받았습니다. 수하물 찾는 곳까지는 경호원들이 확인했고요. 예, 곧 보고 드리겠습니다."

같은 말을 수없이 반복하며 보고를 해야만 했다. 속이 타서 생수만 몇 통째 들이키고 있었다. 모두 자다가 날벼락을 맞은 터라 세수도 못하고 아침도 못 먹은 부스스하고 꾀죄죄한 몰골들이었다.

"장단장님, 저쪽 테이블에 아침 식사 준비됐습니다."

8인용 회의 탁자에 간소하게 차려진 아침 식사 상이 보였다. 사무실을 비울 수 없는 상황이 되자 주방까지 내려갈 수 없는 서너 사람의 식사를 사무실로 올려다 놓은 모양이었다.

"자, 이리들 와. 일하려면 한 술씩 먹어 둬야지. 갑자기 무슨 일로 뛰쳐나가게 될지도 모르고 한두 시간에 끝날 일도 아니야. 어서 와."

"먼저 드십시오."

누구도 그의 앞에 와 앉는 사람은 없었다. 장중건은 수저를 들자 국 한술을 떠서 맛보고 밥 한 그릇을 국에 말았다. 무를 썰어 넣은 맑은 황탯국이 시원했다. 빈속에 뜨끈한 국물을 흘려 넣자 움츠렸던 몸이 펴지는 것 같았다. 좁은 군용 침대에서 웅크리고 잠들었다가 잠도 덜 깬 상황에서 사고 수습하느라 진땀을 빼고 있는 중이었다. 김치를 얹어 밥 한 공기 국 한 그릇을 비우자 마음의 여유도 돌아오는 듯 했다.

"어우, 살 것 같다. 국 식기 전에 어서들 먹어. 속이 든든해야 일도 하는 거야. 뇌를 쓰려면 탄수화물이 필요하다고 하잖아."

그가 물을 마시고 일어나 수사관들에게 자리를 비워 주었다. 두 명의 수사관이 회의 탁자에 차려진 밥상에 가 앉아 식사를 시작했다. 인터폰이 울리고 마침 장중건이 그 인터폰을 받았다. 아래층 블랙홀이었다.

"응. 알았어요. 내려갈 테니 기다려요."

장중건이 인터폰을 제자리에 놓고 일어나 사무실을 나갔다.

한철호가 헐레벌떡 미통개발에 도착하고 그의 방으로 수석 과장을 불렀다. 그에게 급히 보고할 사항이 있다고 했던 요원은 그가 회사에 들어오면서 스카우트한 박부영 국장의 아들 박검사였다.

그가 아버지 장례를 치르고 얼마 되지 않아 한철호를 찾아 왔었다. 한국장에게 맡겨진 일을 기어이 아버지가 맡도록 압력을 넣은 사람이 자기였다고 고백하면서 사과를 했고 아버지 죽음에 자기 책임이 크다고 말하며 눈물지었다.

"꼭 자네 책임이라고 생각할 필요는 없네. 우리 직업 자체가 언제 어떤 사고가 생길지 모르는 직업이잖나. 그리고 나한테 미안해하지도 말게. 어쨌거나 나로서는 생명의 은인이다 생각할 테니."

그렇게 두 사람은 아끼는 사람을 잃은 공동의 슬픔을 나누었고 가끔 연락을 하며 지내는 사이가 되었다. 얼마 후 한국장이 장중건의 제의를 받아들여 함께 대통령 직속 첩보기관인 '미래전략통일개발센터'라는 기구를 탄생시키게 되었을 때 한철호는 박부영 국장의 아들 박검사에게 같이 일할 의사는 없는지 물었다. 어쩌면 아버지를 피살한 범인을 잡을 기회가 될지도 모른다고 그를 설득하였다. 공안 검사로 일을 시작한 지는 오래지 않았지만 현직 검사인 그가 한 파트를 책임져 준다면 한철호 자신에게도 큰 힘이 될 것이라 믿었다. 박검사는 생각해 볼 여지도 없이 함께 일하겠다고 대답했다. 그렇지 않아도 당분간 휴직을 할까 고민 중이었다는 말과 함께. 아직 아버지를 잃은 충격에서 벗어나지 못한 동료의 아들 박검사의 모습에 한철호는 가슴이 아팠다. 미통개발 요원들 간의 개인 정보도 비공개로 비밀에 붙여졌지만 특히 박검사의 개인 신상에 대해서는 더욱 철저히 비밀에 붙였다. 그가 공안 검사였다는 사실도, 그가 국정원 박부영 국장의 아들이라는 사실도 모두 보안 사항이었다. 그에게는 수사과, 조사과 두 과를 통솔하는 수석 과장의 중책을 맡겼다.

"중대 사안이라는 게 뭐야?"

미통개발에서는 박검사가 박과장으로 불려졌다.

"부탁하신 큰아버지의 여자에 대해서 내사를 벌였는데 특이 사항이 있습니다."

"그래?"

박과장이 말하는 큰아버지는 박부현 의원을 일컫는 말이었다. 박부현과 박부영은 이복 형제였고 그들이 서로 등지고 남보다 못한 관계로 살아온 지는 10년이 넘었다. 아버지 유산 상속 문제로 다툼이 생기면서 사이가 나빠진 이후 그들은 남처럼 살아왔다.

본처 소생인 박부현은 아버지의 많은 시골 땅들을 처분하여 이미 정치 자금으로 사용했음에도 불구하고 그것과 관계없이 유산 상속을 받으려 들었다. 재혼한 어머니 소생인 박부영은 아버지 살아생전

210

에 형이 아버지 명의의 땅을 처분해서 가져다 쓴 만큼의 몫을 제외하고 상속받아야 한다는 주장을 펼쳤다.

그들 형제간의 싸움이라기보다는 그들 부인네끼리의 싸움이라는 편이 옳았지만 어쨌거나 원래도 썩 친하지 않았던 두 사람 사이는 그 문제로 완전히 돌아서 버리는 관계가 되어 버렸다.

결국 돌아가신 뒤에 남아있는 것을 유산이라 정의하여 그 전에 팔아 쓴 재산은 포함시키지 않고 상속을 배분하기로 하고 끝을 냈다. 박부영 쪽에서 양보를 한 셈인데 박부영의 어머니가 생존해 계셨으므로 배우자 몫까지 배당받자 유산 액수가 박부영보다 훨씬 적어진 박부현 쪽에서는 새어머니도 찾아오지 않고 연락을 끊었다. 박부영도 그런 형이 괘씸해 애써 연락을 취하지 않고 살았다. 새어머니가 돌아가셨을 때도 장례식에 나타나지 않았고 박부영이 피살당했을 때도 '국회의원 박부현'이라는 조화만 보내오고 본인은 끝내 장례식에 참석하지 않았다. 그렇게 두 이복형제는 남처럼 살아가고 있었다.

얼마 전 박부현의 부인이 한철호에게 만나자는 전화를 걸어 왔다.

"제수씨가 저를 만나자고 하시니 갑자기 겁이 나네요."

한때는 부부 동반으로 자주 만날 때도 있었는데 최근에는 통 함께 어울리지 못했던 탓에 박의원의 아내를 만나는 것은 오랜만이었다. 농담을 던지며 반갑게 박의원의 아내를 찻집에서 만났는데 그녀의 표정이 심상치 않았다. 얼굴에 수심이 가득하고 유난히 곱던 피부도 까칠하게 메말라 있었다.

"왜요? 부현이가 뭐 제수씨를 속상하게 합니까?"

"고민 고민 하다가 그래도 철호 씨한테 의논하는 게 뒤탈이 없을 것 같아서 뵙자고 했어요."

심각한 그녀의 얼굴을 보고나니 더 이상 농담을 던질 수가 없었다.

"왜요? 무슨 일입니까?"

"그 사람한테 여자가 있는 것 같아요. 다른 사람한테 그이 뒷조사를 부탁할 수는 없잖아요. 정치 생명 끝날 수도 있는 일이고."

"제수씨가 오해하신 게 아니고요?"

"오해 아니에요. 지역구 내려가서 잔다고 하고는 계속 외박인데 그곳에는 안 가고 어디론가 사라지는 일이 한두 번이 아니고요. 어디서 잤느냐고 물으면 이런 저런 거짓말을 둘러대는데 앞뒤가 안 맞아요."

"의정 활동하다 보면 집에 말 못할 일도 있어요. 더구나 그 친구 예결특위를 맡아서 기밀 사항도 많을 거고요. 집에 일일이 다 말할 수 없는 일을 하고 있는지도 모르지요."

"아니요. 여자들한테는 직감이라는 게 있어요. 특히 남편에 관한 한 그 직감은 틀림이 없어요. 창피한 말이지만 제 곁에는 아예 오려고 들지도 않고 전에 없이 침대 저 끝에서 등을 돌리고 자거나 서재에서 자는 날이 많아졌어요. 그 사람 자기 자신을 속이지 못하는 사람이에요. 내가 무슨 끔찍한 괴물이나 되는 것처럼 살닿기를 꺼려하는 그이를 보면서 얼마나 자존심 상하고 비참한지 아세요?"

"우리 나이되면 다 집사람 옆에는 안 가죠. 오죽하면 우리 나이 부부들 사이에서는 가족끼리 근친상간하면 안 된다는 농담을 하겠어요?"

"그 사람은 좀 달라요. 유난히 여자를 밝히는 사람이에요. 얼마 전까지만 해도 당연히 부부 생활도 귀찮을 정도로 적극적이었고요."

"정말요? 그 친구 대단하네. 변강쇠 아니야?"

"집안 내력인 것 같아요. 왜 아시잖아요. 시아버지도 결국 두 아내 맞으신 거. 본 어머니도 시아버님께 시달려서 일찍 세상 뜨셨다는 소문이던데."

"그랬지요. 그런 소문이 있었어요. 그 친구 아버지를 닮았나 보네."

한철호가 어른들이 숙덕거리던 동네 소문을 떠올리며 허허 웃자 박의원의 아내가 얼굴을 붉혔다.

"농담하실 때가 아니라고요. 그 뒤를 좀 알아봐 주세요. 철호 씨는 사람 뒤캐는 게 전문이잖아요."

"큰일 날 말씀을……. 국정원이 어디 사람 뒤 조사 하러 다니는 곳입니까? 일하다 보면 내사라는 걸 하는 거지요."

"어쨌거나요. 내 남편 박부현의 뒤를 캐 달라는 게 아니라 대한민국 국회의원 박부현을 내사해 달라는 거예요."

"난 국정원도 그만뒀는데……."

"자꾸 이러시면 저 심부름센터에 그이 뒤 조사 의뢰하는 수밖에 없어요. 그래도 괜찮죠?"

한철호는 하는 수 없이 박의원에 대해 알아보겠다고 약속을 했다. 자칫 심부름센터나 못 된 사설탐정한테 걸려 박의원의 신세를 망칠 수도 있는 일이다 싶어 그냥 내버려 둘 수가 없었다. 그날 회사로 돌아와 박부현의 조카를 불러 어디까지나 개인적인 일이라며 속사정을 이야기하고 은밀하게 큰아버지의 뒤를 알아보라고 지시를 내렸던 것이다. 박과장이라면 큰아버지의 일이니만큼 신중하게 처리할 것이라는 믿음이 있었다. 박과장은 일주일 만에 그 일을 보고하려는 것이었다.

"큰아버지와 만나는 여자는 보통 여자가 아닙니다."

"보통 여자가 아니라니 무슨 소리야?"

"원자력 연구소 초청으로 우리 원자력의 문제점을 해결하기 위해 와 있는 외국인입니다. 초청자는 김치수 박사고 그 외국 여자는 케이트 블랙웰이라는 컴퓨터 공학박삽니다."

"김치수 박사? 원자력 안전 위원회 기획 조정관?"

"예."

"나도 그 친구 잘 알지. 박부현이랑 대학 동창이야. 그러니까 김치수가 자리를 만들어 준 거로군. 케이트 박사는 몇 살이나 된 여자야?"

"케이트 박사는 서른 살 정도의 미혼 여성입니다. 사진 여기 있습니다."

박과장은 인터넷 기사와 함께 실린 그녀의 사진을 프린트로 뽑아 한철호에게 내밀었다.

"대단한 미인이군. 박부현이가 반할만 해. 동양계 외국인인 것 같은데 한국계는 아니고?"

"일본인인데 어머니가 한국인이었다고 말하고 있습니다. 한국인 어머니 덕에 어눌하지만 한국말을 꽤 잘한다고 합니다. 어머니가 돌아가시고 아버지가 미국으로 건너가 미국 여성과 결혼해서 그녀는 미국 국적을 취득했답니다. 경제적으로 넉넉한 집안에서 성장했는데 머리가 워낙 명석해서 M.I.T공대에서 모든 학위를 받았다는 수재입니다."

"지금 박의원과는 어느 정도 사이인 것 같나?"

"케이트 박사는 원래 삼 주간 체류할 예정이었지만 김치수 박사의

214

권유로 1년간 김박사 연구팀과 함께 합류하여 한국형 원자로에 정보통신 부문을 맡았답니다. 김박사 측에서 교통 편리한 곳에 아파트를 구해 주겠다고 했으나 거절하고 내곡동에 고급 빌라를 임대해서 지내고 있습니다. 조용하고 공기 맑은 곳에서 지내고 싶다고 했답니다. 그곳으로 박의원이 드나드는 것을 측근들은 다 아는 눈치입니다."

"측근이라면? 어느 정도까지를 말하는 건가?"

"운전기사, 보좌관, 비서관 등입니다. 케이트 박사는 평소에 영어만을 사용하기 때문에 사람들이 잘 접근하지 않습니다."

"큰어머니 말이 맞는 것 같은데 이 일을 어쩌지?"

"조금 더 지켜보는 게 좋겠습니다. 결정적인 증거를 가지고 큰아버지를 설득해야 그 말이 먹힐 것 같아서요. 지금 말하면 일 때문이라고 발뺌 할 수도 있는 일입니다. 상대가 상대니만큼 섣불리 덤빌 일은 아닙니다."

"알았어. 다른 사람들에게 노출되지 않도록 주의를 기울이고 여차하면 박의원이 곤경에 빠지지 않도록 도와주는 일도 좀 맡아 줘."

"예. 알겠습니다. 아버지도 그렇게 허무하게 돌아가셨는데 큰아버지라도 이 집안을 지키셔야죠."

"그럼 부탁해. 당분간 나는 삼청동 일로 바쁠 거야. 난 삼청동으로 가네. 장소장님께는 적당히 둘러댈 테니까 그렇게 알고."

"예. 큰아버지 일은 어느 정도 파악됐으니 지금 당장 다급한 일은 아닙니다. 급한 일부터 보세요."

한철호는 무거운 마음으로 자리에서 일어나 삼청동으로 돌아갈 채비를 서둘렀다. 어릴 때부터 함께 자라 승승장구하던 친구의 장래가 어두운 그림자로 덮이는 느낌이었다.

한수원의 해킹 사건 발생 석 달이 지나도록 사이버 공격자를 추정조차 하지 못한 상태에서 김치수 박사 팀은 케이트를 초청해 왔다. 그녀가 바이러스를 찾아내고 공격자가 유포한 악성 코드 감염 방어벽을 설치하는 동안 사이버 공격자는 트위터를 통해 대한민국 정부와 한수원을 대상으로 경고장을 게재했다. 원자력 개발을 멈추라는 내용이었다. 북유럽과 동남아, 남아메리카에 원전 수출의 길이 열렸고 사우디아라비아와는 원전 수출 양해 각서까지 맺은 시점에서 정부도 한수원도 당황하지 않을 수 없었다.

"케이트 박사, 이번 일 잘 마무리 지어지면 대통령께 케이트를 보고할 생각이에요. 15년 동안 들어간 개발 비용만 해도 삼천백억 원이 넘고 참여한 연구자가 천오백 명이 넘는 프로젝트였어요. 이제 완료되어 세계 최초로 표준 설계인가까지 받은 중소형 발전용 스마트 원전이 수출할 길을 찾았는데 이런 일이 생기다니……. 정부로서도 비상사태예요. 다른 연구자들이 공격자를 찾아내기 전에 우리 연구 팀에서 먼저 치료 방법을 찾아낸다면 우린 대한민국 최고가 되는 겁니다."

김치수 박사가 한수원 비상 대책 회의에 다녀와서 초조한 표정으로 그녀의 방으로 방문해 상황을 설명했다.

"치료 방법을 찾는 것은 가능한 일이지만 공격자를 찾는 것은 시간 낭비라는 것이 제 생각입니다. 공격자를 찾는다 해도 그들과 타협을 이루기는 쉽지 않고 그들은 자신들의 요구 조건을 들어주지 않는 한 계속해서 공격하고 해킹을 시도할 것입니다."

케이트는 아주 중요한 공적인 이야기를 할 때는 언제나 영어를 사용했다. 혹 한국말이 서툰 자신이 단어 실수나 표현의 실수를 할까 염려한 때문이었다. 그녀가 영어로 사무적인 이야기를 할 때면 너무도 이성적이고 냉정한 표현을 사용하기 때문에 가끔 한국의 급박한 입장을 전혀 고려하지 않는 외국인임을 실감하게 만들었다.

"그럼 치료를 함과 동시에 바이러스에 감염되지 않는 백신이라도 설치해야 하지 않을까요?"

"나는 지금 그렇게 하고 있어요. 굉장한 노력을 하고 있다고요."

그녀의 당당한 몸짓과 유창한 영어를 들으며 영어는 부드러운 것 같지만 참으로 한국말에 비해 정감이 없다는 생각을 했다. 노력하고 있다는 말을 '있는 힘을 다해 애쓰고 있다'고 표현한다면 그 느낌이 피부에 와 닿을 것 같았다.

"케이트 박사, 언짢았다면 이해해 주세요. 케이트가 노력하고 있다는 걸 몰라서 하는 말이 아니었어요. 좀 더 서둘러야겠다는 뜻이에요."

"닥터 김과 한국 정부의 급한 마음, 급한 상황 다 알고 있어요. 그렇지만 급하다고 밥도 짓지 않고 생쌀을 먹을 수는 없잖아요."

김치수 박사는 그녀가 한국말을 곧잘 한다고 해서 잠시 그녀를 한국 사람으로 생각했던 것이 자신의 착각이었음을 깨달았다. 그녀가 아름다운 외모로 부드러운 미소를 띠며 잘 웃는 것을 보고 '공학박사라는 것이 믿어지지 않는다'고 말했던 자신의 말이 완전 착각이었음도 인정해야만 했다. 김 박사는 자리에서 일어서며 뭔가 개운치 않은 기분이었다. 적지 않은 보수를 지불하면서 왜 항상 그녀 앞에서는 작아지는 것처럼 주눅이 드는지 몰랐다. 어떤 문제에 직면해 토론을 벌일 때마다 한국을 무시하는 듯한 그 영어의 묘한 표현들이 그는 귀에 거슬렸다. 그녀를 대하고 있노라면 미국에서 10년 넘게 어렵게 공부하면서 강대국 국민이라는 우월감에 넘치는 그들에게 자신이 피해 의식을 가지고 있던 그때의 기억이 되살아났다.

김박사는 그녀와 석 달 넘게 함께 일하면서 처음에는 알지 못했던 다른 면의 케이트를 점점 발견하고 있는 중이었다. 어떨 때 무의식적으로 한마디씩 내뱉는 그녀의 대화 중에는 한국에 대한 적대감이 엿보였다. 처음에는 국적이 미국인인 그녀가 작은 나라 한국에 대해 무시하는 거라고 생각했는데 점점 그것이 '무시'가 아니라 '적대감'이라고 느껴졌다.

"한국이 언제부터 잘 먹고 잘 살게 됐다고 이리 흥청망청 하나요?"

원자력 발전소로 가던 중에 관광 겸해서 경주 보문단지를 잠시 들렀을 때였다. 봄기운이 완연한 보문호 앞에서 공원 보수 공사를 끝내고 재 오픈한 기념으로 인근 맛 집 축제가 열리고 있었다. 그녀에게도 흥미로운 축제일 것 같아서 잠시 차에서 내려 축제 인파 속으로 들어섰다. 흰 텐트로 지붕을 덮은 곳곳에 음식 장사들이 소리치며 손님들을 유혹하고 있었다. 설치된 부스마다 시식 코너에 무료로 제공하는 음식이 넘쳤다. 식탁 의자에 앉은 사람들은 푸짐한 안주에 막걸리를 마시며 웃고 떠들면서 축제를 즐기는 모습이었다. 그 모습을 보던 케이트가 한심하다는 표정으로 그 말을 했을 때 김 박사는 얼굴이 화끈 달아오르는 모멸감을 느꼈다. 잠시 숨을 고르고 그가 웃는 얼굴로 말했다.

"페스티벌이잖아요. 푸드 페스티벌."

"아직 한국은 미국처럼 음식을 마구 먹고 마구 버리면 안 돼요.

통일이라는 큰 숙제가 남아 있는 나라 아닌가요?"

그녀는 화난 사람처럼 자동차로 걸어가 차에 올랐다. 김 박사는 어처구니없는 표정으로 그녀 뒤를 따라 차에 오르며 한동안 말을 잃었었다. 케이트는 잠시 후 언제 그랬냐는 듯 평상시의 모습으로 돌아왔지만 김치수 박사는 그날 그녀의 행동이 오래도록 기억 속에 남아 신경이 쓰였다.

더구나 최근에는 박부현 의원과 너무 많이 가까워진 눈치여서 그것 역시 마음이 편치 않았다. 소개시켜 준 장본인에게 숨길 정도로 은밀한 관계임을 여러 차례 목격하게 된 김 박사는 모른 체 하고 있으면서도 촉각이 곤두서 있었다. 남녀 관계라 섣불리 아는 척 할 수도 없고 그렇다고 가정 있는 정치인 친구가 젊은 여자와 깊은 관계에 빠져드는 것을 보고만 있을 수도 없어서 애만 태우는 중이었다. 케이트에게보다 친구인 박의원에게 먼저 충고하고 조언하는 것이 순서다 싶어 기회만 엿보았다.

김 박사는 연구원장실로 들어서며 비서에게 특별한 연락은 없었느냐고 물었다.

"원장님, 여쭐 말씀이 있는데요."

"응. 들어와."

비서가 김박사를 뒤따라 들어왔다. 그는 자리에 앉으며 대수롭지 않게 여비서를 올려다보았다. 월차를 쓰겠다거나 조퇴를 한다거나 하는 부탁이겠지 생각했다.

"케이트 박사님에 대한 일인데요……."

여비서가 말을 꺼내 놓고 잠시 망설이며 말을 더듬었다. 의외의 이야기에 김 박사는 진지하게 여비서에게 앉기를 권했다.

"말해 봐. 무슨 일인데 그렇게 주저해?"

"케이트 박사님의 손목시계 보셨죠?"

"봤지. 다이아몬드 박힌 팔찌 같은 시계 말이지?"

"예. 그 시계가 좀 이상해요."

점점 알 수 없는 소리를 하는 여비서의 말에 김치수는 긴장하고 있는 자신을 발견했다.

"양비서, 좀 알아듣게 속 시원하게 말해 봐."

"무슨 중요한 서류가 앞에 있을 때마다 케이트 박사님이 옷을 걷어 올리고 자꾸 손목시계를 만지시는 거예요. 처음에는 예사로 봤는데 한 번 신경이 쓰이기 시작하니까 유심히 보게 되더라고요. 그래서 한 달쯤 지켜봤는데 그 손목시계는 그냥 손목시계가 아니에요."

"계속해."

"아까 원장님 회의 가시고 난 뒤에 케이트 박사님이 여기 오셨어요. 원장님 계시냐고. 그래서 한수원에 회의 가셨다고 했더니 차를 한 잔 줄 수 있느냐고 하는 거예요. 그래서 알았다고 하고 차를 준비하면서 박사님 행동을 몰래 눈여겨봤어요. 제 맞은편 의자에 앉더니 또 옷소매를 걷고 팔찌 손목시계를 드러내는 거예요. 그리고는 제가 보던 서류 쪽에다 대고 팔찌를 돌리는 거예요."

"무슨 서류였는데?"

"한수원 대책 회의 참석자 명단이요."

"양비서가 보기에는 그 손목시계가 뭐라고 생각해?"

"요새 선진국에서 유행하는 스마트 와치보다 더 성능이 뛰어난 기기 같아요. 카메라, 복사기, 녹음기, 휴대전화, 송수신 무전기……. 뭐 그런 거 아닐까요."

220

"양비서 전공이 뭐였지?"

"전자공학이요."

"그래서?"

"제가 차를 다 만들기 전에 갑자기 전화 걸 일이 생각난 것처럼 자연스럽게 책상으로 와서 서류를 덮고 전화를 걸었지요."

"어디다가?"

"경비실에요."

"뭐라고?"

"원장님 곧 도착하신다는 연락드리는 거라고."

김 박사는 긴장을 풀며 양비서의 순간적인 기지가 기특해서 허허 웃었다.

"경비실에서는 뭐래?"

"그런 걸 왜 알려주는 거냐고 묻길래 그냥 전화 끊었어요."

"양비서 똑똑한 줄은 알고 있었지만 제법인데?"

"그냥 넘길 일이 아닌 것 같아서……."

"수고했어. 애썼어. 아직 누구한테도 말하지 말고 한 번 지켜보자고. 알았지?"

"예. 나가보겠습니다."

양비서가 꾸벅 인사를 하고 원장실을 나갔다. 김 박사는 양비서의 보고를 토대로 곰곰이 케이트의 팔찌에 대한 기억을 더듬어 보았다. 케이트의 팔찌 손목시계는 유난히 화려하고 값비싸 보였다. 네모난 시계 액정 화면과 나란히 두 줄의 가느다란 백금 다이아몬드 팔찌 줄이 쌍곡선을 이루며 한 개의 백금 줄로 합쳐진다. 시계의 12개 숫자마다 작은 다이아몬드가 박혀 있어 불빛 아래에서는 유난히 번쩍거렸다. 원전 설계도를 볼 때도, 방사능 분석표를 볼 때도 또 다른 서류들을 볼 때도 그 번쩍이는 팔찌를 봤던 기억이 되살아났다. 원자력 발전소를 시찰할 때는 유독 셔츠 소매를 걷어 올리던 모습도 떠올랐다. 발전소 안이 온도가 높아서 덥다고 느껴졌고 그래서 그러려니 여겼던 일도 생각났다. 양비서의 추측이 사실이라면 도대체 얼마나 많은 정보가 그녀에게 유출되었다는 말인가? 거기까지 생각하자 온몸에 진땀이 흘렀다. 도무지 케이트의 정체가 무엇인지 궁금하기 짝이 없었다.

"이 노릇을 어쩌지?"

혼자 중얼거리기도 하고 앉았다 일어섰다 서성이며 마음을 진정시키려 애썼다. 누구와 의논을 해 봐야 할지 머릿속이 하얀 백지장처럼 아무 생각도 떠오르지 않았다. 그녀를 찾아내고 그녀를 한국으로 초청하고 그녀를 연구소로 끌어들인 장본인이 바로 김박사 자신이었다. 만약 그녀의 정체가 의심스러운 존재라면 이 모든 책임을 자신이 져야 하는 것이다. 미국 첩보원? 그럴 리가 없다. 한국보다 모든 기술이 앞서가는 미국에서 우리의 정보를 그런 식으로 빼내어 갈 리가 없다. 그렇다면 일본 첩보원? 그것도 아닌 것 같다. 그럼 도대체 그녀는 누구인가? 김치수 박사는 양비서가 퇴근하고 연구원에 하나둘 불이 켜지는 시간인 줄도 모른 채 그녀의 정체에 대해 몰두해 있었다. 여러 번 원장실 전화가 울리고 그의 휴대전화가 진동음을 보냈지만 그는 그 소리를 듣지 못했다.

제**7**장
폭 로

일본에서 CCTV 화면을 카피해서 전송했다는 전화가 걸려 왔다.

"블랙홀을 불러와."

장중건을 위시한 전 수사 요원은 일본에서 전송해 온 CCTV 복사본을 컴퓨터 전문 직원이 열기만을 기다렸다. 블랙홀이 사무실로 뛰어 올라왔다. 그는 모니터 화면이 잘 보이는 중앙에 자리를 잡았다.

"눈 크게 뜨고 잘 봐요. 수하물 취급소에 제이미가 있는지. 우린 그 얼굴을 모르니까."

드디어 일본 공항의 복잡한 광경이 모니터에 흑백 화면으로 떠올랐다. 사람들이 바삐 오가는 모습을 살피느라 눈동자가 분주히 움직여야 할 정도였다. 비행기에서 내린 사람들이 하나 둘 수하물 찾는 곳으로 모여 들었다. 아직 컨베이어 벨트는 돌지 않고 따라서 짐이 한 개도 보이지 않는다. 짐 찾을 사람들이 제법 많이 모여들고 벨트가 돌기 시작하자 사람들이 그쪽으로 시선을 집중하는 모습이 보였다.

"아, 저기 잠깐. 조금 전으로 돌려주세요."

갑자기 블랙홀이 손가락으로 모니터 화면을 가리키며 외쳤다. 직원이 되감기로 조금 전 화면으로 돌려 정지시켰다.

"저 머리 긴 여자 화면을 좀 확대해 주세요."

정지된 모니터 화면이 확대되자 블랙홀이 주먹으로 자신의 입을 가리며 '헉' 하고 숨을 들이마셨다. 그의 동공이 한없이 커지는 가운데 표정은 얼음처럼 굳어 버렸다.

"제이미, 아니 미찌꼬 맞아요?"

한철호가 그의 심상치 않은 표정을 보고 다급하게 물었다. 블랙홀은 천천히 고개를 저었다.

"제이미가 아니에요."

"그럼?"

"제 아내예요."

"그렇다면……."

"제이미가 무슨 일을 당한 게 틀림없어요."

블랙홀의 말을 다 들을 틈도 없이 한철호는 전화를 집어 들고 어디론가 보고 겸 협조 요청을 했다. 장중건 역시 모니터 앞을 떠나 비상 전화를 들고 지시를 내렸다.

"나리타에서 한국으로 가는 모든 비행기에 박수경이라는 탑승객이 있는지 확인해 줘."

"제이미 휴대전화가 꺼져 있다가 다시 전원이 켜진 게 아무래도 이상했는데……."

블랙홀이 모니터 화면을 보면서 혼잣말로 계속 중얼거렸다. 사람들이 짐을 찾기 위해 컨베이어 벨트 앞으로 왁자지껄하게 다가서며 복잡해진 사이 제이미를 가장해서 들어온 여자가 슬그머니 돌아서더니 CCTV 모니터에서 사라졌다. 제이미를 경호하던 남자는 컨베이어 벨트로 달려드는 사람들에게 떠밀리다가 그들을 헤집고 나와 급히 두리번거리며 여자를 찾는 모습이 잡혔다. 이미 여자는 그의 시야에서도 사라진 뒤였다. 그 뒤 모니터는 계속해 다른 사람들이 컨베이어 벨트에서 짐을 끌어내리는 모습과 짐을 끌고 시야에서 사라지는 모습만이 계속되었다. 수하물 찾는 곳이 텅 빌 때까지 모니터는 그곳을 영상으로 기록하고 있다. 그녀가 수하물 찾는 곳에서 어느 방향으로 몸을 틀었는지 그 방향을 추적해 보는 것으로 미루어 짐작하는 길밖에 방법이 없었다.

한국 공항이었다면 이쪽 CCTV, 저쪽 CCTV의 칩을 모두 복사하여 연결해 보면 금방 답이 나올 것이므로 칩 복사를 요청할 수 있겠지만 일본 정보기관에 어렵게 협조를 요청하여 카피 떠 온 칩은 겨우 수하물 찾는 곳 한군데의 칩뿐이었다. 환승 통로의 CCTV 칩을 또 복사해 달랄 수도 없고 시간적으로도 하루나 걸리니 그것만을 기다릴 수는 없었다.

한철호는 나리타공항에서 들어오는 한국의 모든 국제공항에 '박수경' 이름을 가진 여자가 입국했는지 알아보는 것이 빠르겠다고 판단했다. 부산, 제주, 인천, 김포 등 나리타공항에서 입국하는 비행기가 착륙하는 곳에 '박수경' 이름을 수배했다. 블랙홀은 모니터에서 아내가 사라지자 아래층 자기 사무실로 뛰어 내려갔다. 암호 루트로 호출해 보거나 휴대전화로 통화를 시도해 보거나 메일이라도 보낼 생각인 것 같았다. 그로써는 무엇이라도 해보지 않고는 견딜 수 없을 것이었다. 전 직원이 동원할 수 있는 협조 요청은 다 해 보았지만 소득은 아무 것도 없었다. 여기저기서 질책하듯 현재 상황을 묻는 전화만 끊임없이 이어졌다.

"정말 상전들이 많네요."

한 직원이 걸려오는 전화에 일일이 답변을 하다가 지쳤는지 불평을 늘어놓자 그의 선배가 한술 더 떠서 구체적인 상전들을 되뇌어 가며 맞장구를 쳤다.

"그걸 이제 알았어? 국정원만 해도 우리 위의 상사가 몇이나 되는지 알아? 그런데 국정원뿐이야? 청와대, 외교통상부를 비롯해 각 부처 장관들, 국회의원 여야당 대표들……. 우린 새까만 졸병들이니까 아무 소리 말라고."

장중건과 한철호도 그들 말에 귀를 기울이며 우리도 저들과 별반 다를 것이 없다는 생각을 하고 있었다. 인터폰 신호음이 울리고 그것을 받은 직원이 인터폰을 든 채 장중건에게 전달 사항을 전했다.

"블랙홀이 뭘 찾아낸 모양입니다. 급히 좀 내려오시라는데요."

"알았어. 어이 한국장 따라와."

두 사람은 목조 층계를 쿵쾅거리며 달려 내려갔다.

"무슨 연락이라도 된 거요?"

"제이미가 휴대전화를 이용해 모스 부호를 보내왔어요. 아마 문자를 찍을 형편이 못되는 상황인 것 같습니다."

"뭐라고 보내왔어요?"

장중건의 물음에 그는 떨리는 음성으로 모스 부호를 해독하여 말을 전했다.

'출국자가 바뀌었다. 나는 감금당했고 출혈이 심해 위급하다. 속옷에 숨겨 둔 이 휴대전화도 곧 들킬 것이다. 어서 당신 안전부터 확보하라. 사랑한다.'

그가 '사랑한다'는 말을 전하며 기어이 두 손으로 머리칼을 움켜쥐고 울음을 터뜨렸다. '무자비한 새끼들'이라 욕설을 퍼부으며 주먹을 불끈 쥐었다.

"이쪽에서는 답변을 할 수 없나요?"

"없어요. 휴대전화를 들여다봐야 답을 읽을 수 있는데 속옷에 숨겨서 키보드를 누를 수는 있어도 꺼내 볼 수는 없는 상황이고 묵음으로 해 놓았기 때문에 모스 부호도 칠 수가 없어요. 혹시 나중에라도 볼 수 있기를 바라면서 문자는 보냈어요. 내 걱정은 말고 어떻게든지 살아남아서 다시 만나자고요."

그 뒤의 말은 하지 않았지만 그도 '사랑한다'고 말했으리라는 걸 짐작할 수 있었다. 블랙홀은 그녀가 모스 부호를 한 번만이라도 더 보내오기를 애타게 기다리며 컴퓨터 모니터와 연결된 휴대전화를 만지작거렸다. 그의 애타는 마음에도 아랑곳없이 더 이상 제이미에게서 연락은 오지 않았다. 벌써 어두움이 드리우고 불도 켜지 않은 그의 사무실에는 모니터와 휴대전화 불빛만이 환하게 빛났다.

"오늘도 여기 남아야겠지?"

장중건이 저녁 식사를 하며 한철호의 얼굴을 보았다.

"저는 여기 있겠습니다. 단장님은 들어가시죠. 어제도 제대로 못 주무셨는데요."

"이 상황에 잠을 자겠어? 꼭 급한 일은 한밤중이나 새벽에 터지는 거 알잖아."

"그래도 연세가 있으신데 무리할 필요는 없지요."

"연세는 무슨……. 아직 그 정도는 아니야."

식사를 마치고 수저를 놓자 몸이 으스스하다는 말에 주방 아줌마가 생강과 대추를 넣고 푹 끓인 생강차를 만들어 내왔다. 꿀을 한 스푼 넣어 마시고 있을 때 '박수경'이 한국에 입국한 기록이 나왔다는 보고가 들어왔다. 장중건, 한철호는 뜨거워서 미처 마시지 못한 차를 내던지고 사무실로 올라갔다.

"어디로 입국한 거야?"

"부산입니다."

"부산 입국 심사대 CCTV 확보해."

"요청했습니다."

"몇 시에 들어온 거야?"

"우리들이 인천 공항 입국자 명단을 한창 뒤지던 그 시간입니다. 나리타공항에 내려 곧바로 이동해야만 가능한 부산행이었습니다. 부산엔 우리 국정원 분실이 있으니 금방 복사해 보낼 겁니다."

"그렇다면 이미 항공 노선 스케줄이 바뀌어 있었다는 이야긴데 그걸 우리 측에서 몰랐다는 소리야?"

"탑승 직전에 노선을 변경했을 수도 있고 박수경이라는 인물과 경호원이 나리타로 날아가는 동안 비행기에 탑승하지 않은 조직원 중 한 명이 환승 스케줄을 변경했다면 우리 측에서 모를 수도 있지요."

한철호의 말에 장중건은 팔짱을 끼고 선 채 고개를 끄덕였다. 시작 단계인 미통개발에 전력을 쏟을 겨를도 없이 블랙홀 일이 계속해 터지는 통에 꼭 옛날 국정원에 근무하던 시절로 돌아간 착각이 일었다. 블랙홀은 저녁도 마다한 채 컴퓨터에 연결된 최신 휴대전화에 매달려 있다가 이층 사무실에 나타났다. 그의 아내가 부산으로 입국했다는 말을 듣고 얼굴을 확인하러 온 것이다.

몇 시간의 기다림 끝에 부산 입국 심사대를 통과하는 CCTV 모니터 복사본이 전송되어 왔다. 블랙홀은 눈을 부릅뜨고 화면을 주시했다. 탑승객 명단이 있는 그 시간대에 적어도 세 대 이상의 항공기가 도착했고 승객들이 몰려나오는 통에 눈 깜짝하다가는 찾는 승객을 놓칠 판이었다. 한 바퀴를 다 돌려보는 동안 아무도 블랙홀의 아내를 찾아내지 못했다. 되돌려 보기를 했는데도 마찬가지였다. 세 번째 돌려보던 가운데 블랙홀은 일반 입국 심사대가 아닌 VIP심사대를 가리켰다.

"저기, 저기. 특별 심사대. 거기 멈추세요."

모두들 일반 입국 심사대에만 주목하고 있어서 두 번씩이나 그녀를 놓쳤음을 알았다. 국빈이나 특별한 손님이 통과하는 특별 입국 심사대로 그녀가 나올 줄이야. 그녀가 통과하는 부분의 화면을 정지시켰다. 가슴에 패찰을 단 직원이 지켜보는 가운데 그녀가 만면의 미소를 띠면서 여유작작하게 짐 검사도 없이 심사대를 통과하는 모습이 잡혔다.

"저 여자 맞아요?"

한철호가 블랙홀에게 다그쳤다.

"맞아요. 저 여자. 그런데 어떻게 특별 심사대로 나올 수 있는 거죠?"

"어, 저 패찰 단 사람 우리 국정원 분실 직원인데……."

김과장이 문제의 여자 옆에 지키고 서 있는 신분증 패찰을 단 남자를 가리켰다.

"그래? 어서 전화해서 누구한테 부탁을 받았는지 알아 봐."

사무실이 왁자해졌다. 여자가 한국에 들어온 이상 찾아내는 건 시간문제라고 숙덕거리는 소리가 들렸다.

박부현은 케이트가 샤워하러 들어간 사이 침대에서 빠져 나와 가운을 걸쳤다.

오늘은 좀 일찍 집에 들어가야겠다고 작정하고 잠시 케이트의 얼굴이나 보려고 들렸다가 또 그녀를 끌어안고 침대로 직행하고 말았다. 머리맡에 놓인 케이트의 시계를 집어 시간을 보았다. 9시가 조금 지나 있었다. 시간을 보고 시계를 내려놓으려는데 시계 화면에 번쩍 불이 들어왔다. 12개의 다이아몬드가 그 불빛에 번쩍 빛났다. 다이아몬드가 박힌 팔찌 겸 손목시계를 그녀가 어찌나 아끼는지 가까이 볼 엄두도 내지 않았지만 역시 아름다운 시계라고 생각하며 다시 들여다보았다. 화면에 조금 전과 달리 시간이 뜨지 않고 영어 문자가 떠올랐다. '알림 기능까지 갖춘 시곈가 보군.' 하고 고개를 갸웃거리며 문자를 읽으려 할 때 케이트가 욕실에서 큰 수건을 몸에 두른 채 나타났다.

"뭐해요?"

그녀가 자신의 팔찌를 들고 있는 박부현에게 급히 다가와 그것을 빼앗듯 가져갔다.

"아, 내가 몇 신가 보려고 시계를 집었는데 워낙 번쩍거려서 말이야. 기능도 여러 가진가 봐."

"어머니가 물려주신 유일한 유품이에요. 우리 집 가보."

그녀는 팔찌를 자신의 팔에 끼우며 아무렇지도 않은 듯 '어서 씻어요. 일찍 집에 가셔야 한다면서요?' 하고 그를 욕실로 떠밀었다. 그가 가운을 펄럭이며 욕실로 들어가자 그녀는 놀란 가슴을 쓸어내렸다. 옆으로 살짝 링을 돌리자 문자 전송이 드러났다. '흰 장미 배달 완료', '강화도 선착장 나들이 희망'을 읽고 그녀는 미소를 띠우며 팔찌를 돌려 다시 시계로 환원 시켰다.

"이번 출장은 집사람이 지역 행사에 참여해야 되니까 부부동반 해야 해."

박부현이 욕실에서 나와 화장대 거울 앞에서 와이셔츠를 입으며 그녀의 표정을 살폈다.

"그러셔야죠. 돈 워리 어바웃 뎃. 그런 걱정, 그런 양해 구하지 말라니까 그러시네. 저도 바쁜 몸이에요. 당신이랑 사랑에 빠져서 일에 막대한 지장을 초래하고 있는 귀하신 박사라고요. 저번에 자료 구해 주신다던 건 안 잊으셨죠?"

"그럼. 누구 분부신데 그걸 잊어? 그런데 의원들 신상명세서는 뭐에다 쓰려고? 그거 아무 데나 유출하면 안 돼."

"그걸 어디다 유출해요? 그냥 몇 몇 사람 것만 참고할 일이 있어서요."

"알았어. 보좌관한테 찾아다가 복사해 놓으라고 했으니까 다음 번 만나는 날 전해 줄게."

그가 양복 위 저고리까지 다 챙겨 입고 꺼내 놓았던 서류를 챙겼다. 전화를 걸고 통화를 하면서 질문에 답변하느라 가방에서 꺼내 놓았던 서류였다. 그가 문을 나서기 전 그녀의 볼에 입을 맞추었다.

"저도 당신이 출장 간 사이 그동안 밀린 일로 많이 바쁘니까 전화 안 해도 돼요. 부인께 최고의 서비스로 즐겁게 해 주세요."

"다녀와서 봐. 바쁘다고 식사 거르지 말고."

그가 현관문을 밀고 나가자 케이트는 안에서 문을 걸어 잠갔다. 그녀는 시계 스위치를 눌러 전화 통화를 시도했다. 빠른 영어가 다급함을 말해 주고 있었다.

"진품 화이트 로즈는 실수 없이 처치한 거야? 모조품 화이트 로즈는 내가 챙기고 있어. 배신자의 최후가 어떤지 알려줄 필요가 있어서 그 방법을 택한 거니까 그렇게 알아. 상부에서 내려온 지시니까 따를 수밖에. 접선은 강화도 외포리 선착장이야. 석모도 안내 지도를 받은 다음 석모도 가는 배 삼보 3호에 차를 싣고 오르면 여자가 지도를 들고 와서 바꾸자고 할 거야. 지도에 자동차 열쇠를 함께 건네주고 동무는 걸어서 내리면 돼."

케이트는 통화를 끝내고 시계에 복사된 자료를 컴퓨터에 옮기는 작업을 계속했다. 시계는 다용도, 다목적 첨단 기기로 휴대전화, 카메라, 복사, 녹음, 파일 전송, 건강 체크, 비상 연락, 위치 추적 등 첨단 스마트폰 기능과 컴퓨터 기능을 합쳐 놓은 것보다 더 앞서가는 기능을 가지고 있었다. 이미 개발된 스마트 와치에 그녀 연구팀이 시험적으로 설치한 기능까지 갖추고 있어서 팔찌는 그녀의 만능 브레인이었다. 12개의 다이아몬드가 하나하나 모두 제 기능을 하는 스위치에 해당되는 부분이었다. 1번을 살짝 누른 다음 서류 가까이에 팔찌를 가져다 대면 복사 기능을 실행하고 2번을 터치하고 팔목을 세우면 카메라 기능을, 3번을 터치하고 팔을 한 번 흔들면 녹음 기능을 실행하는 그런 식이었다. 모든 사람들 앞에서 팔찌는 그냥 고급스러운 백금 팔찌 겸 손목시계일 뿐이었다. 그녀의 핸드백에서 휴대전화가 울었다.

"아 예. 김박사님, 무슨 일로 이 밤에……. 내일 저녁에요? 내일 저녁은 선약이 있어서 좀 곤란한데요."

김치수 박사였다.

"케이트 박사, 늦은 시간에 죄송합니다만 내일 케이트 박사를 좀 만나자는 분이 계셔서 연락드립니다만……."

"모레 저녁은 가능한데요."

"꼭 내일이어야만 합니다. 그분이 워낙 시간 내기 어려운 분이라서."

"어쩌죠? 저도 만날 분이 외국에서 오신 손님이고 곧바로 떠날 분이라 내일 아니면 곤란하거든요. 좀 늦은 시간이라도 상관없다면 시간 조정을 해 볼게요. 그런데 저는 그분이 누군지도 모르고 무작정 만나야만 하나요?"

"예. 만나 보면 알만한 분입니다."

"알았어요."

케이트는 아마도 대통령을 만나게 되는 것이라 짐작하며 흥분을 감추지 못했다. 언뜻 김치수 박사가 '이번 일만 마무리 되면 대통령을 만나게 될 겁니다'라고 언질을 주었던 기억이 났기 때문이었다. 케이트는 서류 정리를 마치고 냉장고에서 찬 캔 맥주 한 개를 꺼내어 들고 소파에 가 앉았다.

자신의 실력으로 최고의 학벌을 쌓아 미국 사회로부터 인정받기까지 그녀는 피나는 노력을 기울였다. 경제적으로 부족함이 없었기 때문에 그나마 이룰 수 있는 성공이었다. 만약 아르바이트를 해서 학비를 벌어 가며 공부해야 했다면 시간을 뺏긴 상황에서 남보다 앞서 갈 수는 없었을 것이다. 부족한 수리학이나 기계공학은 그 분야의 권위자에게 따로 개인 지도를 받았는데 그 비용은 상상을 초월하는 금액이었다. 돈만 있다고 받을 수 있는 개인 지도도 아니었다. 저명인사끼리의 소개와 안면으로 부탁해서 비공식적인 과외비를 치르고야 가능한 일이었다.

그녀는 타국을 떠돌며 자신이 죽도록 공부한 대가는 분명 있을 것이라 믿었다. 그 대가를 보상받고 싶었던 그녀에게 이제 기회가 다가오고 있음을 느꼈다. 할머니 유언대로 그녀는 세계 최고가 되어 한국에 초청되었고 그 덕에 한국 땅을 활보하며 한국의 고위층과 조우하는 위치에 이르렀다. 이제 할머니가 못 이룬 꿈을 마무리 지을 준비는 끝났다. 동지들을 배신한 720 화이트 로즈를 제거하고 진짜를 대신할 가짜 화이트 로즈를 만들어 낸 것은 완전히 그녀의 시나리오였다. 배신자의 최종 목적지가 한국이었던 것으로 보아 그녀의 애인인 블랙홀이 한국에 숨어들었을 가능성이 짙어져 그녀는 3주 동안의 출장으로 끝내지 못하고 고민하던 중이었다. 그때 김치수 박사가 그녀에게 1년이라는 시간을 벌어 준 셈이었다. 타이밍이 절묘하게 맞아 떨어짐을 느낄 때마다 케이트는 돌아가신 할머니가 자신을 도와주고 있는 것이라 믿으며 어려운 순간마다 '할머니'를 찾았다.

이번 한국에 들어와 그녀는 예상보다 훨씬 큰 수확을 얻었고 보너스처럼 우연히 만들어진 화이트 로즈 일만 성공리에 끝나면 그녀는 조국으로부터 30대의 젊은 나이로 영웅 칭호를 받으며 안정된 학자의 삶을 살 것이 분명했다. 그녀는 약속대로 다시 미국으로 돌아가 더 높은 곳을 향하여 연구 개발에 매진할 것이며 나라를 빛낼 인재로 거듭날 것이다.

"이것이 나를 여기까지 이끌어 준 할머니에 대한 보답이야. 할머

234

니의 못 배운 설움, 할머니가 못 받은 사랑, 할머니가 못 이룬 꿈을 내가 대신 다 갚아 주는 거야. 할머니가 얼마나 좋아하실지 눈에 보이는 것 같아."

할머니 이선실은 그녀에게는 배 아파 낳아 준 엄마보다 더 짙은 모성을 베풀어주었을 뿐 아니라 어느 누구도 해주지 못할 꿈에 도전할 강한 힘을 실어 주었다. 그녀는 존경하는 할머니의 영원한 아바타이기를 진심으로 원했고 그것은 그녀 스스로도 너무나 영광스러운 일이었다.

케이트는 가운을 여미고 창가로 걸어갔다. 커다란 거실 창을 통해 달빛이 유난히 밝은 밤하늘을 올려다보았다. 달이 만월인 것으로 보아 보름인 모양이었다. 할머니가 자신을 빙그레 웃으며 내려다보는 것만 같았다. 할머니의 거친 손과 텁텁한 노인 냄새가 그리웠다.

교육생들의 강의는 더 이상 미룰 수 없어 한철호 부소장은 뜬 눈으로 밤을 새우고 삼청동 안가에서 미통개발로 출근했다. 삼청동 사무실은 장중건이 지휘하고 있어서 그가 자리를 비워도 될 상황이었다.

"저는 회사에 들어가서 일을 좀 봐야겠습니다."

그가 장중건에게 낮은 소리로 양해를 구하자 장중건은 그를 데리고 밖으로 나왔다.

"그래. 내가 꼭 알아야 될 일은 전화를 걸고 그렇지 않은 일은 자네 선에서 처리하고. 결국 이 일이 우리 회사 일과 연관이 있으니 난 여기 있겠네."

"예. 알았습니다."

그의 어깨를 두드리는 장중건의 휑한 목의 늘어진 주름을 보며 세월의 무상함을 느끼지 않을 수 없었다. 허연 머리카락과 밤 잠 못 자 벌건 눈과 탄력 잃은 피부는 그저 여느 노인들과 다를 바가 없었다. 한때 천하를 호령하듯 안기부 수사국을 호령하며 실세로 살아온 그가 이제 자신의 존재 가치를 찾기 위해 발버둥질치는 것처럼 느껴졌다. 함께 해 온 세월이 있어서인지 회사로 오는 동안 그의 모습이 가슴에 짠하니 남아 있었다.

"박과장이 국장님 오시는 대로 연락 달라고 여러 번 전화했는데요."

"응. 어서 들어오라고 해."

안 그래도 회사에 들어오면 제일 먼저 박과장을 만나야겠다는 생각을 했던 참이었다. 비서가 연락을 하자마자 박과장이 달려왔다.

"뭐 큰 거라도 건졌어?"

헐레벌떡 뛰어온 박과장의 얼굴에 보고할 내용이 하나 가득 담긴 표정이었다.

"그렇게 보입니까? 공안 검사가 이러면 안 되는데……."

그가 머리를 긁으며 웃었다.

"내 눈에만 그렇게 보이는 거니까 상관없어. 뭔데 그래?"

한철호는 소파에 앉으며 손짓으로 박과장에게도 앉기를 권했다.

"김치수 박사를 만났습니다."

"그래? 자네가 찾아 갔어?"

"먼저 전화를 걸어서 제가 누구인지를 솔직히 말씀 드렸지요. 박부영 국장의 아들이라고 하자 절 아시더라고요. 안 그래도 한 번 만나고 싶었다고 하면서 한국장님과 같이 만나면 좋겠다는 거예요. 그래서 제가 한국장님은 지금 비상 상황이라 사무실에서 꼼짝 못한다고 했더니 저라도 좀 만나자고 해서 달려간 겁니다."

"그래서 뭘 건져온 거냐고?"

"케이트 박사가 수상하다는 겁니다. 특히 그녀의 백금 다이아몬드 팔찌가 수상하다고 했습니다. 박부현 의원이 큰아버지니까 안심하고 말하겠다며 박의원이 이용당하고 있는 것 같다고 하더군요."

김치수 박사가 그녀를 수상쩍게 느꼈던 상황에 대해서 박과장은 한철호 부소장에게 자세히 설명했다.

"케이트 박사를 경호하는 요원들에게 그녀의 일거수일투족을 다 보고하라고 지시를 했지만 전문 기관에서 내사해 주기를 바란다고 했습니다."

"알았어. 우선 오늘 교육부터 치르고 다시 의논하기로 하지."

"예. 알았습니다. 교육생들이 가상 수사에 열의를 보이고 있습니다. 기발한 수사 계획이 발표될지도 모르겠습니다."

"교육실로 가지."

"먼저 들어가십시오. 저는 제 방에 잠깐 들러 동영상 촬영 준비를 해서 가겠습니다."

강의실에는 이미 교육생들이 모두 들어와 한부소장을 기다리고 있었다. 평소에 한두 명쯤 언제나 한부소장이 들어온 뒤에야 헐레벌떡 뛰어 들어오던 때와는 분위기가 달랐다.

"오늘은 웬일로 지각생이 없지?"

한부소장이 실내를 둘러보며 의아해 하자 한 교육생이 피식 웃으며 대답했다.

"오늘 소장님께서 참관하신다고 해서……."

"아, 그래서 이렇게들……. 여러분, 미안하게 됐습니다. 소장님은 사건이 터져서 비상사태에 처해 있습니다. 오늘은 참석할 수 없습니다. 소장님도 오늘 가상 모의 수사에 관심이 많으셨고 어떤 수사 계획을 발표할지 흥미진진하다고 하셨어요. 박과장이 동영상을 찍어 소장님께 보고 드릴 예정입니다. 그러니 최선을 다 해 주세요."

그때 마침 박과장이 동영상 촬영 준비를 갖추고 교육실로 들어섰다.

"발표는 시간 관계상 지원자 세 사람만 하도록 하고 지원자가 없으면 무작의로 내가 호명하는 사람이 하면 됩니다. 수사 계획을 발표할 사람 있어?"

한부소장이 실내를 둘러보았다. 잠시 침묵이 흐른 뒤 한 명이 손을 번쩍 들었다.

"제가 한번 해 보겠습니다."

"앞으로 나와."

교육생이 강단 앞으로 걸어 나오자 분위기가 술렁거렸다. 첫 교육 시간에 자기 각오를 발표할 때 대한민국 최고의 대공 수사관이 되는 것이 자신의 목표라고 말해 동료들에게 비아냥거림을 받았던 교육생이었다.

"여기가 수사관 학원이야?"

"대공이 뭔지나 알고 하는 소리야?"

"아직 뭐가 뭔지 몰라서 하는 소리겠지."

"얼마나 때 묻지 않고 순수한 청년인지 칭찬해 줘야지."

그를 보는 시각도 갖가지였다. 그런 술렁거림에도 그는 아랑곳하지 않았다. 그의 자기소개서에는 여러 차례 국정원 공채 시험에서 낙방했다고 적혀 있어 한철호의 관심을 끌었다. 왜 국정원 시험에서 낙방을 했는지 알아봐야겠다고 생각했는데 너무 바빠 돌아가느라 미처 확인하지 못한 교육생이었다. 박과장이 그의 앞으로 디지털 카메라를 들이대며 동영상 촬영을 시작했다.

"저는 미통개발 소속의 이기석 대공 수사관입니다. 저는 이선실에 관한 자료는 샅샅이 다 열람했습니다. 물론 보안상의 문제로 절대로 열람할 수 없는 자료도 있어서 모든 수사 자료를 다 보았다고 말할 수는 없습니다. 가상 수사이기는 하지만 그 자료를 토대로 현실에서 충분히 가능했을 정황에 수사를 집중했습니다. 이미 이선실이 북으로 복귀한 이후부터 제 수사는 시작됩니다."

그는 보안법 위반으로 구속된 인물들부터 차근차근 짚어 나갔다.

"안기부는 지난 92년 간첩 김낙중과 동업자인 심금섭을 국가보안법 위반으로 체포하여 수사에 착수하였다. 김낙중은 55년에 자진 월북하여 1년간 간첩 교육을 받고 김일성에게 충성맹세문을 제출한 후 남파되었다. 무려 36년간이나 진보적 지식인, 통일 지상주의자로 위장하여 간첩으로 활동해 왔음이 밝혀졌다. 총 공작금 미화 210만 불을 받을 정도로 비중 있는 전형적인 북한에서 심어 놓은 장기 매복 고정 간첩이다. 갈현동 소재 김낙중의 집 뒤뜰 장독대 밑에서 미화 100만 불을 압수하여 그 증거를 확보했다. 91년 9월에는 '평화통일연구회'를 전액 사비로 설립함을 눈여겨보고 내사를 해 오던 중 검거 간첩 박영희 조사 과정에서 민중당 후보를 지원하되 김낙중과 의논하라는 진술에서 확증을 잡았다. 더구나 동업자인 청해 실업 대표 심금섭과 빈번하게 만나며 심금섭이 미국, 유럽, 태국 등을 여행한 사실과 청해 실업의 구명조끼 수출 실적이 없는데도 남

대문과 명동 등지에서 일 회에 수만 달러씩 환전하는 정보를 수집했다. 또 14대 총선 당시 민중당 후보들에게 분수에 넘치는 선거 자금을 지원한 사실을 근거로 김낙중과 심금섭의 밀착 감시에 착수하였다. 92년 8월 새벽 여섯 시 경 심금섭이 여행복 차림으로 여행 가방을 들고 자신의 승용차에 오르려는 것을 도주로 판단하여 검거하였다. 긴밀하게 연락을 취하여 그 시간 김낙중 역시 자택에서 검거하였다. 김낙중 수사 과정에서 북한 서열 22위의 이선실이 '조선노동당'을 남한에 결성한 충격적인 사실이 밝혀져 이선실이라는 인물이 수면 위에 떠올랐다."

이기석의 또렷또렷한 말투와 힘 있는 목소리는 이미 다 알고 있는 사건 내용을 설명하고 있음에도 불구하고 새로운 사실처럼 호기심을 유발시켰다.

"그 닷새 뒤 사북 탄광 소요 주동자인 황인오가 무직인데도 총선 시 천만 원을 제공하는 등 수상한 점이 많아 내사해 오다가 불심검문으로 검거하여 본격적으로 이선실에 대한 정체가 드러나기 시작했다. 그러나 이때는 아쉽게도 이미 이선실은 북한으로 영구 복귀한 뒤였다."

이기석의 수사 발표가 이미 기록에 있는 부분을 발췌한 것에서 맴돌고 더 이상 앞으로 나가지 못하는 점을 한부소장은 지적했다.

"잠깐. 여태까지의 수사 요점을 정리하는 것은 좋지만 이미 다 알고 있는 내용은 이 정도로 그치는 게 좋을 것 같네. 중간에 생략되는 부분은 수사 보고서를 통해서 확인하도록 하겠네. 이제 자신만의 수사가 시작되었다는 가정 아래 발표를 진행하도록."

"예. 알겠습니다. 중간 수사 과정은 생략하고 이선실과 분명 연결되어 자기의 사회적 위치와 기반을 굳혔을 것으로 예측되는 인물들 명단을 제시하여 내사하도록 수사 지시를 내리겠습니다. 학생운동 노동운동가로 알려져 교도소를 드나들었던 이한수 지사, 민중당 공동 대표였던 김선오 국회의원, 뉴스 바로 언론사 대표 전지표, 하영희 여성부 장관, 재야 정치인 박지완 국회의원, 이성재 여당 부총재, 이제철 연세대 교수, 박장기 경북대 교수 등 13명을 내사하도록 하겠습니다. 그들 중에는 야당에서 몇 차례 당적을 옮겨 여당에서 중진 역할을 하고 있는 정치인도 있고 서민이나 대중의 편에 서서 반정부 운동을 해 왔다는 평가로 젊은이의 우상이 된 유명 인사도 있습니다. 이들은 모두 이선실이 그저 민주화 운동을 하다가 숨진 아들의 노모인 줄 알았다며 북에서 온 사실을 몰랐다고 말하고 있습니다. 그래서 그들은 대부분 법망에서 벗어나 아직도 활발한 활동을 할 수 있는 것입니다. 그 증거가 될 이선실이 이미 이곳에 없기 때문에 안심하고 거짓을 말하고 있지만 영원한 비밀은 없는 법입니다."

"자네는 그들이 이선실의 정체를 알면서 만나 활동비도 지원을 받고 북한 적화 통일 사업에 동참했다는 증거를 어떻게 찾아내어 보안법을 적용하겠나?"

한부소장이 핵심에서 계속 맴도는 내용을 놓고 그에게 물었다.

"계속해 감시하고 내사하여 앞뒤 정황을 들이대면서 자백을 받아 내야지요."

"어느 누구도 천신만고 끝에 확고하게 구축한 자기의 사회적 위치를 제 입으로 망칠 사람은 없다고 보네."

"그렇다면 국장님은 무슨 수로 그들이 한때 북한의 간첩들과 조우했다는 증거를 밝혀내시겠습니까?"

이기석은 그에게 한 수를 배우겠다는 듯 당돌하게 되물어 왔다.

"북한으로부터 입을 열게 만들어야겠지. 아니면 북한을 배반하는 자들로부터 명단을 전해 받던가."

힌부소장은 그 말을 하며 블랙홀이 가지고 있다는 이선실 관련자의 명단을 떠올렸다. 지금으로서는 제이미의 안전을 책임지지 못했기 때문에 그의 요구 조건을 들어주지 못한 결과를 낳았고 그가 넘겨주겠다는 명단을 건네받을 수 있을지는 아직 알 수 없는 일이었다.

"어떻게 그게 가능합니까?"

"가능하다는 게 아니라 그렇게 하지 않고는 절대로 그들을 건드릴 수 없다는 뜻일세. 아주 불가능한 이야기도 아니고. 이선실 사건은 남한 내에 북한 현지 지도부를 구축한 남로당 이후 최대 규모인 '조선 노동당' 사건이다. 몇 십 명의 관련자를 구속한 것으로 일단락 지어졌다고 생각하는 것은 오산이다. 아직 찾아내지 못한 거대 공작금이 어디엔가 매몰되어 있을지도 모르고 정부 요직에서 번듯한 얼굴로 애국자라 외치는 인물이 이선실이 심어 놓고 간 공작원일 수도 있다. 조선 노동당 중부 지역당 무장 간첩망으로 밝혀진 조직원만도 400명 이상임을 계산할 때 전국적으로는 도대체 몇 백, 몇 천 명이 될지 알 수 없는 일이다. 중부지역당 관련자 중 달아난 인원이 300명을 넘는다. 그들이 어디에서 무엇을 하고 있을까? 또 구속되었던 간첩들이 법적 구속 기간을 채우고 교도소에서 나와서 어떤 활동들을 하면서 살고 있을까? 누군가가 이선실 대역으로 내려와 여전히 지하 조직을 관리하고 있다고 가정해 보라. 그런 생각을 하면 나 같은 사람은 살맛이 나지 않는다. 남한에서 검거된 간첩 중에는 광화

문 지하에 묻혀 있는 광케이블 하나만 폭파하면 서울은 암흑세계가 된다고 말하는 자도 있다. 이런 상황에서도 대한민국은 휴대전화를 감청할 수 없는 '통신 비밀 보호법'을 바꾸지 못하고 있는 실정이다."

수십 년 간의 대공 실무 경험을 지닌 한철호의 비통한 듯 격정적인 설명에 교육생들은 숨을 죽였다. 정부 조작이니 정치적 탄압이니 하던 간첩단들의 실체가 현실적으로 존재한다는 사실을 그들은 이제 인정해야 할 것 같았다. 그러면서도 이 모든 사실을 반신반의하고 있는 자신들이 정녕 대한민국을 바르게 이끌어 갈 주역인지 스스로 의구심이 들었다.

삼청동 안가에서는 일사 분란하게 각자 맡은 부처에 연락을 취하면서 박수경의 행방을 수소문했다. 장중건의 지시로 누가 박수경을 VIP 심사대로 안내했는지는 곧바로 밝혀졌다. 부산 김해 공항 국정원 분실로 연락한 사람은 그 지역구 국회의원인 박부현 의원으로 드러났다. 한철호는 하는 수 없이 지금까지 알아낸 박부현과 케이트 박사의 관계를 장중건에게 보고하는 수밖에 없었다. 김치수 박사가 케이트를 의심하는 부분까지 모두 그에게 보고했다.

"그 사이에 그런 일이 있었군. 그럼 케이트 박사를 주목해야겠군."

"만약 블랙홀의 아내에게 지시를 내린 사람이 케이트 박사라면 곧 두 사람이 만나지 않을까요? 우선 케이트에게 밀착 감시를 붙이는 게 급선무인 것 같습니다."

"미통개발에 케이트 박사의 내사를 맡길 만한 유능한 요원이 있을까?"

장중건은 이번 사건의 열쇠를 그와 한철호가 쥐고 있는 이상 이번 사건을 미통개발의 수확으로 마무리 짓고 싶은 욕심이 있었다. 대통령에게 기구의 탄생 선물로 대어를 상납하겠다고 약속했던 일을 그는 잊지 않고 있었다. 한철호는 벌써 그런 야심을 가진 장중건의 속내를 훤히 읽었고 그 역시 밥값에 해당하는 일 하나를 처리하고픈 욕심이 없지 않았다. 미통개발 탄생에 투자된 자본금이 얼마나 되는지 장중건은 그에게 털어 놓았고 투자에 대한 부담감을 느끼기는 창립 멤버인 한철호도 마찬가지였다. 이미 케이트 박사와 박부현의 관계까지 알아낸 덕에 박수경의 행방을 찾는 것은 보너스 찬스가 될 수도 있었다.

"어차피 내사하던 박과장이 계속하는 게 좋겠습니다. 박과장이 눈여겨 둔 요원이 있는 눈치니까 알아서 하라고 맡기면 될 겁니다. 그 친구 하나가 열 몫을 하네요."

한철호는 잠깐 박과장을 만나겠다며 사무실을 나갔다. 제이미가 한국에 안전하게 도착하기만을 기대했고 차질 없이 잘 진행되는 줄 알았던 작전이 실패로 돌아가자 블랙홀의 처리 문제는 장기전으로 돌입하는 양상을 띠웠다. 청와대 비서실장, 안보수석, 국정원장에게 우선 비상 전화로 보고를 했고 내일 아침 청와대 비서실에서 비상 대책 회의를 열기로 했다. 국정원 해외부 경호원의 실수로 책임을 전가하여 장중건이 블랙홀을 떠맡을 계획이었다. 그 사이 강수석이 대통령 비서실장에게 미통개발의 발족을 보고할 예정이었다. 대통령께서 지시한 사안이며 기구를 탄생시킬 때까지는 보안을 유지하라는 특별 지시가 있어 보고하지 못했노라 말할 참이었다. 잠시 언짢아하겠지만 대통령이 둘러쓰는 수밖에 방법이 없었다. 그렇다고 비서실장이 대통령에게 '왜 비서실장인 나에게까지 비밀로 했느냐고 따지지는 못할 것이라는 계산에서였다. 비서실장에게 미통개발의 존재를 인정받아야만 블랙홀을 인도 받을 수 있기 때문에 어쩔 수 없는 선택이었다.

장중건은 실의에 빠져 있는 블랙홀을 위로할 겸 그의 사무실로 내려갔다. 그가 책상에 두 팔을 올려 이마를 감싼 채 등을 들썩이고 앉아 있었다. 흐느껴 우는 것 같았다.

"힘들겠지만 우리도 최선을 다 하고 있어요."

장중건이 그의 옆에 의자를 끌어다 앉으며 조용히 말을 건넸다.

"최선? 이제 다 소용없어요. 비행기를 타기 전 박수경이라는 이름의 여자가 제이미인지 확인을 했어야지요."

"그거야 우리 요원과 공관에서밖에 모르는 기밀 사항이니까 당연히 가짜 박수경은 제이미일 거라 믿은 거지요."

"제이미는 살해당했어요. 이걸 보세요."

그가 컴퓨터 화면에 떠 있는 영자 신문 기사를 손가락으로 가리켰다.

코펜하겐 항구 선적 물류 하치장에서 커다란 물품 보관 부대에 담긴 여자의 시신이 발견되었다는 기사였다. 부패 상태가 심해서 얼굴 형체를 알아볼 수는 없지만 이마에 총상을 입고 피가 많이 말라붙어 있는 것으로 보아 살해당한 뒤 하치장에 버려진 것으로 추측된다는 내용이었다. 덴마크 경찰 당국은 시신을 국립 수사기관으로 옮겨 피살자의 신분을 밝힐 예정이며 이번 사건도 중동 출신자들의 테러일 가능성에 무게를 두고 있다는 기사였다. 덴마크는 2005년 일간지 '율란츠 포스텐'이 이슬람교 창시자인 무함마드 풍자 만평을 실어 전 세계적으로 논란을 일으킨 후 이슬람 극단 세력의 테러에 노출되어 왔고 코펜하겐 시내의 율란츠 포스텐 건물에 폭탄 테러 협박이 가해지면서 끊임없이 테러가 자행되고 있다고 밝혔다. 얼마 전 중동 출신 이민자 덴마크인의 총격 테러로 2명이 사망한 사건을 예로 들었다.

"이게 제이미라고 단정 지을 수는 없잖아요."

"제 느낌은 틀림없어요. 이 기사를 보는 순간 제이미라는 생각이 들었어요. 미찌꼬라는 자신의 이름을 좋아했는데 자기 이름 찾지도 못하고 제이미라는 이름으로 떠났네요. 너무 가엽고 미안해요. 모두 제 탓이에요."

그가 죄책감으로 울먹이며 가슴을 쥐어뜯었다. 자신을 보호해 주기 위해 코펜하겐으로 돌아갔다가 결국 변을 당한 것이다. 잠시나마 그녀와의 평화로운 한국 생활을 꿈꾸며 가슴 설레었던 시간이 더욱 그를 아프게 했다.

"흥분을 가라앉히고 내 이야기 잘 들어요. 당신 말대로 코펜하겐에서 제이미가 살해당한 것이 사실이라면 당신은 그 범인을 찾아야 되는 게 맞지요?

"범인을 찾은들 무슨 소용이 있습니까? 제이미가 살아올 것도 아닌데."

"당신에게 시간을 벌어 주려다가 개죽음을 당했는데 그걸 밝히지도 않고 그냥 묻어 두겠다고요?"

그 말에 블랙홀은 대답하지 않았다.

"우린 지금 당신 아내 뒤를 쫓고 있는데 협조해 주세요. 그 여자의 진짜 이름은 뭡니까?"

블랙홀은 잠시 자신의 마음을 진정시키고 목소리를 가다듬었다.

평상심을 찾으려고 애쓰는 모습이었다.

"영어 이름은 릴리야, 백합이라는 러시아어죠. 북한 이름은 리백희로 노동당 중앙당비서 리영철의 막내딸입니다."

"당신 아내는 당신이 한국에 있다는 걸 알고 온 걸까요?"

"오십 오십일 겁니다. 제이미가 한국행 비행기 티켓을 가지고 있었으니 내가 한국에 있을 거라 생각했을 것이고 자기 조직 윗선에서 전혀 그런 말이 없으니 아닌가 싶기도 했겠죠. 조직에 대한 믿음은 대단하니까요."

"그런데 당신 아내를 이곳으로 불러들인 사람이 있어요."

"예? 그게 누굽니까?"

"아직 확실치는 않지만 부산 특별 심사대로 나오게 해 준 사람이 그 여자를 부른 사람 아니겠어요?"

"그렇죠. 그게 누구냔 말입니다."

"케이트 블랙웰이라는 미국에서 온 공학박사에요. 원자력 본부 초청으로 한국에 온 아이 티 전문가인데……."

"혹시 동양계의 젊은 여자 박사 아닌가요?"

"맞아요. 삼십 세 가량의 일본계 미국인 아가씨예요."

"아! 리혜성. 그 여자 이름이 케이트 뭐라고요?"

"케이트 블랙웰. 그 여잘 알아요?"

"분명 그 여자가 그 여자야."

블랙홀은 혼자 중얼거리며 얼굴이 붉으락푸르락하더니 의자에서 벌떡 일어섰다.

"그 여잘 잡아야 해요."

"우리가 미행 감시 중입니다."

"놓치면 안 돼요. 내가 말해 주려던 이선실의 아바타가 바로 그 여자예요."

"이선실의 손녀?"

"예. 틀림…… 없어요. 원래 이름 김…… 선…… 화. 이선실이 리…… 혜…… 성으로 바꾸고."

그가 말을 더듬는 통에 무슨 소리인지 잘 전달되지 않자 장중건은 그에게 천천히 말하라고 타일렀다.

"자, 숨을 깊게 쉬어 봐요. 이 물을 마시고 천천히 다시 말하는 거예요."

장중건이 생수병 뚜껑을 따서 그의 손에 들려주었다. 그가 질질 흘리며 물을 들이켜고 숨을 몰아쉬었다. 장중건은 그를 의자에 끌어다 앉혔다.

"그 여자가 누구라고 했어요?"

"이선실의 손녀 리혜성. 어릴 때 일본에 유학을 보내면서 일본 사람으로 신분 세탁을 했다고 들었어요. 원래 이름은 김선화인데 양녀로 입적시키면서 리혜성으로 바꿨어요. 이선실이 사망하기 전 그녀에게 전 재산을 다 물려줬다는 소문이 있었어요."

"미국 MIT대학에서 컴퓨터 학을 전공하고 아이 티 전문가로 미국에서 활동하고 있어요. 미국 국적을 가지고 있어요."

"틀림없어요. 일본으로 떠난 후 전혀 소식을 들을 수 없었지만 미국에서 유명한 사람이 되어 만날 수도 없다는 말을 그 엄마가 떠벌리고 다닌다고 하더군요."

장중건의 얼굴이 상기되어 술에 취한 사람 같았다.

"잠깐."

손을 펼쳐 블랙홀의 말을 저지하고 그는 뒷주머니에서 휴대전화를 꺼내 들었다.

"한국장, 지금 어디 있어? 오, 박과장이랑 있어? 잘 들어. 자네가 박과장과 합류해. 케이트 박사는 요주의 인물이야. 절대 놓쳐서는 안 돼. 정 다급한 상황이 발생하면 아무 핑계나 대고 미통개발로 데려와. 교통 위반이나 경범죄 같은 거라도 괜찮아. 내 평생 트라우마가 된 그 인물의 아바타야. 바로 시작해."

한철호는 '알아들었습니다, 잘 알아들었습니다'라는 말만 되풀이했다. 그는 이미 이선실의 손녀라는 말을 다 알아들었다는 뜻을 그에게 전한 것이다. 휴대전화를 끄고 이번에는 그가 벌컥벌컥 물을 마셨다.

"당신을 찾으러 온 게 아니라면 당신 아내는 왜 위험을 무릅쓰고 한국에 왔을까?"

"케이트를 만나러 왔다면 뭔가 전달 받을 게 있어서 온 게 아닐까요? 케이트가 출국할 수 없는 입장이 됐으니 누군가가 와야겠지요."

"케이트가 확보한 뭔가를 전달할 사람이 필요했던 거겠지?"

"바로 그겁니다. 잘하면 두 사람을 한꺼번에 덮칠 수 있는 기회를 얻게 되는 겁니다."

"그들을 데려오면 당신은 그들을 만날 생각이오?"

"아닙니다. 어차피 이렇게 된 거 난 노출되지 않은 채 남한과 미찌꼬를 위해 할 수 있는 일을 할 것입니다."

"예를 들면 어떤 일을?"

"그녀를 그렇게 만든 인간들에게 복수하는 일, 그들에게 놀아났던 이 나라 구석구석에 박혀 있는 요주의 인물들의 정체를 밝히는 일, 그녀가 그렇게도 좋아하던 그림 그리는 일, 그녀의 노모를 그들 손아귀에서 빼내는 일 같은 것들……."

이들의 사랑이야말로 진정성이 넘치는 완벽한 사랑이라는 생각이 들었다. 일본에서 충분히 자기 자신의 안전을 지킬 수 있었는데도 불구하고 위험에 처한 애인을 곤경에서 구해 주기 위해 코펜하겐으로 돌아가 변을 당한 그녀의 사랑. 또 이미 이 세상에 없는 애인을 생각하고 그리워하며 여생을 그녀를 위해서 무엇이라도 하겠다는 이 남자. 장중건은 이런 큰 사랑을 주고받은 그들의 이별이 가슴 아팠지만 누구도 흉내 낼 수 없는 아름다운 마음이 부러웠다.

케이트 박사에게 요원 두 명을 붙여 놓고 한철호는 잠시 틈을 내어 박부현을 의원회관 주차장으로 불러냈다.

"무슨 일이기에 사무실에 들어오래도 안 들어오고 숨넘어가는 소리를 하는 거야?"

"타."

한철호가 자신의 자동차 문을 열고 눈짓을 하자 박부현은 더 아무 말 없이 그의 차에 올랐다. 무슨 일인지는 모르지만 한철호의 표정만 보아도 심각한 일이 벌어졌음을 느낄 수 있었다.

"자네, 지금부터 내가 묻는 말에 거짓 없이 대답해야 해. 그래야만 내가 자넬 도와줄 수 있어. 큰 위험에 처했다고."

"무슨 소리야? 내가 왜?"

"케이트 블랙웰 박사 문제야."

"그건 어디까지나 사생활인데……."

"대한민국 국회의원이 언제부터 바람 피워도 괜찮다는 법안을 통과시켰어?"

"그걸 자네가 어떻게 알았어? 집사람? 그 사람이 자넬 찾아갔어?"

"그게 문제가 아니야. 케이트는 미국 국적을 가진 북한 간첩이야. 자네가 그런 여자에게 무슨 짓을 했는지 알아?"

박부현은 펄쩍 뛰며 소리쳤다.

"지금 무슨 말 같지도 않은 소리를 하고 있는 거야?"

"소리 낮춰. 자네가 유출시킨 기밀 서류만도 엄청난데 이 일을 자네 어떻게 감당하려고 이래?"

박부현의 얼굴이 하얗게 질리면서 얼음처럼 써늘한 표정으로 변해 갔다.

"지금 우리 쪽 사람이 케이트를 쫓고 있어. 김치수 박사가 귀띔해 줘서 알게 됐어. 자네가 김해공항 대공 분실에 부탁해 특별 심사대로 통과시켜 준 여자가 북한 노동당 중앙당비서 딸이고 덴마크에서 외화 벌이를 하던 북한 공작원이란 말이야. 자넨 지금 간첩들에게 정보를 제공하고 그들이 마음 놓고 활동할 편의를 봐준 거란 말이야."

"아, 믿을 수 없어. 케이트는 우리 정부에서 초청한 VIP 인물이잖아."

"정확하게 말해서 정부 초청은 아니지. 김치수 박사가 초청한 거니까."

무릎에 얹힌 그의 두 손이 부들부들 떨리고 있었다.

"내가 어떻게 하면 되겠나?"

"나하고 헤어지고 나면 자네 신분을 밝히고 자주 만나는 공학자가 수상한 낌새가 있어서 신고한다고 전화를 걸어. 기록이 남아야 하니까 나에게 개인적으로 신고할 수는 없어. 국회의원 신분이니까 드러내 놓고 조사하자고 하지는 않을 거야. 그 사이 내가 우리에게 보고되도록 손을 써 놓을 테니까 그 뒤는 나한테 맡기고."

"우리라니 우리가 누구야?"

"국정원에 계시던 장중건 차장님이랑 자네 조카 박검사야."

"그럼 김치수 박사는 다 알고 있었던 거야?"

"아니야. 그 친구도 며칠 전에야 알았어. 그렇게 해도 완전하게 책임을 모면하기는 어려울 거야. 허지만 그거라도 하지 않으면 자네가 몽땅 덤터기를 쓰는 거고. 국가보안법 위반에 남파 간첩에게 포섭당한 거물 국회의원 간첩이 되겠지."

그의 입술이 바짝 타들어 가는 얼굴을 보며 한철호도 가만히 한숨을 쉬었다. 하얗게 질렸던 얼굴이 점점 흙빛으로 변해 가고 그의 입에서 탄식의 소리가 터져 나왔다.

"하! 세상에 어떻게 이런 일이……."

"서둘러. 난 가야 해. 아마 케이트는 오늘 중에 체포될지도 몰라. 그녀와 전화 통화가 되더라도 절대 내색하지 말고."

"알았어. 정말 고마워. 절대 잊지 않을게."

박부현은 턱이 높은 SUV 차에서 내리다가 발을 헛디뎌 넘어질 뻔하며 차를 붙잡고 겨우 버티고 섰다. 다리에 힘이 풀려 주저앉을 것만 같은 상황이었다.

"정신 똑바로 차리고 아무한테도 내색하지 하지 마."

한철호는 차창을 내려 정신 놓고 서 있는 박부현에게 소리를 치고 자동차의 시동을 걸었다. 힘없이 어깨를 축 늘어뜨리고 주차장에 서 있는 그를 남겨 두고 한철호는 미통개발로 돌아왔다. 박과장과 그의 요원들로부터 계속해 상황 보고를 받았다. 아직 케이트는 연구소에서 별 움직임이 없다는 보고였다.

권총을 소지하고 나간 박과장은 공안 검사로, 신웅은 기무사 대공 수사관으로 이미 수사 경험이 있던 요원들이라 걱정하지 않아도될 것이었다. 나머지는 자동차 두 대에 운전 요원과 힘으로 제압할 무술 요원이 각각 한 명씩 따라 붙었다. 그들의 움직임이 수상쩍고 그들 힘으로 역부족이다 싶으면 한철호가 삼청동 수사관들을 대동하고 출동할 태세를 갖추고 대기했다. 삼청동에서 장중건이 지휘하는 수사관들도 대기 상태였다. 장중건은 삼청동 국정원 수사관들의 도움 없이 미통개발 자체의 힘으로 사건이 마무리되기를 마음으로 빌었다. 모든 요원들을 비상 대기 시켜 놓고 그의 속이 까맣게 타들어 가는 듯 했다.

제**8**장
아직 끝나지 않았다

케이트가 팔찌를 흔들며 김치수 박사 방으로 찾아왔다.

"오늘 저녁에 만나 뵐 분은 몇 시에 어디서 뵈면 될까요?"

"아, 어차피 차 한 대로 움직여야 할 것 같으니까 볼 일 보시고 연구소로 오세요."

"어떤 귀한 분이기에 미리 말도 안 해 주시는지 정말 궁금해요?"

김박사는 차마 케이트의 **뻔뻔한** 얼굴을 마주할 용기가 나지 않아 몹시 바쁜 척하며 서류에서 눈을 떼지 않은 채 그녀에게 말했다.

"어렵게 만나는 분이니 너무 늦지 않도록 신경 써 주세요."

"예. 알았어요. 그럼 나중에 보시죠."

케이트는 무엇이 그리 기분 좋은지 한껏 들떠 있는 표정이었다.

"잘 다녀오세요. 나는 연구실에 계속 있을 생각이니까 아무 때나 연락 주시고요."

케이트가 킬 힐이라는 높은 하이힐로 또각또각 복도를 울리며 사라지는 발소리에 김치수 박사는 휴대전화를 들었다.

"지금 연구소에서 나가 주차장으로 갔어요."

그는 박과장에게 케이트의 동향을 알리는 전화를 걸고 의자에 돌아와 몸을 기댔다. 오늘로 이 두렵고 역겨운 사람과의 만남이 끝나기를 빌었다. 아무렇지도 않은 듯이 웃고 반기고 일을 의논하고 서류를 함께 뒤적이던 아름다운 젊은 공학도 여인이 스파이라니 그도 처음에는 믿을 수가 없었다. 박과장을 만나고, 한철호를 만나 그녀에 대해 털어 놓고 뒤 조사를 의뢰하고 나니 속은 후련했지만 매일 그녀를 평상시처럼 대한다는 일이 그에게는 고욕이었다. 웃고 재잘거리며 천진난만한 척하는 그녀의 얼굴을 마주 대하고 있으면 역겨운 마음이 들었다. 예쁜 가면 속에 감추어진 추한 얼굴을 이미 보아 버린 그런 역겨움이었다. 그녀가 한번씩 내비치던 한국에 대한 적대감이 이해가 갔다. 오늘 저녁에 중요한 사람을 만나자는 약속을 해둔 것은 혹 박과장 팀과의 일이 잘못되었을 때 장중건 차장과 한철호 국장에게 그녀를 인계하기 위해서였다. 그것은 한철호의 아이디어였다.

케이트는 연구소를 나와 자동차에 앉아서 정확하게 오후 1시에 스마트 와치를 평양 방송 주파수에 맞추었다. '영희 언니가 백합 같은 동생에게 노래를 전합니다'라는 방송이 나오면 박수경과의 접선에 문제가 없다는 소리고 그 방송이 나오지 않으면 접선을 포기해야 하는 것이었다. 최첨단 과학 문명의 세상이 왔어도 그런 접선 여부의 전달 방식만은 아직 옛날이나 다름이 없었다. 그 방법 외에 더이상 안전하고 편안한 방법을 찾지 못한 탓일 것이다. 평양 방송은 그 말을 전하고 음악 한 곡을 내보냈다.

"오케이!"

케이트는 접선에 문제가 없음을 확인하고 주차장을 빠져 나갔다.

자동차를 싣고 석모도로 가는 배에서 누군가로부터 자동차와 열쇠를 전해 받은 리백희는 차를 몰고 석모도를 한 바퀴 돌면서 미행하는 자가 없는지 확인하고 시간을 때운다. 그런 다음 다시 석모도에서 외포리로 배를 타고 나와 표시된 약도대로 자동차를 몰고 강화 읍내 인삼 센터 주차장에서 케이트를 기다리기로 했다. 외지인들이 인삼을 사기 위해 붐비는 곳이기도 하고, 바로 옆 주변이 시장이라 번잡하고, 대로변이라 소음이 시끄러워 남에게 관심을 가지지 않는 점을 이용하기로 한 것이다.

서로 얼굴을 모르는 상황에서 머리 긴 여자가 다가와 BMW 자동차에 앉아있는 케이트에게 영어로 '자동차가 고장 나서 그러는데 휴대전화를 잠시 빌려 쓸 수 있느냐'고 물으면 '일본산 자동차냐?'고 대답하여 상대방을 확인한다. 케이트가 휴대전화를 빌려주면 상대방 여자는 휴대전화로 '전달할 물건을 받으러 왔는데 차가 고장 나서 인삼 시장에 서 있다'고 말하고 전화기를 돌려줄 때 케이트는 그녀에게 서류가 담긴 인형 USB를 건네주면 접선 끝이다.

케이트는 전달하는 대로 그곳을 떠나 서울로 돌아오고 리백희는 자동차를 몰고 강화도를 관광하며 어두워지기를 기다렸다가 강화도 해안으로 들어온 안내조를 만나 북으로 복귀할 예정이었다.

걸림돌이 될 만한 요인은 아무 것도 없었다. 박수경이라는 이름의 여자가 김해공항으로 한국에 들어온다는 사실만 알고 있을 뿐 그녀의 신분도 얼굴도 모른 채 접선하게 되는 경우였다. 케이트가 그동안 파일 전송으로 보낼 수 있는 것은 제 3국을 통해 북으로 전달했지만 기밀에 해당하는 중요 문서는 전파를 타는 것보다 인편을 이용하는 것이 가장 안전한 보안 방법이라 하여 북으로 귀환하는 공작원이 한국을 경유하여 기밀문서를 전달받기로 한 것이었다. 애초에 계획은 도로 비행기 편을 이용하여 한국을 떠날 예정이었으나 분명 출국 시 '박수경' 이름의 가짜 여권에 문제가 발생할 것을 염두에 두어 북한에서 보내온 반잠수정을 통해 복귀하기로 방향을 바꾸었다.

리베라 부부로 불리던 릴리야(리백희)는 남편 블랙홀과 함께 평양에 입국하지 못하는 책임을 조금이나마 면제 받고자 위험을 무릅쓰고 기밀문서를 전달하기로 결심을 굳혔다. 그것도 당비서인 아버지가 딸의 안전을 위해 노력 끝에 얻어낸 커다란 면죄부였다. 그런 내막을 알 턱이 없는 케이트는 기밀문서를 전달받기 위해 해외에서 위조 여권을 가지고 한국에 입국하는 공작원과 접선하라는 명령만을 전해 받았다. 그 상대가 박수경이라는 이름의 여자라는 사실과 입국 시 문제가 없도록 도우라는 지시도 함께 전해 왔던 것이다.

케이트는 화창한 날씨에 성능 좋은 BMW 승용차를 직접 운전하여 올림픽대로를 달렸다.

"도로 하나는 기차게 잘 만들어 놨어. 길만 잘 닦아 놓으면 뭘 하나? 빚더미에 앉아 인민은 다 배곯아 죽게 생겼는데……."

그녀는 음악을 틀고 콧노래를 부르며 어수룩하고 허술한 나라라고 한국을 비웃었다.

"나를 초청해서 이렇게 남조선을 활보하게 만들어 준 자들이 바로 너희들이니까 나한테는 아무런 잘못이 없는 거야. 삼주 만에 볼 일 끝내고 돌아가겠다는 나를 너희들이 사정사정하며 붙잡아 앉혔잖아. 바보 같은 김치수, 멍청한 남조선, 썩어빠진 국회의원……. 너희들이 무너지고 우리 손에 통일될 날도 멀지 않았어. 난 할머니처럼 조국의 영웅으로, 세계 최고의 IT 전문가로 명망을 얻을 것이야."

기분이 날아갈 것 같았다. 따뜻한 봄 날씨처럼 자신의 인생이 순풍에 돛단 듯 매끄럽게 풀려 나가는 느낌을 받았다. 박부현이라는 남자를 만난 것도 그녀에게는 행운이었다. 섹스 파트너로도 부족함이 없었고, 포섭 성과로도 대어에 속하는 인물이었다. 그를 얻음으로 해서 너무나도 한국 활동이 순조로웠다. 얼굴은 비록 몇 번의 성형을 거쳐 만들어진 미모지만 몸매를 이만큼 아름답게 가꾼 것은 순전히 자신의 피나는 노력 덕분이었다. 남에게 뒤지지 않게 공부하고 연구할 시간도 부족한 그녀가 틈틈이 개인 트레이너를 두고 식단과 운동을 꾸준히 병행하며 몸을 만든다는 것은 독한 의지력 없이는 쉬운 일이 아니었다. 그 모두가 할머니가 물려주신 재력이 뒷받침되었기에 이룰 수 있었던 일이었다.

그녀에게는 명예뿐 아니라 평생 먹고 살 재산이 있어 아무 것도 염려될 것이 없었다. 무늬만 유명 인사이던 그녀의 양부모는 실상 빈털터리였고 그녀를 딸로 받아들이면서 딸의 재산 덕에 노후를 편히 보낼 수 있어 서로가 만족하는 상부상조가 되었다. 조국의 영웅이 된다 해도 그녀는 북한으로 돌아가지는 않을 작정이었다. 미국 시민으로 산다는 것이 세계 어디를 가더라도 얼마나 당당한지를 이미 알아버린 그녀가 미국을 포기하는 일은 없을 것이었다.

그녀는 GPS 내비게이션에 강화읍 내에 있는 인삼 시장을 찍고 봄바람을 날리며 신나게 자동차를 몰았다.

전날 밤 장중건과 한철호, 박과장은 미통개발 소장 회의실에 모여 작전 회의를 가졌다.

피를 흘리지 않고 상대를 검거하는 방법을 그들은 선택했다. 세 사람은 머리를 맞대고 각각의 장단점을 토의했다.

1) 접선하는 바로 그 순간에 두 사람을 모두 체포하는 방법.
2) 접선을 끝내고 각자 혼자가 되었을 때 두 팀으로 나뉘어 각각 체포하는 방법.
3) 접선을 끝낸 케이트가 서울로 돌아가는지를 살폈다가 연구소 주차장에서 조용히 체포하고, 리백희는 계속 밀착 감시를 하여 어떤 공작원과 또 다른 접선을 하는지 주시하다가 막판에 검거하는 방법.

위 세 가지 방법 중 어느 방법을 택할 것인지 그들은 열띤 토론을 벌이며 고심했다.

"제일 간단하고 완벽하기는 첫 번째 방법이겠지요. 그런데 그건 뭔가 아쉬움이 남는 것 같아요. 뒤에 벌어질 큰 건을 놓치는 것 같은 아쉬움 말입니다."

박과장이 뭔가 미련을 버리지 못하는 표정으로 그 말을 할 때 장중건과 한철호도 고개를 끄덕였다.

"두 번째 방법은 첫 번째 방법과 크게 의미가 다를 것이 없으니 그 순간 상황에 따라 두 방법 중 하나를 택하면 될 것이야. 그렇다면 세 번째 방법이 문젠데 이 방법을 택했다가 다 잡은 고기 놓치는 경우도 염두에 두어야겠지."

한철호도 쉽게 마음의 결정을 내리지 못한 채 고민에 빠졌다.

"대어 노리다가 잡은 고기마저 잃는 경우도 간혹 있긴 하지. 케이트가 접선만 끝내고 정말 연구소로 돌아올지도 의문이고 리백희가 다른 공작원들과 합류한다면 검거가 어려울 수도 있어."

장중건은 문제점을 제기했다.

"그럼 소장님은 첫 번째 방법이나 두 번째 방법을 바라시는 겁니까?"

박과장이 애매한 표정으로 망설이고 있는 장중건에게 확실한 대답을 듣기를 원했다.

"국정원에서처럼 손발 맞는 수사관들로 한 팀이 구성되어 있을 때 같으면 무리해서라도 나는 세 번째 방법을 택했을 거야. 그러나 지금은 상황이 달라. 숙련된 수사관도 턱없이 부족한 이 시스템으로는 미통개발의 그동안의 노력은 흔적도 없이 사라지고 남 좋은 일만 시킬 수도 있거든. 기무사나 국정원이나 경찰 쪽만 어부지리로 수확을 올리게 될 지도 몰라."

그는 너무 사건이 커져서 경찰 병력이나 국정원, 기무사 수사관들이 전원 동원되는 사태를 염려하고 있었다. 완벽한 시스템을 갖춘 대공 수사 담당관들에게까지 이 사건의 협조를 구하고 싶지 않은 것이었다. 장중건의 심중을 꿰뚫어 본 한철호는 결론을 내렸다.

"그럼 작지만 완벽하고 쉬운 길로 가죠. 자칫 욕심이 화를 부를 수도 있습니다. 접선을 끝내고 두 사람이 서로 헤어져 혼자가 되는 그 순간에 양 팀으로 나누어 덮치는 것이 좋겠어요. 그들의 힘을 분산시키는 효과도 있고 압수할 증거물도 그대로 지니고 있는 상태에서 검거하도록 하겠습니다. 케이트가 리백희와 접선하는 장면은 원거리 촬영으로 증거를 확보하기로 하죠. 케이트가 연구소까지 갈 것도 없이 접선 장소에서 100미터쯤 되는 지점에서 교통순경 복장을 한 우리 요원이 신병을 확보하고, 리백희 역시 접선을 끝내고 안도하며 돌아서는 순간에 덮치는 게 제일 확실한 방법일 것 같습니다."

"그래. 더 욕심내지 말자고. 케이트와 접선한 후 리백희 뒤에는 분명 뭔가가 있을 테지만 그건 포기해."

"예. 알겠습니다. 박과장 잘 들었지? 이번엔 자네에게 기회를 주는 거야. 그래서 소장님도 더 큰 무리를 하지 않는 거고. 억울하게 가신 아버지를 위해 자네가 할 수 있는 첫 번째 보답이 될 것 같지 않아?"

"감사합니다. 아버지를 위해 뭔가를 한다고 생각하니 조금은 마음이 편해집니다. 최선을 다 하겠습니다."

"경찰청 쪽에도 협조 요청했겠지?"

"물론입니다."

1단계는 박과장의 진두지휘 아래 4명씩 3개조가 불심 검문으로 선 공격을 취하여 조용하게 체포하는 방법이었다. 2단계는 그들이 불심 검문에 응하지 않고 살상 무기를 꺼내 들고 저항한다거나 도주하는 경우, 추격전이 벌어지게 된다. 이때 주변에 배치해 둔 병력 인원과 여러 대의 자동차들이 도로 곳곳을 차단하는 방법을 동원한다. 3단계는 그녀들이 도주를 시도하면서 숨어 있던 조직원들과 합류하여 대규모의 쌍방 총격전이 벌어지게 되는 경우로 사상자도 많이 나고 무고한 시민이 다치는 상황이 벌어진다. 이 3단계의 방법 중 어느 방법으로 상황이 전개될지는 아무도 모르는 일이었다.

"여차하면 달려갈 지원군이 있다는 거 잊지 말고 힘내. 이동하는 동안 계속 위치 보고하고. 그래야 제2지원군이 계속해서 바짝 따라

붙을 수 있으니까."

"예."

"공안 검사 시절 검거 작전에 참여하지 않았나?"

"참여했지만 제가 지휘를 맡지는 않았습니다. 지휘에 따르기만 했었죠."

"제 이 지원군은 노련한 한부소장이 진두지휘를 하니까 너무 조바심 내지 말고 여유를 가져도 돼. 겁먹지 말라는 말이야. 전혀 예상치 못한 사태가 벌어질 때는 지휘를 맡은 수사관의 순간적인 판단으로 급히 결정해야 할 때가 있어. 순발력이 필요한 부분이지. 이럴까 저럴까 망설이다가는 가장 중요한 골든타임을 놓치는 거야. 그런 면에서 자네는 적임자라고 생각해. 가만 보니까 순발력이 뛰어나더군."

"소장님도 눈치 채셨어요?"

한부소장이 환하게 얼굴을 밝히며 장소장을 보았다.

"이 사람아, 내가 눈치 백단이야. 자네들이 뒤에서 날더러 '숫여시'라고 부르던 거 내가 모른 줄 알아?"

한부소장이 그 말에 박장대소하며 웃음을 터뜨렸다. 장중건은 옛날이 그리운 듯 한철호의 웃음에 회심의 미소를 띠웠다. '옛날 같으면 네가 감히 내 앞에서 그렇게 큰소리로 웃을 수 있었겠어?' 하는 마음도 없지 않았다.

"눈치만 빠르셨나요? 머리도 좋았죠, 촉각도 예민했죠, 냄새도 잘 맡았죠, 소장님 느낌은 언제나 적중했잖습니까?"

"과거형을 쓰는 걸 보니 이제 '쓸모없는 늙은 여우'가 된 모양이지?"

"무슨 말씀을…… 아직 곰은 아니니 염려 마십시오."

"두 분이 정말 부럽습니다."

박과장이 두 사람을 지켜보다가 불쑥 던진 말이었다.

"뭐가? 늙어서 퇴물 된 게?"

박과장에게 던지는 농담을 들으며 한철호는 '저 사람이 정말 늙어 가는구나.' 하고 느꼈다.

"아니요. 두 분처럼 허심탄회한 상사와 부하 관계가 쉽지는 않죠. 너무 좋아 보여서요."

박과장은 피살당한 아버지를 떠올리며 가슴이 찌르르 아파 왔다. '저 사람들처럼 저렇게 웃으며 일할 수 있는 사람이었는데. 일 욕심이 많기는 했지. 적당하게라는 걸 모르는 사람이었으니까.' 그가 슬픈 눈을 하고 두 사람을 바라보자 그들도 박과장의 마음을 읽은 듯 웃음을 거두었다.

"자네 아버지는 일 욕심이 워낙 많았어. 자네 아버지가 계장 시절이었을 거야. 한 번은 중요한 행사장에 가려고 나랑 한 차를 탔는데 내 앞 조수석에 앉아 안전벨트를 매더니 차가 막 출발하자 고개를 푹 떨구는 거야. 난 밤을 새워서 조는 줄 알고 얼마나 졸리면 안전벨트를 매자마자 조나 했지. 그런데 운전기사가 '박계장님, 왜 이러세요?' 하면서 차를 세우고 그를 마구 흔드는 거야. '왜 그래?' 하고 보니까 자네 아버지가 얼굴이 백짓장처럼 하얘서는 정신을 잃은 거야."

"맞아요. 그때 그런 일이 있었지요."

한철호가 기억난다며 맞장구를 쳤다.

"행사 시간에 쫓겨 서두르던 참이었는데 박계장이 그 꼴이니 버리고 갈 수도 없고 하는 수 없이 나는 다른 차를 불러 출발하고 박계장은 그 차로 병원에 간 거야. 그때 박계장 병명이 뭔지 알아?"

"아마 빈혈이었지요?"

고인이 된 사람 이야기를 하면서 더구나 그의 아들 앞에서 차마 웃지는 못하고 한철호는 입가를 씰룩이며 병명을 말했다.

"맞아. 그 등치에 빈혈이라니까 운전기사랑 같이 갔던 직원이 쓰러진 사람 놓고 깔깔거리며 웃었다는 거 아니야. 바빠서 끼니도 제대로 못 챙겨 먹고 잠복하면서 빵 조각으로 때우고 했으니 빈혈이 된 거지. 그땐 너나없이 정말 목숨 걸고 열심히들 했지."

장중건은 그 시절, 그 열정, 그 부하들이 그립다고 했다.

"그때 무슨 일로 박부영이가 그 지경이 된 거야?"

"누구 한 명 조사실에 데려다 놓고 일주일 째 집에도 못 들어가고 매일 밤새우면서 조사하다가 그 지경이 된 거였어요. 다른 사람이 교대해 준다 해도 기어이 마다하고 혼자 버텼거든요. 자기가 죽을 고생해 가며 공들여 놓은 사건을 딴 사람한테 넘기기가 싫었던 거죠."

"거 참. 지금 생각하면 그만큼 자기 몸 안 사리는 친구도 없었어. 요새 애들은 그저 한 가지 일이라도 덜 맡으려고 뒤로 빼는데 말이야."

그들은 이런저런 이야기를 나누다가 밤 12시가 되어서야 소장실에서 일어섰다. 장소장은 집으로, 한부소장은 삼청동으로, 박과장은 케이트 집을 감시하고 있는 요원들에게로 각각 흩어졌다.

D-day 아침.

장중건은 젊고 날렵한 민완 수사관들 네 명을 비상 대기 시키고 출동 장비를 갖추게 했다. 그들에게는 국정원에서 권총이 지급되었다.

내일 아침 청와대 비상 회의에 들어갈 때는 어깨를 펴고 개선장군처럼 입성하고 싶었다. 미통개발의 탄생을 알아 버린 대통령 비서실장과의 껄끄러운 대면에도 얼마든지 떳떳할 수 있기 위해서는 케이트와 리백희를 그의 앞에 제물로 바치는 방법밖에 없었다. 대통령의 치하와 비서실장의 은근한 미소를 눈앞에 상상하면 저절로 힘이 솟았다.

"제발, 한철호 너만 믿는다. 보기 좋게 이번 일을 마무리 지어라. 영광은 너의 몫이고 뒤처리는 나의 몫이다."

한철호가 미통개발에서도 출동 준비를 마쳤다는 보고를 해 왔을 때 장중건은 그 다급한 순간에 자신도 모르게 그런 유치한 말을 술술 쏟아 놓았다. 나중에 생각하면 유치한 말일 수 있지만 워낙 큰일을 앞에 둔 입장에서는 그 말이 결코 유치하게 들리지 않는다는 것도 그는 오랜 경험으로 알고 있었다.

출동 장비에는 많은 것들이 포함되었다. 가스총, 마취 총, 최루탄, 연막탄, 밧줄, 강력 테이프, 두건, 안대, 구급상비약, 접이식 들것, 부대 자루 등 수십 가지의 장비들이 비상시를 대비해 준비되었다. 만약의 총격전에 대비해 전투 경찰의 소총 부대까지 협조 요청을 마친 상태였다. 다대포 간첩 생포 작전에도 육군, 해군의 도움을 받아 전충남, 이상규를 생포할 수 있었고 부여에서 김동식을 검거할 때도 육군의 협조를 받았다. 이번에도 상대가 여자라고는 하지만 그 배경에 어떤 조직원들이 숨어 있다가 그녀들을 구출하기 위해 뛰어들지 아무도 모르는 일이었다. 권총, 소총, 독약 앰플, 폭탄 등을 망설임 없이 사용하는 북한 공작원들을 대응하기 위해서는 장비 하나라도 소홀히 할 수 없었다.

"행운이 따라 준다면 신속하고 조용하게 그녀들을 검거할 수도 있는 일이야. 미리 선제공격을 할 필요는 없어. 두 여자 사진은 작전에 참여하는 요원들에게 모두 나누어 준 거지? 각자 그 사진을 소지하도록 각별히 주의를 줘. 괜히 엉뚱한 사람 잡아오지 말고."

"예. 너무 염려하지 마십시오."

"자넨 지휘관이야. 자신을 가지고 임무 수행하도록."

한철호는 박과장에게 순간적인 상황 판단이 가장 중요하다고 강조를 했다.

작전 개시 명령이 떨어지자 각자 자기 위치에 자리를 잡았다.

케이트가 연구원장실을 나갔다는 김치수 박사의 전화를 받고 박과장은 요원들에게 자동차 비상 점멸등으로 신호를 보냈다. 저만큼 케이트의 은색 BMW 자동차가 연구소를 나오는 모습이 관찰되었다. 멀찌감치 두 대의 승용차가 차선을 달리하여 그녀의 차 뒤를 따르기 시작했다. 그녀는 음악을 틀고 콧노래를 흥얼거리며 스피드를 내어 도로를 달렸다.

박과장은 문득 '그녀가 내비게이션에 목적지로 어디를 찍었는지 알 수만 있다면 작전은 훨씬 쉬울 텐데' 하는 생각을 했다. 그녀의 차를 세우고 핑계를 만들어 그녀를 차에서 내리게 한 다음 다른 한 사람이 차에 올라 내비게이션을 확인하는 방법은 어떨까 하는 엉뚱한 궁리를 하다가 머리를 흔들었다. 가장 집중해야 할 중요한 이 순간에 웬 되지도 않을 망상에 빠지는가 싶어 정신을 가다듬었다. 그녀의 차가 올림픽 대로를 지나 김포, 강화 쪽으로 빠지는 것을 보면서 그는 자신의 짐작대로 그녀가 강화도로 간다는 확신을 가졌다.

작전 회의가 끝나고 작전에 참여한 요원들끼리 두 여자가 만약 접선한다면 과연 그 장소가 어딜까 하고 내기를 걸었다. 케이트가 아주 멀리 갈리는 없을 것이라는 전제하에 서울 근교의 으슥한 산기슭이나 사람 발걸음이 뜸한 야산을 지목하는 요원들이 대부분이었다.

그러나 박과장은 그녀들이 가장 친숙하게 느끼는 장소가 어디인지를 생각하고 강화도를 지목했었다. 북한에서 남파되는 간첩들이 제일 많이 이용하는 곳이 강화도 해안이었고 이선실이 마지막으로 영구 복귀한 곳이 강화도였기 때문이었다. 그가 지목한 장소가 맞아떨어지고 있는 셈이었다.

그는 한철호 부소장에게 '케이트가 강화도로 향하고 있는 것 같습니다'라고 보고를 했다. 그 보고를 받자 한철호는 강화도 해안 일대의 경계를 강화하도록 관계부처에 협조요청을 해 달라고 본부에 요구했다. 아무래도 강화도를 접선 장소로 택한 이유가 접선 후 리백희가 강화도에서 북한으로 복귀하려는 것이 아닌가 짐작된다는 말도 덧붙였다. 사건은 그들이 예상했던 것보다 학대되는 느낌이었다.

"알았어. 그럴 가능성이 충분하지. 그 생각은 미처 못 했는데 느낌이 좋아."

장중건은 무릎을 치듯 왜 진작 그런 생각을 못했는지 자책하고 아쉬워하며 한철호의 보고에 깊은 동조의 뜻을 전했다. 케이트가 강화도 읍내로 들어서면서 속도를 줄이고 머뭇거렸다. 아마 접선 장소와 자신의 위치를 확인하는 것 같았다. 미행 차량들도 당연히 멀리에 멈추어 서서 그녀의 자동차를 지켜보았다. 그녀가 인삼 센터 주차장으로 서서히 들어서면서 주변을 두리번거렸다. 주차할 곳을 찾느지 접선할 인물을 찾는지 알 수 없었다. 미행 차량들은 주차장에 들어가지 않고 대로변에 차를 세웠다. 한 대는 서울 방향으로 차머리를 향하고 또 한 대는 반대 방향으로, 다른 한 대는 길 건너편에 시동을 켠 채 대기했다. 전투경찰을 태운 경찰 버스가 강화도에 진입했다는 보고가 들어왔다.

케이트가 대로변에서는 가깝지만 사람들의 시선이 잘 가지 않는 전봇대 옆 인삼 센터 주차장에 차를 세웠다. 그녀 역시 시동을 끄지 않은 채 켜 두는 것을 잊지 않았다. 박과장은 무전기로 '케이트가 접선을 시도한다. 정신 똑바로 차리고 만반의 준비를 기울이도록.' 하고 명령을 내렸다. 그 명령은 차량 세 대와 경찰 버스에까지 한꺼번에 전달되었다. 케이트는 선글라스를 벗지 않은 채 차창을 조금 내리고 운전석에 앉아 자신의 손목시계 팔찌를 만지작거리고 있었다.

"촬영은 계속하고 있는 거지?"

박과장이 무전기에 대고 작은 소리로 물었다. 상대방에서도 '예'라는 대답이 흘러나왔다. 5분이 흘렀다. 그 5분이 정말 길게 느껴졌다. 케이트가 손목시계를 입가로 가져가며 뭐라고 중얼거렸다. '은색 BMW 승용차다. 인삼 센터 길가 전봇대 옆'이라고 말하고 있을지도 몰랐다.

박과장은 드나드는 자동차를 일일이 눈여겨보면서 체크했다. 특히 주차장으로 들어가는 차량에 주목하면서 눈동자를 바삐 굴렸다. 여자가 운전하는 흔하디흔한 현대차 한 대가 주차장으로 들어서는 것을 보고 그들은 숨을 죽였다. 사진을 꺼내어 여자 얼굴과 대조해 본다. 헤어스타일은 달랐지만 선글라스를 쓴 얼굴형이 사진과 비슷한 여자였다.

"들어왔다. 리백희가 틀림없어."

그녀 역시 두리번거리며 주차장을 한 바퀴 돌았다. 오후 3시. 저녁 장을 보러 나온 사람들과 인삼을 사러 온 외지인들이 뒤섞여 한창 복잡한 시간이었다. 대로변 쪽에 노점 행상들이 지나가는 손님들을 호객하는 소리로 시끌벅적했다.

"순무 김치 사세요. 맛있어요."

"고구마가 달아요."

"새우젓 싸게 드릴게."

주로 강화도 특산물을 팔고 있는 파라솔의 노점상들이 드나드는 차량 소통에 방해를 줄 정도로 늘어서 있었다. 리백희라고 짐작되는 여자 차량 바로 뒤로 검은 SUV 차량 한 대가 따라 들어왔다. 바짝 붙어 들어오는 검은 차량을 보는 그 순간 박과장의 느낌이 섬뜩했다.

"3호 차는 여자 차 뒤에 바짝 붙어 들어오는 검은 기아 차를 맡도록."

1호 차는 케이트를, 2호 차는 리백희를, 3호 차는 검은 SUV 차를 맡았다. 경찰 버스는 강화도 인삼 센터 200미터 전방에 도착하여 서서히 현장 방향으로 이동하고 있었다. 주차할 공간이 없어 두 바퀴를 돈 리백희가 마침 나가는 차의 빈자리에 주차를 시켰다. 그녀는 시동을 끄고 차에서 내려 면장갑을 끼고는 차의 보닛을 열었다. 차에서 내린 여자의 모습은 리백희가 확실했다. 보닛을 열어 놓은 채 주변을 두리번거리기도 하고 사람을 찾는 듯하면서 케이트의 자동차로 걸어갔다.

"자동차가 고장 나서 그러는데 휴대전화를 잠시 빌려 쓸 수 있겠어요?"

리백희가 차창이 조금 열린 사이로 케이트에게 영어로 말을 걸었다. 박과장과 요원들은 운전기사만 제외하고는 모두 차에서 내렸다. 그녀들 주변 가까운 노점상으로 각각 흩어져 그들의 물건을 흥정하는 자세를 취했다. 박과장이 가장 케이트 가까이에서 순무 김치를 만지작거리며 촉각을 곤두세우고 있었다.

"일본산 자동찬가요?"

케이트가 물었다. 두 사람은 의미심장한 눈빛을 주고받았다. 케이트가 창을 내리고 여자에게 휴대전화를 건네준다. 여자는 휴대전화를 받아 '자동차가 고장 났어요. 좀 와 주세요.' 하고 통화를 끝냈다.

"감사합니다. 잘 썼어요."

창안으로 팔을 집어넣어 휴대전화를 돌려주며 무언가를 손에 건네받는 모습이 망원렌즈에 포착되었다.

"지금 덮쳐!"

박과장이 윗주머니에 꽂힌 무전기에 입을 대고 작지만 위엄 있는 말투로 명령을 내리는 순간, 양복 안 옆구리에 차고 있던 권총을 잡았다. 2호 차 요원들이 리백희의 등 뒤에서 그녀의 두 팔을 틀어쥐고 차에서 떼어내려 하자 케이트가 급히 차창을 닫았다. 그 순간 박과장을 비롯한 1호 차 요원들이 케이트의 자동차 문을 확 잡아 당겨 열어젖혔다. 케이트는 자동차 문을 닫으려고 손잡이를 잡고 버텼다. 그때 박과장이 권총으로 저항하는 케이트의 이마에 총구를 바짝 가져다 댔다.

"조용히 따라와. 머리통에 이 총이 발사되기를 원치는 않겠지?"

케이트는 잡았던 자동차 문손잡이를 놓으며 얼른 손목시계로 다른 한 손을 가져갔다. 다른 요원이 급히 그 손을 낚아채어 뒤로 수갑을 채웠다.

3호 차 요원들은 2호차 요원들이 리백희를 덮치자 검은 SUV 차량에서 문을 열고 나오는 남자에게 달려들어 채 두 다리를 땅바닥에 내려놓기 전에 도로 문을 닫아 버렸다. '아!' 한쪽 다리가 자동차 문에 끼어 버린 남자가 고통스러운 비명을 질렀다. 순식간에 벌어진 일이었다. 경찰 버스가 도착하고 십여 명의 경찰들이 버스에서 뛰어내렸다. 리백희는 인형 USB를 입으로 가져가려고 안간 힘을 썼지만 이미 두 손에는 수갑이 채워지고 곧바로 USB를 압수당했다.

수사관들에게 체포된 세 명은 경찰들이 겨누는 총구에 둘러싸여 호송용 버스에 태워졌다. 케이트는 손목시계 팔찌를 이용하려고 발버둥질을 쳤으나 뒤로 채운 수갑 때문에 몸을 비틀기도 힘에 겨웠다. 큰 등치의 남자는 자동차 문에 다리가 끼어 소리를 지르는 동안 수사관들이 달려들어 포승줄로 그의 팔과 몸뚱이를 꽁꽁 묶어 옴짝달싹 못하게 동여맸다. 남자가 비명을 지르기 전까지는 바로 옆에서 장사를 하던 사람들조차도 무슨 일이 벌어졌는지 알지 못할 정도로 순식간에 세 사람을 제압해 버렸던 것이다.

호송차에 그들을 태워 신병을 확보하고 수사관 6명도 함께 버스에 동승했다. 박과장은 자동차로 돌아와 권총을 양복 안 권총집에 꽂고 무전기에 외쳤다.

"검거 작전 완료. 케이트 포함 세 명 검거. 여자 두 명, 남자 한 명. 우리 측 사상자 없음. 경찰 버스로 호송 중."

그 말을 마치기가 바쁘게 휴대전화 전화 진동이 왔다.

"박과장. 수고했어. 국정원으로 압송해."

장중건의 한 톤 높아진 목소리가 귀청을 따갑게 울렸다. 뒤이어 한철호의 축하 전화가 걸려 왔다. 통화를 끝내고 한숨을 내쉬며 긴장했던 어깨를 풀었다.

"박과장님, 이마에 피가 흐르는데요."

운전기사가 박과장을 돌아보며 이마를 가리켰다.

"피?"

그가 손등으로 이마를 문지르고 그것을 보았다. 손등에 붉은 피가 흥건히 묻어났다. 언제 그랬지? 그는 자신이 했던 행동들을 역추적해 경위를 더듬어 보았다. 케이트의 자동차 문을 와락 잡아당길 때 위쪽 문 모서리가 이마를 치던 기억이 되살아났다. 날카로운 문 모서리에 이마를 찍힌 것이 분명했다. 그는 씩 웃으며 손수건을 꺼내 이마의 피를 닦았다.

"영광의 상처 하나쯤은 없는 것보다 있는 게 낫지."

그 말에 운전기사가 '그야 그렇죠.' 하고 따라 웃었다.

"얌전히들 가고 있어?"

한숨 돌린 박과장이 경찰 버스에 탑승한 신웅과 그 요원들에게 전화를 걸었다.

"몸을 수색해서 독약 앰플과 휴대전화, 팔찌, 모두 압수했습니다."

"입에 보호용 재갈 물리는 거 잊지 말고."

"이미 다 조치했습니다."

"수고했어. 긴장 풀지 말고 잘 감시해. 무슨 엉뚱한 짓을 할지 모르는 인간들이야."

"예. 잘 알았습니다."

강화도에서 서울로 돌아가는 길이 너무 멀게만 여겨졌다. 요란한 사이렌이라도 울리며 밀리는 길을 뚫고 쌩하니 달려서 그들을 한시 바삐 국정원 조사실에 내려놓고 싶었다. 지금 국정원에서는 세 명의 간첩을 맞을 만반의 준비를 하고 그들을 기다리고 있을 것이었다. 미통개발이 모든 시스템을 완벽하게 갖추었다면 그쪽으로 압송해도 무방한 일이었으나 이제 시작 단계여서 시설이 미흡했기 때문에 국정원으로 호송하기로 결정했다.

　검거 작전이 완벽하게 성공했다는 낭보를 전해 듣고 한철호는 삼청동 사무실로 돌아왔다.
　"한 번 출동해 볼 여가도 없이 끝나 버렸네요."
　한철호의 기분 좋은 푸념에 장중건도 입이 귀에 걸려 싱글벙글 웃었다.
　"오랜만에 실력 발휘를 못해 봐서 섭섭한 거야? 아니면 젊은 친구들이 잽싸게 잘 해치우니까 퇴물 된 것 같아서 섭섭한 거야?"
　"두 가지 다라는 게 솔직한 대답이겠지요."
　"그게 맞는 말이지. 요즈음 젊은 친구들 똑똑하다니까. 우리가 뒷전으로 물러나도 걱정할 거 없겠어. 두 여자만 잡아 오는 줄 알았는데 보너스로 남자 놈까지 하나 덧붙여서 달고 오니 얼마나 고마워?"
　"마음대로 안 되는 늙은 몸뚱이보다 재빠르고 민첩한 젊은 놈들이 아무래도 낫겠죠. 어쨌거나 소장님 크게 한 건 올리신 겁니다. 이제 블랙홀을 낱낱이 밝혀내는 일이 숙제로 남아 있군요."
　한철호는 다른 요원들이 들리지 않도록 작은 소리로 속삭였다. 그들은 이제야말로 미통개발의 역할이 한 몫을 할 때라고 흥분을 감추지 못한 눈빛을 주고받았다.

"맞아. 우리가 가진 노련한 노하우를 제대로 발휘할 일만 남은 거지. 블랙홀이 어떤 인물인지 아직 검증된 게 아니니까."

"두 여자를 조사하다 보면 저절로 밝혀질 겁니다."

"그 친구는 지금 어쩌고 있어?"

"조금 전 들어오다가 그 방에 들러 봤는데 뭔가 불안해하는 것 같던데요."

"잘 감시하라고 해. 애인과 만날 수도 없는 입장이 됐으니 무슨 일을 저지를지 알 수 없는 일이야. 아직 확실하게 한명수라는 확증도 없는 거잖아. 단지 자네가 김동식 옆에 있는 20년 전 사진으로 한명수 같다고 말했을 뿐이고."

"예. 그렇지만 그 친구가 가지고 있는 정보가 무엇인지 우리는 끝까지 알아낼 필요는 있겠지요. 그 정보를 밝혀내면 김동식을 굳이 안 만나려는 이유도, 자기 아내를 안 만나겠다는 속내도, 진짜 이름이 미찌꼬라는 제이미의 존재도 저절로 밝혀질 겁니다. 그의 말대로 제이미가 살해당한 것이 사실이라면 블랙홀을 무조건 의심할 수도 없습니다. 그를 투명하게 증명해 줄 사람도 없지만 의심할 증거도 없는 상태잖아요. 모두가 자기 입으로 말한 것 외에 우리가 알고 있는 것이 없으니까요."

"그렇지. 그걸 이번에 다 밝혀내야 할 거야. 만약 블랙홀이 이선실과 접선하고 조우했던 남한 쪽 인사들의 확실한 증거와 명단만 넘겨준다면 이선실의 잔당을 뿌리 뽑겠다는 내 염원은 이루어지는 거지."

"그렇게 될 겁니다. 지금까지 상황을 청와대에는 보고 했습니까?"

"했지. 국정원장도 퇴직한 직원들 손에 공로가 돌아간 게 아쉽기는 하겠지만 진심으로 축하해 주더라고. 강수석은 덩달아 어깨가 으쓱 올라갔다고 기뻐했고."

"장소장님은 내일 회의에 들어가셔서 대통령 비서실장 앞에서 껄끄러워 하지 않아도 되는 일이 제일 마음 편하지 않으세요?"

"그야 말할 것도 없지."

두 사람은 여유롭게 뒷담화를 나눌 수 있는 이 순간을 즐기고 싶었다.

"아, 케이트를 체포했다고 김치수 박사한테 알려줬어?"

"여기 들어오는 길에 전화가 왔더라고요. 그 친구 공이 컸어요. 지금 호송해 오는 중이라고 했더니 이제 안심해도 되겠다며 전화를 끊던데요. 박부현이가 걱정입니다."

"자네 고향 친구 말이지? 그 친구가 좀 곤란하게 됐군. 집에는 바람난 남편이라는 게 들통 날 거고 법적으로는 스파이한테 포섭된 국회의원으로 심판을 받아야 할 판이니 사면초가가 된 거지."

장중건이 박의원을 걱정하고 있었으나 내심 고소해 하는 심정의 비아냥거림이 섞여 있는 말투임을 한철호는 읽었다. 박의원이 한 번씩 정계에서 화제의 인물로 떠오를 때마다 '이 친구가 자네 고향 친구지?' 하며 떨떠름해 했고 그가 고향 지역구 국회의원으로 출마했을 때도 '자네 공무원 신분인 걸 잊지 마. 괜히 친구 돕는답시고 우리 국정원 욕 먹이지 말고.' 하면서 미리 주의를 주었었다.

"소장님은 어느 날부터 그 친구를 마음에 안 들어 하셨는데 무슨 특별한 이유라도 있으세요?"

"언젠가 자네가 거리감을 두고 잘 만나지 않는 친구라고 말했을 때부터였지. 자네 성질에 고향 친구를 잘 안 만날 정도면 뭔가 그 친구가 자네 심사를 뒤틀리게 했을 게 분명할 테고. 내 부하 직원을 무시하는 사람은 당연히 나도 싫지. 너무 나대는 꼴이 자네와는 딴 판이다 했더니 결국 이런 망신을 당하는군."

장중건의 말을 들으며 한철호는 '팔은 안으로 굽는다'는 말을 떠올렸다. 젊은 시절 한동안 박부현과 연락을 끊고 지낼 때 무심히 던진 말을 그는 아직도 기억하고 있었던 것이다. 박부현 의원이 곤경에 처해지기를 바라지 않는 한철호의 마음과는 달리 그는 혼 좀 나야 한다고 냉정하게 질책했다. 두 사람은 케이트 일행을 호송해 오는 시간에 맞추어 국정원으로 들어가 그들의 조사 과정을 지켜볼 예정이었다. 두 사람은 공식적으로 국정원에서 수사권을 가지고 있지 않기 때문에 투시 유리를 통해 조사를 참관하는 것으로 만족해야 했다.

"일 차 조사가 끝나고 내일 청와대 회의에서 우리에게 신병을 인도하라는 결정이 나지 않으면 우린 블랙홀만 미통개발로 데려갈 수밖에 없게 돼."

장중건이 서서히 나갈 채비를 차리면서 일어섰다. 그는 이번 사건을 도맡을 묘수를 강구해 보라며 친근한 몸짓으로 한철호의 어깨를 툭 쳤다.

청와대 대통령 비서실장 회의실.

장중건은 일부러 시간보다 일찍 나가 사람들을 기다렸다.

아침 10시에 소집된 '망명 간첩 비상 대책 회의'가 '간첩 검거 작전 수사 발표회'로 변해 버린 것은 말할 나위도 없었다.

"역시 구관이 명관이라더니 그 노련한 수사 실력이 이번에 큰일을 해냈습니다."

비서실장이 장중건에게 치하의 인사를 건넸다.

"대통령께서 어찌나 좋아하시던지……. 최근에 골치 아프신 분을 웃게 해 드린 유일한 사람이 장차장님입니다."

"실장님께는 연구소 일을 미리 말씀 드리지 못해서 면목이 없습니다."

장중건이 앉은 채로 고개를 숙여 실장 앞에 양해를 구했다.

"무슨 말씀을. 아침에 대통령께서도 그 말씀이 있으셨습니다. 당신께서 때가 되면 말할 참이었다고요."

"아, 예. 저야 그저 분부 받는 입장이라서 그렇게 됐습니다. 거듭 죄송하다는 말씀드립니다."

"그만 하세요. 자꾸 이러시면 제가 속 좁은 인간이 됩니다. 맡을 만한 분이 맡으셨으니 활약이 기대됩니다."

실장이 손 사례를 치며 너털웃음으로 미통개발 탄생을 축하해 주었다.

"이번 일도 그 연구소에서 개가를 올린 거라면서요?"

외교통상부 장관이 자기도 연구소 탄생을 알고 있다는 내색을 하면서 한 마디 거들었다.

"다 같이 협조한 합동 작전이라는 게 맞습니다. 끝에 접선하는 순간 간첩들을 검거한 것은 저희 요원들이었고요."

"저희 국정원 수사관들을 지휘하는 모습이 옛날 현직 시절을 보는 것 같았다고들 하더군요."

국정원장이 마음을 비운 듯 환하게 밝은 얼굴로 그를 부추겨 세웠다.

"원장님께서 적극적으로 도와주셔서 가능했습니다. 진심으로 감사드립니다."

"나라를 위하는 일에 다 같이 합심하는 건 당연한 일이지요. 어젯밤에 조사실에 격려차 내려갔다 왔는데 그 미국 박사 콧대가 만만치를 않던데요."

"어젯밤과 오늘 아침은 상황이 완전히 달라졌습니다."

장중건이 아침까지 지켜본 상황을 설명하자 모두들 귀를 기울였다.

"우리 국정원에서 밤새우신 모양이죠?"

꼭 집어 '우리 국정원'이라는 함원장의 말에 모두들 민감한 느낌을 받았으나 내색하는 사람은 없었다. 그때 강수석이 헐레벌떡 문을 열고 들어섰다.

"늦어서 죄송합니다."

강수석이 허리를 꺾어 모두에게 고개를 숙였다.

"제가 참석해야 할 중요한 미팅이 있었는데 여기 일이 더 중요한 것 같아서 저는 이 자리에 참석하기로 하고 강수석이 대신 그 미팅에 참석하느라 늦은 것이니 양해 바랍니다. 이제 올 사람 다 왔으니 정차장님께서 그간의 경위와 현재까지의 수사 진행 상황을 말씀해 주시지요."

비서실장이 강수석 대신 양해를 구하고 장중건에게 발언권을 넘겼다. 장중건이 일어서려 하자 '앉아서 하시죠, 그게 저희들도 편할 것 같은데요'라며 비서실장이 그냥 앉으라고 권유했다.

"우선 궁금하실 테니 조금 전까지 조사된 결과부터 말씀 드리고 경위를 설명하도록 하겠습니다. 케이트 블랙웰 박사, 리백희 해외 공작원, 권창식 남파 간첩 세 명을 국정원에 데려다 놓고 조사하고 있습니다. 케이트 박사는 원자력 위원회 산하의 연구소에서 공식 초청

된 컴퓨터 과학자로 원자로 제어망에 감염된 악성 바이러스 유포자를 찾고 치료하며 방어막을 설치하는 임무를 수행하고 있었습니다. 미국에서도 실력이 인정된 아이 티 전문가라 안심하고 있었지만 한국에는 계속 사이버 테러로 치명타를 입히고 있었던 장본인인 것으로 추정됩니다. 저번에 망명한 블랙홀의 말로는 케이트 박사가 간첩 이선실의 손녀일 가능성이 높다고 하는데 아직 거기까지는 밝혀내지 못했습니다. 다음, 코펜하겐에서 제이미라는 블랙홀의 애인을 살해하고 제이미를 가장해서 한국에 입국한 리백희는 블랙홀의 아내로써 그들은 해외 벌이 부부 공작조입니다. 노동당 중앙당비서의 셋째 딸인 리백희는 케이트가 그간 한국에서 수집한 기밀문서를 전달받아 강화도 해안에서 북한으로 복귀하려던 것을 우리가 검거한 것입니다. 다음, 권창식 30세 남자 간첩은 리백희를 동반하여 복귀하는 임무를 띠고 여러 차례 단기적으로 남한을 들락거리며 지리를 익혀 온 남파 공작원입니다. 리백희가 입국하기 사흘 전에 또 다시 남파되었는데 아직 한국 문화에 적응하지 못해 장기 체류는 하지 못한 것 같습니다. 이상이 만 하루 동안 조사하여 밝혀낸 사실입니다."

장중건이 앞에 놓인 생수병의 물을 시원하게 들이켰다.

"케이트라는 여자는 국적이 어딥니까? 미국 박사라고 들었는데."

비서실장의 질문이었다.

"맞습니다. 여러 차례 국적을 바꾸며 신분 세탁을 했기 때문에 그 누구도 그 여자를 의심하지 않았던 것입니다. 현재 국적은 미국의 유명 연구소에 아이 티 개발 팀에 속해 있습니다."

"그렇다면 미국과 국제적으로 마찰을 빚을 염려는 없습니까?"

외교통상부 장관은 자기 부처에 불똥이 튀지 않을지 염려하는 눈치였다.

"산업 스파이 현행범으로 체포되었기 때문에 큰 문제는 없을 것으로 보이지만 케이트 박사가 속해 있는 연구소가 워낙 막강한 힘을 가진 곳이라서 항의 여부는 장담할 수 없습니다. 그러나 미국 정부는 최근 북한의 핵실험과 탄도 미사일 발사로 강력한 대북제재를 내놓고 있는 상황이어서 케이트가 북한 공작원이었다는 사실을 알면 그녀의 체포를 문제 삼지는 않을 것입니다."

"우리 생각도 그렇기는 합니다만 미국이 워낙 자국민 보호에 철저한 나라라서 외교통상부 장관님이 그 점을 염려하신 것 같습니다."

비서실장이 그 문제를 일단락 짓고 넘겼다.

"증거는 다 확보된 상탭니까?"

국정원장이 물었다.

"그들은 현장 범으로 검거되었기 때문에 증거 보존이 완벽합니다. 케이트 박사의 스마트 와치 팔찌에 저장된 우리 주요 정부 기관의 위치 배치도와 국회의원 개인 신상정보, 원자력 발전소의 내부 설계도 등을 증거물로 압수한 상태고 리백희는 그 기밀문서가 담긴 유에스 비를 케이트에게서 건네받아 그것을 삼키려드는 것을 우리가 압수했습니다. 기밀문서를 주고받는 장면은 모두 촬영했습니다. 권창식은 리백희를 보호하려고 권총을 들고 차에서 내리다가 우리 요원들이 덮쳐 다리에 부상을 입고 소리치는 사이에 권총을 뺏고 두 손을 묶어 자해를 막았습니다. 리백희와 권창식 모두 독약 앰플을 소지하고 있었습니다."

장중건은 실지로 검거하던 순간에 그 현장에 있었던 사람처럼 상세하게 상황을 설명하며 얼굴이 상기되었다.

"대단합니다. 박수경이라는 입국자를 한국에 있는 전국의 공항에서 찾은 이유는 뭡니까?"

역시 비서실장이 궁금증을 참지 못하고 장중건에게 물었다.

"코펜하겐에서 블랙홀의 애인 제이미를 데려오기 위해 코펜하겐 한국 대사관에서 박수경이라는 한국인에게 협조를 구해 여권을 만들었는데 그 여권으로 입국하기로 한 제이미가 도쿄 나리타공항에서 증발해 버렸기 때문이었습니다."

"그럼 코펜하겐에서 비행기를 탈 때부터 제이미가 탑승한 게 아니라 리백희가 타고 들어온 것이었네요."

"그렇습니다."

"코펜하겐 공항에서 우리 요원이 제이미인지 아닌지를 확인하지 않았다는 말인가요?"

외교통상부 장관이 책임을 벗어나려는 듯 따지고 들었다.

"어차피 우리 쪽에서 은밀히 진행한 위조 여권이니 그 정보를 다른 사람이 알 리가 없다고 생각했던 것 같습니다."

"그게 실수였군요. 어떻게 정보가 샌 걸까요?"

"제이미가 코펜하겐을 떠날 준비를 한다는 걸 눈치 챈 조직원들이 그녀를 감금하고 그 여권을 빼앗아 리백희로 바꿔치기하고 리백희가 무사히 한국에 도착하자 살해한 것 같습니다. 코펜하겐 항구 선적 물류 하치장에서 부패한 여자 시신이 발견됐는데 아직 조사 중이라는 뉴스가 떴습니다. 머리에 총을 여러 방 맞은 것으로 보아 심하게 반항한 흔적이 있다고 합니다."

그들의 질문에 일일이 답을 하고 나서야 장중건은 블랙홀을 만나고 나서부터의 그간 경위를 설명하기에 이르렀다. 설명을 하는데 꽤

긴 시간이 걸렸지만 어느 누구 하나도 지루해 하거나 딴전을 피우는 사람은 없었다.

"한 편의 첩보 영화 스토리를 듣는 것 같군요."

장중건이 '이상입니다.' 하고 메모된 서너 장의 종이를 탁자에 내려놓자 갑자기 박수 소리가 터져 나왔다. 비서실장이 먼저 손뼉을 치기 시작했던 것이다.

"여기 계시는 분들은 다 알고 계시겠지만 장중건 차장님이 이번에 '미래전략통일개발센터'를 오픈 하셨습니다. 대통령께서도 기대가 큰 만큼 여러분들도 많이 협조해 주시고 장차장님을 격려해 주시기를 바랍니다. 이제부터 저도 장차장님에서 장소장님으로 호칭을 바꾸겠습니다. 이것으로 회의를 마치고 아침에 알려드린 대로 대통령께서 간단히 축하 오찬을 함께 하시겠다고 하시니 참석해 주십시오."

비서실장이 먼저 일어나 자리를 비웠다. 모두 식사 자리로 옮겨갈 준비로 옷매무새를 가다듬었다. 강수석이 회의실을 나와 복도를 걸으며 자기 허리 옆에 가만히 엄지를 세우고는 장중건에게 눈을 찡긋해 보였다. '선배님, 최고!'라고 입 모양만 벙긋거리며 자신의 마음을 전했다. 그를 돌아보던 장중건이 남모르게 씩 웃었다.

에필로그

장중건은 대문 앞에 던져진 아침 신문을 주워 들고 들어와 신문을 펼쳤다.

아들이 그 모습을 봤다면 '아버지, 세상 돌아가는 걸 잘 아신다는 분이 촌스럽게 또 종이 신문을 보세요?' 하고 히죽거리며 비웃을 것이지만 이제 녀석도 토끼 같은 자식과 여우같은 마누라를 데리고 분가해 나가고 없었다. 1면 톱기사는 단연 '거물 간첩 이선실의 손녀, 미모의 산업 스파이 되다'로 장식되었다. 젊은 금발 머리 미녀의 환한 미소가 장중건의 펼친 손바닥보다 더 큰 크기로 신문을 장식했다.

장중건(전 국정원 차장, 현 변호사) 씨가 끈질긴 내사 끝에 알아낸 케이트 블랙웰(본명: 김선화, 호적이름: 리혜성) 박사의 신상 정보를 공개하면서 국정원에서 못 푼 한을 이제야 풀었다고 감회를 밝혔다.

그는 92년 남로당 중부지역당 사건을 수사하는 과정에서 이미 2년 전 영구 복귀해버린 북한 서열 22위의 거물 간첩 이선실의 존재를 뒤늦게야 알아내고 가슴을 쳤다.

이선실에 연루된 조직원들 외에도 여야 정치인들이 그녀와 수차례 만나 경제적 지원을 받은 사실을 밝혀냈으나 증거를 확보하지 못해 수사를 마무리 지어야 했던 쓰라린 기억을 그는 퇴사하는 순간에도 잊지 않았다. 25년이 흐른 시점에서 이선실의 손녀인 미국 국적의 리혜성을 국정원과 공조하여 검거함으로써 여한을 풀었다. ……

그는 탁자에 신문을 펼쳐 놓은 채 원시 안경을 벗었다.

태어나 할머니 이선실이 사용하던 가명으로 '김선화'라 이름 지었으나 그녀가 일본 유학을 가 있는 동안 이선실은 손녀를 양녀로 입적시켜 '리혜성'이라는 이름으로 신분 세탁을 하고 자신의 전 재산을 그녀에게 물려주었다. 미국으로 가서 다시 어느 몰락한 유명 가문에 양녀로 입적되어 미국 국적을 취득하고 '케이트 블랙웰'이 되었다. 그녀의 신분을 완전하게 밝혀내기 위해 미국, 일본 등 인터폴의 협조를 요청하고 동분서주한 결과였다. 미국에서도 그녀의 국적 취득 절차가 편법으로 이루어졌을 가능성을 배제하지 않고 수사에 나섰으며 그녀를 옹호하는 절차는 밟지 않았다. 미국이 북한을 테러국으로 지정한 현 상황에서 그녀가 북한 공작원으로 밝혀진 이상 자국민 보호에 나설 확률은 없어 보인다. 더구나 국정원 박부영 국장과 기무사 수사관의 피살에 모두 케이트가 개입되어 있다는 증거 자료를 제시하자 미국은 아연실색하는 입장이다.

리백희와 블랙홀의 대질로 그들이 부부임을 확인했고 그가 한명수임에 틀림없다는 사실도 밝혀냈다. 그가 외화 벌이로 벌어들인 100만 불을 송금하지 않고 빼돌렸음도 알게 되었다. 그는 계속 송금액을 줄여 보내는 방법으로 아내를 속여 외화를 취득하고 그 돈을 애인인 제이미에게 맡겼다. 제이미는 특별 계좌로 한명수의 돈을 관리해 오다가 그 돈을 가지고 한국으로 망명할 결심을 한 것이었다.

작전 개시 시기가 앞당겨지는 바람에 미처 돈을 빼오지 못한 채 블랙홀이 먼저 비밀리에 한국에 귀순하게 되었다. 그의 신변 안전이 확보하면 제이미(미찌꼬)도 돈을 챙겨서 한국에 들어오기로 약속했다. 화가 난 리백희는 제이미에게 북한으로 송금하지 않고 빼돌린 거액의 돈이 있다는 정보를 북한 조직원들에게 건넸고 그 보복으로 제이미를 납치하여 여권과 항공권을 가로챘다. 북한 조직원들은 제이미에게 돈의 출처를 캐물었으나 그녀가 끝내 함구한 채 저항하자 제이미를 사살했다.

장중건은 꿈같이 지나간 3주간의 수사를 마무리 지으며 허망하다는 생각에 빠져들었다. 그토록 서럽게 울던 한명수의 눈물의 의미와 과연 그들이 돈이라는 악마의 유혹과 상관없이 진정으로 사랑했을까 하는 의문이 꼬리를 물었다. 그가 건네준다던 이선실 관련 정치인들 명단의 암호 해독을 아직 그는 거부하고 있는 상태였다.

"당신들이 날 의심하며 뒤를 캐던 그 시간을 절약했더라면, 아니 처음부터 날 믿고 바로 작전을 수행했더라면 당신네들 수사관들도 안 다치고 제이미도 충분히 한국으로 데려올 수 있었단 말입니다. 다 당신들 실수로 일을 망쳤는데 나한테 뭘 바라는 겁니까?"

한명수는 반발하고 소리치고 그리고 울었다. 장중건은 그의 마음이 가라앉기를 기다리자고 국정원측에 제안했다. 이왕 우리 손에 있는 사람이니 그가 자해하는 일이 없도록 잘 보살피면서 그의 마음이 우리 쪽으로 돌아서도록 만들자는 것이었다. 김현희 때 썼던 회유의 방법을 택하자는 이야기에 모두들 공감했고 이미 외국 물을 먹을 만큼 먹은 사람이어서 김현희보다 오히려 쉽게 마음을 돌릴 것이라 기대했다.

반면 고향 친구 박부현 의원의 죄를 조금이라도 덜어 주기 위해 법조문을 뒤지며 하얗게 밤을 새우는 한철호의 모습이 아름다웠고 그런 진심은 박의원 수사관계자들을 감동하게 했다.

아버지 박부영 국장의 죽음이 케이트 박사의 사이트 조작 기술과 위치 추적으로 이루어졌다는 사실을 확인하고 아들 박검사가 얼마나 비통해 하는지 차마 뭐라고 위로할 말을 찾지 못할 정도였다. 한철호와 박검사는 두 힘을 합쳐 박부현의 죄를 덜어주기 위해 애썼다.

"아침 식사 하세요? 이제 다 끝난 거죠?"

아내가 서재로 들어와 그에게 아침 식사가 준비됐음을 알리면서 밝은 목소리로 물었다. 안락의자에 기대어 편안해 보이는 그를 보며 환하게 웃는 아내의 눈가와 입가에 깊은 주름이 잡혔다. 언제 저렇게 늙었나. 나도 저렇게 늙었겠지. 아내를 보면서 자신의 모습을 거울로 보는 듯하여 심사가 사나웠다.

"아직 안 끝났어."

"뭐라고요? 아직 끝나지 않았다고요?"

"그래. 아직 끝나지 않았어. 이제 시작일 뿐이야."

"그럼 언제 끝나요?"

아내의 얼굴이 갑자기 어두워진다.

"남북통일이 되면 끝나려나?"

그가 일어서서 서재를 나오자 아내가 뒤따라오며 구시렁거렸다.

"저이가 뭐라는 거야? 이번 일하고 남북통일하고 무슨 상관이래?"

식탁 위에 깔끔한 상차림이 그를 기다리고 있었다. 아내가 불 켜진 가스레인지 위 냄비에서 국 한 그릇을 떠다가 그의 앞에 놓아 준다. 냉이 된장국이다. 숟가락에 하나 가득 봄 냄새가 피어난다. ✺✎

폭로

– 한반도의 위기